OBÉRON.

IMPRIMERIE DE H. FOURNIER ET Ce 7 RUE SAINT-BENOIT.

OBÉRON

poëme héroïque

PAR

C.-M. WIELAND

TRADUCTION ENTIÈREMENT NOUVELLE

PAR

AUGUSTE JULLIEN

Précédée d'une Notice et suivie de Notes

————◦∘❈∘◦————

PARIS

PAUL MASGANA, LIBRAIRE-ÉDITEUR,
GALERIE DE L'ODÉON, Nº 12.

1843

PRÉFACE.

--- --- ---

Gœthe a dit : — « Aussi longtemps que la poésie sera de la poésie, l'or de l'or, le cristal du cristal, on aimera, on admirera *Obéron* comme un chef-d'œuvre de l'art. » — Qu'ajouter à cet éloge?

On s'explique facilement que, depuis son apparition, en 1780, ce poëme charmant ait trouvé plus d'un interprète. Mais, comme le remarque un biographe, « les imitations « françaises des vers de Wieland n'offrent que des copies « pâles ou peu exactes de l'allemand. » Ajoutons qu'on est allé jusqu'à supprimer, dans *Obéron* même, un chant tout entier, le troisième, bien que l'auteur eût dit expressément qu'il considérait *la disposition* de son œuvre comme en étant le principal mérite. Le code n'a point de châtiments pour ce crime de lèse-poésie. Nous avons essayé de le réparer, en partie du moins, dans une traduction entièrement nouvelle.

Cette fois, le troisième chant a été respecté. On a rétabli

également nombre de stances, de phrases, d'images, de traits, que nos devanciers avaient sacrifiés ou méconnus. De grossiers contre-sens, qui se trouvaient répétés d'une édition à l'autre, ont enfin disparu; tels, afin de citer un exemple, que le mot français *mines* employé pour rendre l'allemand *Minne*, amour, traduction presque *lettre à lettre* qui présente au lecteur, en place d'un fin galant de cour, un savant officier du génie!

Oléron est écrit en octaves, ou stances de huit vers, à rimes irrégulières. A peu d'exceptions près, chaque stance forme un tableau complet. Afin de donner une idée aussi fidèle que possible du mouvement poétique de l'original, on a, pour le français, adopté la même division, en regrettant de ne pouvoir transporter dans la prose le rhythme souvent si pittoresque de la poésie allemande. Cette imperfection était inhérente à la nature même du travail que l'on a entrepris. Puisse-t-on n'en pas trouver beaucoup d'autres à lui reprocher!

NOTICE

sur

WIELAND.

———

Une province dont on s'égaie au-delà du Rhin, ainsi qu'on le fait chez nous des enfants de la Champagne, une province où la langue nationale n'est pas mieux respectée, généralement, dans sa grammaire que dans sa prononciation, la Souabe, contrée pittoresque d'ailleurs, riante et féconde, peut s'enorgueillir d'avoir donné le jour aux deux génies, Gœthe toujours excepté, les plus charmants, les plus suaves, les plus purs que la patrie commune, l'Allemagne, ait vus naître jusqu'à présent : Jean-Frédéric Schiller et Christophe-Martin Wieland.

Ce dernier naquit le 5 septembre 1733, à Oberholzheim, petit endroit que la ville impériale de Biberach comptait autrefois parmi ses dépendances et qu'on a, depuis trente ou quarante ans, englobé comme elle dans les états modernes du roi de Wurtemberg.

Chose singulière! le poëte des grâces et de la raison, l'écrivain enjoué, railleur, sceptique, un peu voluptueux, qu'on accusa fréquemment d'avoir continué dans sa patrie la révolution anti-religieuse dont la France donna le signal au XVIIIe siècle, cet esprit indépendant eut pour berceau la chaire d'un ministre piétiste. Matthieu Wieland, le père de celui qui fit *Obéron*, remplissait à Oberholzheim, et plus tard à Biberach, ses fonctions évangéliques. C'était un homme intègre et bon, mais dévot et rigide. Il regarda comme un devoir d'élever son fils dans les

idées mystiques où lui-même se complaisait. Peu à peu, cependant, la lutte s'engagea, sous les auspices d'études classiques et
laborieuses, entre les tendances naturelles du jeune homme et la
direction qu'on avait cherché vainement à lui donner. On retrouve dans les lettres de Wieland un tableau de cette première
période de sa vie.

« Dès mon enfance, écrivait-il à Bodmer le 6 mars 1752, on
remarqué en moi un sérieux et une délicatesse qui se manifestaient même dans mes jeux. Jusqu'à ma quatorzième année
j'étudiai, sous mon père et sous d'autres maîtres, le latin, le
grec, l'hébreu, les mathématiques, la logique et l'histoire.

« Dès l'âge de onze ans, j'éprouvai un penchant extrême vers la
poésie. Gottsched était mon *magnus Apollo* et je lisais sans cesse
sa *Poétique;* Brockes (le plus pittoresque et le plus mélodieux
parmi les poëtes allemands de cette époque) était mon auteur
favori. Je fis une prodigieuse quantité de vers : c'étaient surtout
des opéras, des cantates, des ballets, accompagnés de peintures
dans le genre de cet écrivain. Pendant ma douzième année, je
composai un grand nombre de vers latins et, dans la présomption
de mon âge, dédaignant de petits essais, je fis un poëme de six
cents vers sur l'*Echo*, dans le genre d'Anacréon, et un autre fort
long en distiques sur *les Pygmées* (satire sur la *petite* femme
du recteur de l'école de Biberach, lequel était maigre et long)....
Au reste, je brûlai dans le temps la plupart de ces belles choses
que ma mère n'avait pas cachées soigneusement. (Il brûla entre
autres un poëme héroïque, *la Destruction de Jérusalem*, qu'il
avait écrit dans sa treizième année.)........

« J'aimais beaucoup la solitude et je passais fréquemment des
journées entières et même des nuits d'été à contempler et à
comprendre la belle nature. J'appris aussi à dessiner.......

« A quatorze ans, on m'envoya à Klosterbergen, près de Magde-
bourg, une des meilleures écoles d'Allemagne (célèbre surtout
parmi les partisans, nombreux alors, du piétiste Spener). Je m'y
appliquai à la philologie, aux mathématiques, à la philosophie,
enfin à la théologie, à laquelle on me destinait. Mais, à quinze
ans, Wolf et Bayle me firent renoncer à tout pour m'attacher à
la philosophie Je lus beaucoup de morceaux de Fontenelle, du
marquis d'Argens, de Voltaire.

« J'écrivis alors une dissertation philosophique dans le genre du *Pygmalion* de Sainte-Hyacinthe, dans laquelle, fondant ensemble la doctrine de Leibnitz et celle de Démocrite, j'essayai de démontrer que Vénus, sans le secours de Dieu et par l'effet seul des lois intimes du mouvement, avait pu naître de l'écume de la mer, et j'en concluais que le monde avait pu se former sans l'intervention de Dieu. Mais je prouvais en même temps que Dieu n'en existait pas moins comme âme de ce monde. Cet écrit tomba entre les mains de mes maîtres et m'attira beaucoup de désagréments, qui eussent été plus sérieux si ma conduite, sous tous les rapports, n'eût pas été à l'abri de reproche.

« Du reste, je ne cessais de méditer; je ne croyais rien sans examen et je finis par tomber dans le doute sur l'existence de Dieu, ce qui me coûta beaucoup de larmes et me causa de longues insomnies.....

« Je lus également la Poétique de Breitinger, les poésies de Haller, *le Messie* (de Klopstock) et une foule de morceaux de critique (dans les *Braemer Beitraege*, les Archives de Brême, journal de l'époque). A seize ans, j'avais lu à peu près tous les auteurs des siècles d'or et d'argent, Tite-Live, Térence, Virgile, Horace; mais j'avais de la prédilection pour Cicéron.

« J'allai à Erfurth chez un de mes parents (le docteur Baumer, professeur de médecine), qui m'apprit beaucoup de bon et de mauvais en philosophie. Toutefois je soumettais tout à l'examen et, après avoir été matérialiste pendant quelque temps, je me trouvai sur la voie d'une vraie philosophie. Alors seulement je lus avec plaisir *la Théodicée*......

« Je n'avais point d'amis, ne trouvant personne qui eût à la fois du goût et l'amour de la vertu. A dix-sept ans, je retournai chez mes parents à Biberach où je passai l'été de 1750. Pendant ce séjour, je fis connaissance avec une cousine (Sophie de Guttermann, plus tard Mᵐᵉ de La Roche) dont l'âme était tellement en harmonie avec la mienne, qu'il ne lui manquait que mes défauts pour que la ressemblance fût parfaite. Son amitié et le peu de temps que je passai près d'elle firent de moi un homme tout différent. Le changement qui s'opéra dans Junius Brutus ne fut guère plus complet. D'inconstant et distrait que j'étais, je devins posé, tendre, généreux, ami de la vertu et de la religion.

« Je vins ensuite ici (à Tubingue) pour étudier la jurisprudence; mais je ne pus y prendre goût et je continuai de cultiver le champ stérile des belles-lettres et de la philosophie...... Dans les mois de février, mars et avril, je composai *l'Éloge de l'Amour*; en mai, *l'Hymne à l'Amour*; en juin et juillet, *Hermann*. J'ai toujours travaillé seul et sans maîtres. Le défaut de société..... m'a beaucoup nui..... et je crains de devenir farouche et pédant.... Mon avenir m'effraie....

« Je dois ajouter que j'ai toujours eu de l'horreur pour ceux qui tournent la Bible en dérision et pour ces *esprits-forts pervers*, Voltaire, d'Argens, La Mettrie, Edelmann. Je me proposais alors d'être le premier successeur de Spinosa, c'est-à-dire d'être *esprit-fort vertueux*; mais je sentis bientôt que, sans Dieu et sans religion, il n'y a point de vertu..... »

Tel est le récit, disons plutôt la confession, un peu ingénue, qu'à son entrée dans la carrière, le génie, encore incertain de sa force et de sa vocation, faisait respectueusement à l'homme qu'il considérait alors comme le maître de la littérature. Cette opinion, du reste, ainsi que l'autorité exercée par Bodmer sur son candide admirateur, ne devait être qu'un accident passager dans la vie du poëte.

Sa mère, femme spirituelle, nerveuse, impressionnable, comme on dit aujourd'hui, eut sur lui une influence plus marquée. Il dut à son père, avec le goût de l'étude, une érudition précoce : elle, pour sa part, lui légua la vivacité, la délicatesse des perceptions, la poésie en un mot. Les femmes, du reste, occupèrent dans sa vie une place assez grande. On voit dans ses confidences à Bodmer qu'il eut une femme, sa cousine Sophie, pour premier, pour unique ami de sa jeunesse. Comme il l'avouait sans façon, il recherchait la société des dames de préférence à celle des savants. Il les aimait, non pas à la façon des libertins, mais avec une espèce de culte. « J'ai aimé, écrivait-il en français à l'une de ses amies, qui fut aussi celle de Rousseau, Julie Bondely; j'ai aimé depuis ma dix-septième année (il n'en avait pas vingt-sept alors) au moins une bonne douzaine de femmes charmantes. . C'étaient des divinités que j'adorai.... »

Mais nous trouvons, dans un écrit de son ami Boettiger [1],

---

1. *Literarische Zustaende und Zeitgenosse*, etc. — Affaires et contemporains littéraires, esquisses tirées des manuscrits de *Charles-Auguste* BOETTIGER, et publiées par CH.-W. BOETTIGER, professeur à Erlangen. Leipzig, 1858; Brockhaus. In-8°.

un aveu plus intéressant, plus décisif encore. L'auteur résume une conversation tenue dans un salon de Weimar, entre Wieland, Herder, Falck, etc. « Wieland soutient contre mademoiselle Schroeder (artiste du théâtre de Weimar) qu'il n'a jamais aimé une femme à cause de sa beauté, non même pas Sophie de La Roche, irrésistible aux jours de sa jeunesse. Julie Bondely était si laide qu'il ne s'habitua qu'à la longue à sa vue ; elle avait, néanmoins, de beaux yeux très-expressifs et une voix douce. L'amour pour une femme laide est celui qui dure le plus. — Les femmes sensées, remarque Herder, n'aiment jamais la beauté chez les hommes ; elles préfèrent même, par coquetterie et par esprit de contradiction, les hommes les moins bien partagés sous ce rapport, mais habiles. Quant à moi, continue Herder, jamais je ne me suis abandonné à l'amour d'une femme. — *Et moi*, réplique Wieland, *tout ce que je suis, je le suis grâce à de nobles femmes.....* »

En décrivant à Bodmer la révolution que détermina en lui sa connaissance avec Sophie, Wieland ne dit pas tout ; il ne dit pas qu'il dut aux entretiens avec sa cousine l'inspiration du premier ouvrage sérieux qui soit sorti de sa plume. Elle lui vint, cette inspiration, un beau dimanche d'été, à l'issue d'un sermon qu'avait prêché Matthieu Wieland sur Dieu et l'amour. Christophe s'était égaré, avec mademoiselle Guttermann, dans la campagne aux environs de Biberach. La conversation roula sur les sujets qu'avait traités le vieux ministre. L'enthousiasme, encore exalté par la sérénité du temps et par le charme de la promenade, était au comble chez l'un et l'autre des deux jeunes gens. Wieland conçut alors la première pensée d'un poëme qu'il prétendait consacrer à sa belle mais savante cousine, et ce grand poëme, qu'il exécuta bientôt après, durant son séjour à Tubingue, il est intitulé : *De la nature des choses, ou le Monde le plus parfait!* Pour ne pas trop s'étonner d'un hommage aussi singulier de la part d'un homme qui n'avait pas vingt ans et qui s'adressait à une femme à peine plus âgée que lui, il faut se rappeler à quelle vie solitaire et studieuse Wieland avait été voué jusque-là, se rappeler aussi que sa confidente avait reçu une éducation recherchée, peut-être un peu pédante.

Wieland n'avait à cette époque aucune relation littéraire. Il envoya son poëme, sans se faire connaître, à un libraire de

Halle qui le fit imprimer. Ce premier succès l'encouragea. Il
tourna ses regards vers Bodmer, patriarche de l'école anglo-
germanique, dont le siège était à Zurich et qui luttait alors contre
l'école saxonne, ou plutôt française, régentée par Gottsched.

On connaît la lettre par laquelle il se mit en communication
avec l'auteur de *la Noachide*. La correspondance, entamée de la
sorte, continua d'abord sous le sceau de l'anonyme, puis, quand
Bodmer eut répondu par des témoignages de bienveillance, sans
aucun déguisement. Tous les ouvrages du débutant furent soumis successivement à son tuteur littéraire. Ce sont, outre ceux
que Wieland a nommés déjà dans sa lettre, un poëme sur *le
Printemps*, les *Épîtres* et les *Histoires morales*, l'*Anti-Ovide*,
rien, du reste, qui occupe une place marquante dans ses œuvres.

A partir de Tubingue, Wieland entre d'un pas plus résolu,
plus constant, dans la carrière où il va trouver enfin la gloire et
même la fortune. Avant de le suivre, n'oublions pas quelques
mots au sujet d'autres amis, d'autres influences, qui, outre ses
parents, sa cousine et ses études proprement dites, eurent une
action réelle sur sa vie postérieure : il s'agit de ses livres favoris.

Quant aux anciens, on a vu que Cicéron avait surtout sa prédilection : il a fait plus tard acte de gratitude en traduisant l'ora-
teur romain. Mais, à cette époque, Cervantes était, parmi les
modernes, l'auteur qui peut-être l'avait le plus frappé. Il faut en
excepter Klopstock, dont les premiers chants de *la Messiade*
venaient de paraître dans les *Braemer Beitraege*.

Dans la suite, il contracta d'autres intimités littéraires. « J'ai,
disait-il, certains livres qui sont, quand j'en ai le besoin, mes
assidus consolateurs. Lorsque le dégoût vient à me prendre pour
tous les autres, ceux-là me restent, nonobstant, comme une
jouissance délicate de mon intérieur. Quelques morceaux de
Lucien sont du nombre. J'y comprendrais aussi Rabelais si je
pouvais le lire à livre ouvert. Tristram Shandy fut longtemps
mon manuel : je l'ai lu trente fois au moins et, si je n'y retourne
plus, c'est qu'il m'est complétement connu. Depuis peu (c'était
en 1795), il est apparu là-bas, à Hof, un certain Richter (Jean-
Paul), dont l'*Hesperus*, que j'ai fait venir de Leipzig, remplace
aujourd'hui Sterne.... Cet homme est plus que Herder et Schiller.
Il a comme Shakspeare une intelligence universelle.... »

Quant à Voltaire, qu'il n'apprit à bien connaître que plus tard,

chez le comte de Stadion, où il trouva aussi, dans sa riche bibliothèque, Condillac, Helvétius, Shaftesbury, etc., on a mis quelque
affectation à rappeler des expressions de mépris échappées à son
sujet de la plume de Wieland, alors que celui-ci l'avait à peine lu
et qu'il était encore dans sa ferveur ultra-chrétienne. L'auteur'
d'*Agathon* n'a jamais caché toutefois combien il admirait l'esprit prodigieux de l'illustre Français. Le fait est qu'à Weimar il
avait dans son cabinet une statuette de Voltaire, vêtu de la toge
romaine, œuvre assez remarquable du *grand* Houdon (c'est
Boettiger qui donne l'épithète), taillée en bois sur un pied de
hauteur. Wieland ne parlait de lui qu'avec enthousiasme. « Jamais, disait-il, aucun homme n'a opéré dans le monde des idées
une révolution aussi générale avec moins de secousses... Mais
l'ambition était l'unique ressort de ses actions. Si elle ne l'eût
poussé à Paris dans sa quatre-vingtième année, il vivrait peut-
être encore... » C'était en 1791.

Le *Spectateur* anglais, Addisson, Steele et leur école, eurent
aussi, dès la jeunesse de Wieland, une part notable dans ses
sympathies ..... Études et goûts bien divers! Mais laissons l'éco-
lier, pour rejoindre le maître.

La vie de Wieland, depuis sa sortie de l'université, peut être
divisée en trois périodes : la première qui comprend son séjour
en Suisse, soit à Zurich auprès de Bodmer, soit à Berne auprès
de Julie Bondely; la seconde qui le ramène à Biberach où il
s'initie, chez le comte de Stadion, aux manières et au langage du
monde; la troisième qui se passe à Weimar, dans une cour rivale,
on peut le dire, bien qu'en moindres proportions, des cours
d'Auguste, de Léon X et de Louis XIV.

' La période suisse dura six années, de 1753 à 1760, dont cinq
à Zurich, une seule à Berne. Attiré dans ce pays par Bodmer, il
y partagea son existence entre les leçons dont il se chargea,
comme précepteur, auprès de quelques enfants riches, et les
écrits qu'il publia dès lors avec une sorte de régularité. Cette
époque fut, à la fois, l'apogée et le déclin de sa tendance religieuse.
Subissant l'influence immédiate de Bodmer (plus âgé que lui et
dès longtemps célèbre), vivant dans une communauté d'idées
avec ce maître et ses élèves, Breitinger, Gessner, Hess, etc., il
mit successivement au jour les *Lettres de morts à leurs amis
vivants*; *l'Épreuve d'Abraham*, poëme en trois chants; *les Qua-*

torze *Sympathies*, *les Souvenirs à une amie*; *Thimoclée*, dialogue sur la beauté réelle et la beauté apparente; *la Vision de Mirza*, poëme; *les Sentiments d'un chrétien*; *Considérations platoniques sur l'homme*. Ces écrits sont en général des inspirations chrétiennes. Dans les *Sympathies* surtout, Wieland pousse l'orthodoxie jusqu'au fanatisme. Il condamne non-seulement Ovide, mais aussi Anacréon, Tibulle, Chaulieu, Prior; il condamne Gleim, qui fut depuis un de ses amis les plus intimes, pour avoir chanté une Philis imaginaire, et Pétrarque, pour avoir parlé de Laure avec enthousiasme. Un chrétien, ajoutait-il, doit préférer l'hymne le plus insignifiant au chant profane le plus gracieux. Lui-même en appela bientôt d'un arrêt aussi rigoureux et se chargea de casser la sentence par ses exemples autant que par ses préceptes.

Wieland n'avait guère vu le monde jusque-là. Il préféra bientôt à la société du sévère Bodmer celle d'amis plus jeunes et plus gais. Il trouva aussi dans les cercles de Zurich, qu'on a souvent appelée l'Athènes helvétique, des femmes instruites et aimables. En épousant, vers 1754, M. de La Roche, conseiller de l'électeur de Mayence, Sophie Guttermann avait détruit un de ses rêves les plus chers, le projet d'associer pour toujours son existence à la sienne. Il supporta ce malheur avec fermeté, mais il chercha des distractions autour de lui. Comme il l'a dit ensuite en plaisantant, il avait eu à dix-sept ans une maîtresse telle qu'un roi ne peut se vanter d'en avoir, puis, en Suisse, tout un brillant sérail. Ses vers, où figurent tour à tour Sélima, Diotima, Mélissa, Cyane, Ismène, Arète, Eulalie, Sacharissa, qui sont des noms, mais pas des êtres fictifs, en conservent le souvenir. Parmi toutes ces liaisons plus ou moins platoniques, la plus sérieuse, la plus durable et celle qui s'accorda le mieux avec ses goûts littéraires, fut son attachement pour Julie Bondely, fille d'un ministre bernois. Laide, ainsi qu'on l'a vu plus haut, Julie avait, en compensation de ses défauts corporels, un esprit supérieur et cultivé. Son ami songea un moment à l'épouser, mais les circonstances en ordonnèrent autrement, cette fois comme lors de son premier amour.

La révolution qui se préparait ainsi dans ses tendances philosophiques, Wieland lui-même l'annonça vers ce même temps par quelques phrases de ses lettres. « Je me montrerai peu à

peu tel que je suis; le voile tombera : il en sera du mystique,
du *Bodmérien*, ce qu'il advient de tous les fantômes.... J'ai dû
passer pour un fanatique aux yeux des uns, pour un hypocrite
aux yeux des autres, pour inconséquent auprès des hommes
graves, pour fantasque aux gens du monde, pour un poëte chez
les philosophes, pour un philosophe parmi les poëtes.....: On m'a
pris pour tout ce que je ne suis pas. J'ai acquis de l'expérience
et j'en profiterai. J'ai toujours aimé avec passion le vrai, le bon
et le beau ; j'emploierai toutes mes forces pour atteindre ce que
j'ai appris à aimer : bref, j'ai maintenant vingt-cinq ans derrière
moi.... »

Les dernières productions échappées à sa plume pendant sa
résidence en Suisse marquent cette époque de transition. Ce sont
deux pièces de théâtre, *Jeanne Gray* (1758), tragédie où Lessing
découvrit les promesses de l'avenir, et *Clémentine de Porreta*
(1759), drame assez médiocre; puis les cinq premiers chants
d'un poëme interrompu, *Cyrus* (1759), réminiscence de Xéno-
phon. Un épisode tiré de ce poëme, *Araspe et Panthée* (1759),
signala sa maturité, son avénement pour ainsi dire à cette philosophie *socratico-horacienne*, comme on l'a appelée, à cette
manière gracieuse, enjouée, ironique, dont sont dès lors empreintes la plupart de ses œuvres.

En 1760, il cherchait à s'établir comme imprimeur et libraire
à la fois dans une petite ville de l'Argovie, Zoffingue, où il
aurait conclu son mariage avec mademoiselle Bondely, lorsqu'il
apprit que le choix unanime de ses compatriotes l'appelait à la
magistrature de Biberach. Il obéit à leurs vœux, moins sans
doute par goût pour des fonctions assez mal séantes chez un
poëte que par dévouement pour son père fort âgé déjà. Bientôt,
du reste, il résolut de s'en démettre, à la suite des ennuis que
lui suscitèrent d'incessantes querelles entre les protestants et les
catholiques, formant, à Biberach, deux parts égales en droits,
si ce n'est en nombre, de la population urbaine. Mais qu'obtint-
il en échange? La charge de greffier, c'est-à-dire de directeur
de la chancellerie (*Kanzleidirectors*), avec 1,000 florins (2,000 fr.)
d'appointements et un logement!

En 1762, le comte Frédéric de Stadion vint, après avoir rempli les fonctions de premier ministre auprès de l'électeur de
Mayence, chercher le loisir et le repos à Warthausen, domaine

éloigné d'une lieue seulement de la ville impériale. Il amenait
avec lui le conseiller de La Roche, homme instruit, spirituel,
caustique, brillant, qui connaissait le monde et savait en parler;
il amenait enfin la femme de celui-ci, la belle et célèbre Sophie,
dont l'esprit ne le cédait pas à celui de son mari. Accueilli, attiré
dans ce cercle d'élite, où Wieland trouvait enfin le milieu qu'attendait son génie pour se développer avec tout son éclat et toute
sa liberté, il y trouva dès lors une source continuelle d'inspirations et d'encouragemens qui fut longtemps intarissable. Quelque
féconde qu'ait toujours été la plume de Wieland, elle étonne à
cette époque par l'abondance de ses productions, si l'on réfléchit
surtout au greffe où se perdait en partie le temps du poëte.

Il publia successivement *Nadine*, conte imité de Prior, et
d'autres *Contes comiques* (1763); *Don Sylvio de Rosalva*, ou
le Triomphe de la Nature sur l'exaltation (1764), imitation, très-
inférieure au modèle, de Don Quichotte, mais appliquée à la
féerie; *le prince Binbinker*, poëme (1764); *Agathon* (1766 et
1767), son chef-d'œuvre en prose, le meilleur roman moral, a dit
Lessing, qui eût paru jusque-là; *Aspasie*, poëme; les fragments de *Psyché*, grand poëme sur l'Amour; *Idris et Zénide*
(1765) et le *Nouvel Amadis* (1770), histoires de chevalerie
écrites en vers ravissants; *Musarion, ou la Philosophie des
Grâces* (1768), poëme en trois chants, qu'on regarde, après *Obéron*, comme le chef-d'œuvre en vers de son auteur, et dont le
titre indique assez la tendance; enfin sa *Traduction de Shakspeare* en huit volumes (1762-1768.)

Une circonstance assez singulière détermina ce dernier travail.
En sa qualité de secrétaire de la ville, Wieland était chargé de
l'inspection, voire même de la direction du théâtre, si toutefois
Biberach avait bien un théâtre. Là, comme dans la plupart des
villes impériales de la Souabe, quelques bourgeois des deux sexes
avaient formé une espèce de corporation dramatique et donnaient
annuellement, à certaines époques, des représentations dont
celle de *Pyrame et Thisbé*, dans Shakspeare, peut donner une
idée. Un cordonnier pour femmes, qui avait été à Paris et qui
avait vu Carlin, en était le principal acteur, avec un autre ar-
tisan, un armurier, je crois. Voulant donner quelque importance
à ce spectacle, le doter au moins d'une primeur littéraire, le
poëte eut recours au grand William, qu'il connaissait à peine;

il arrangea *la Tempête* pour la scène municipale, prit goût à cette étude, et continua sa traduction, qui obtint, du reste, les suffrages de Lessing, critique si rigoureux pourtant.

Dans l'automne de 1765, Wieland s'était marié. Sa femme était fille d'un négociant d'Augsbourg, Hillenbrandt. Voici comme il la dépeint dans une lettre à Gessner, avec lequel il entretint, depuis son premier séjour à Zurich, des relations amicales et soutenues : « Elle n'a que fort peu de ces qualités brillantes que je n'ai pas recherchées, du reste, dans le choix d'une épouse, peut-être parce que j'ai eu l'occasion d'en reconnaître les inconvénients. Elle est, comme dit notre Haller, faite pour mon cœur, pure, exempte des atteintes du monde, douce, gaie, sensible ; c'est la nature, à peu près comme la Philis de votre Daphnis, pas tout à fait aussi jolie, mais pourtant assez pour un honnête homme qui veut avoir une femme à lui, avantage que ne procurent point les grandes beautés... »

Ce mariage fut heureux. Aux qualités les plus brillantes, le poëte joignait les plus solides. C'est un témoignage que ses contemporains, comme ses historiens, se sont plu tous à lui rendre. Quelle réponse plus décisive à opposer aux détracteurs de sa moralité?...

Avant d'arriver à la dernière phase de sa vie, à la plus glorieuse, sa résidence à Weimar, Wieland passa quatre ans environ à l'université d'Erfurt, où l'électeur de Mayence le nomma, peu après la mort du comte de Stadion, en 1768, professeur de philosophie, charge qu'il n'accepta pas seulement à titre honorifique, comme on prétendait la lui donner, mais dont il remplit avec scrupule les devoirs laborieux. A côté de ses leçons sur l'histoire de la philosophie et de la littérature, il sut, néanmoins, trouver assez de temps pour achever divers ouvrages : *le Manuscrit de Diogène de Sinope* (1770), la plus heureuse peut-être des inspirations sans nombre qu'ait éveillées *l'humour* de Sterne; *Kombabus*, dans la même année; *Korkor et Kiquetzel*, roman où il combat les idées de Rousseau avec les armes de Voltaire; quelques autres écrits contre le philosophe de Genève, en défense des lumières et de la civilisation; *le Miroir d'Or, ou les rois de Schenschian* (1772), leçons indirectes de morale et de politique, reflet ingénieux et brillant des idées qui se manifestaient en France vers le même temps.

b.

En 1772, il reçut de la duchesse Anne-Amélie l'honorable mission d'élever son fils, le prince héréditaire de Saxe-Weimar. Il l'accepta et devint ainsi le premier membre de cette belle réunion de poëtes, de littérateurs et de savants, qui bientôt illustra l'Athènes allemande et qu'il a eu la gloire de provoquer autant par son esprit aimable et son bienveillant caractère que par ses conseils à son élève et à la régente. Il y trouva un nouveau Warthausen, plus grand, plus digne de sa renommée, alors répandue dans toute l'Allemagne et même au dehors; il y trouva ce qu'il avait sans cesse désiré avant toute chose, de nobles loisirs. Durant quarante ans, Wieland lança de là dans le monde ses écrits que, depuis 1773 jusqu'en 1793, il publia lui-même, sans l'intermédiaire des éditeurs, dans *le Mercure allemand*, recueil philosophique et critique fondé, rédigé, soutenu par lui, moyen puissant d'encourager la marche de plus en plus indépendante et hardie de la littérature nationale, service important et réel qu'il rendait à son pays après d'autres services.

Pour terminer la liste de ses écrits, sans y joindre des observations ou des jugements qu'on peut chercher dans une notice plus détaillée, voici, quant aux principaux, ceux qui parurent depuis son arrivée à Weimar : *le Choix d'Hercule* et *Alceste* (1773), opéras pour le théâtre ducal; les premiers ouvrages de ce genre qui aient eu en Allemagne une valeur littéraire; *l'Histoire des Abdéritains* (1773), roman critique fort amusant, où l'on se plut à voir nombre d'allusions plus ou moins transparentes et dont le succès fut immense; *l'Histoire de Danischmend et des trois Kalenders* (1773), qui fait suite en quelque sorte au *Miroir d'Or*; *Gyron le courtois*, *Contes d'hiver et d'été*, *Pervonte*, imitations en vers de légendes étrangères, dont la première a été citée par un critique comme une leçon de morale et un modèle littéraire à mettre entre les mains de la jeunesse; *Amour pour amour*, qui obtint, au point de vue moral ainsi que sous le rapport poétique, les suffrages de Schiller; *Obéron* (1780), son chef-d'œuvre poétique; *les Dialogues dans l'Élysée*, *les Dialogues des Dieux*, *les Dialogues entre quatre yeux*, où sont traités des sujets divers de politique et de littérature; *Peregrinus Proteus* (1789), tentative ingénieuse pour compléter les notions données par Lucien sur cet adepte du mysticisme; *Agathodæmon*, essai du même genre à propos d'Apollonius; *le Musée* et *le nouveau*

Musée attiques, séries de traductions destinées à faire connaître des Allemands les chefs-d'œuvre de la poésie, de la philosophie et de l'éloquence grecques; *Aristippe et quelques-uns de ses contemporains*, espèce de manifeste sur les doctrines et les tendances de l'auteur lui-même; *Ménandre et Glycérion, Cratès et Hipparque*, où, malgré l'âge avancé de Wieland, on retrouve la verve et la fraîcheur de sa jeunesse; *Euthanasia*, où, à l'occasion d'un certain Woetzel qui prétendait avoir vu l'esprit de sa femme, le philosophe reproduit avec une vigueur juvénile ses idées quelque peu sceptiques sur la nature de l'âme; enfin une excellente *traduction des lettres de Cicéron*, commencée en 1806, continuée jusqu'à sa mort, mais inachevée.

Dans le cercle brillant que, de concert avec son fils, la duchesse Amélie forma progressivement à Weimar, l'auteur d'*Obéron*, d'*Agathon*, des *Abdéritains*, de *Musarion*, fut toujours entouré des hommages dus à son génie, à sa gloire, même à son âge: on l'appelait *Vater Wieland*, père Wieland, si le mot français peut rendre ce que l'allemand implique à la fois de vénération et de familiarité; lorsque Gœthe donna sur le théâtre ducal une première représentation du *Tasso*, il fit remplacer, dans les jardins de Belriguardo, les bustes de Virgile et d'Arioste par ceux de Schiller et de Wieland : mais le poëte n'en eut pas moins à subir au dehors les effets d'une réaction qui, de son vivant même, grâce à la marche rapide, en Allemagne, du développement intellectuel, éclata contre les idées qu'il avait contribué surtout à répandre et même contre une renommée acquise par tant et de si constants travaux.

Dès 1774, Gœthe lui-même, qui depuis fut et resta son ami, en donna le premier le signal, dans un opuscule intitulé : *Les Dieux, les Héros et Wieland*, boutade pleine de verve qui produisit une grande sensation. C'était une vive récrimination contre la prétendue irrévérence avec laquelle Wieland avait parlé de Shakspeare, dans les notes de sa traduction, des héros et des dieux de la Grèce, en plusieurs occasions, et contre le costume moderne dont il s'était souvent permis d'affubler ces derniers. Le directeur du *Mercure allemand* se vengea en homme spirituel et bon : il annonça lui-même la pièce de Gœthe dans son journal, et en fit l'éloge. Ce fut l'origine de leur liaison.

Lorsque l'école moderne, romantique, si l'on veut, eut gagné

force et crédit, au détriment de l'école classique ou française,
en 1799, les frères Schlegel dirigèrent contre lui une attaque
plus violente et dont les suites furent aussi plus durables. On lut
dans l'*Athenæum* « une invitation aux sieurs Lucien, Fielding,
Sterne, Bayle, Voltaire, Crébillon, Hamilton et beaucoup d'autres,
de même qu'à Horace, Arioste, Cervantes, Shakspeare, en un
mot à tous ceux qui pourraient avoir à faire quelques réclama-
tions, à se réunir en assemblée de créanciers à l'effet de les faire
valoir contre le sieur Wieland. »

L'accusation était plus piquante que juste, au moins dans ce
qu'elle avait de général. Mais le public allemand, non moins
inconstant que le public français, si volage pourtant, à ce que
l'on assure, fit droit à la requête des adversaires de notre poëte.
Il devint à la mode de le dénigrer.

Cette réaction était trop exclusive pour durer, et, depuis longtemps, Wieland occupe, dans l'opinion de ses compatriotes les
plus éclairés, la place qui lui appartient, non pas peut-être
parmi les génies originaux, mais au premier rang des penseurs
spirituels et des poëtes élégants.

Dès 1810, madame de Staël, dans le livre sur l'*Allemagne*,
auquel Schlegel ne fut pas complétement étranger, jugeait ainsi
l'auteur d'*Obéron* :

« Les nouveaux écrivains, qui ont exclu de la littérature allemande toute influence étrangère, ont été souvent injustes envers
Wieland : c'est lui dont les ouvrages, même dans la traduction,
ont excité l'intérêt de toute l'Europe ; c'est lui qui a fait servir la
science de l'antiquité au charme de la littérature ; c'est lui qui
a donné, dans les vers, à sa langue féconde, mais rude, une
flexibilité musicale et gracieuse. Il est vrai cependant qu'il n'était
pas avantageux à son pays que ses écrits eussent des imitateurs :
l'originalité nationale vaut mieux ; et l'on devait, tout en recon-
naissant Wieland pour un grand maître, souhaiter qu'il n'eût
pas de disciples... »

Quant aux appréciations des Allemands eux-mêmes, voici
quelques extraits d'un chapitre écrit par l'homme qui tient aujourd'hui le sceptre de la critique au delà du Rhin, Wolfgang
Menzel [1] :

1. Dans son ouvrage sur la littérature allemande ; *die Deutsche Litte-
ratur*, Stuttgart, 1828 ; Franckh.

« Dans son genre, Wieland n'a pas été moins utile que Lessing, en rendant agréable et facile pour les Allemands ce que ce dernier leur imposait avec sévérité, même avec rudesse. Cette différence entre leurs deux caractères fit aussi qu'il eut autant d'amis que l'autre d'ennemis. Le génie antique, cristallisé en quelque sorte chez Lessing, s'épanchait chez Wieland avec autant de liberté que d'abondance. Moins sérieux, moins absolu, Wieland se mettait à l'aise ; mais ce maître, qui n'exigeait pas d'eux autant d'application, était précisément ce qu'il fallait aux Allemands. Son grand, son immortel mérite est d'avoir donné le premier à ses compatriotes une idée de la grâce des Grecs et d'avoir assoupli leurs membres trop roides..... (Après les génies puissants, qui, tels que Klopstock et Lessing, avaient secoué les lourds vêtements dont la poésie nationale était embarrassée, après ceux qui n'avaient pu et dû avoir que la force en partage, vint le tour d'un esprit voué pour sa part à la grâce exclusivement....) Wieland parut, génie aimable, serein, léger, délicat, tout imprégné d'une grâce, d'un enjouement, d'un esprit inépuisables. Il faut nécessairement connaître l'époque étroite, compassée, maniérée, qui le précéda, pour apprécier à toute sa valeur le libre essor qu'il sut prendre et pour excuser ce que notre siècle, parvenu plus haut avec son aide, serait tenté de lui reprocher peut-être. Wieland rendit le premier à la poésie allemande l'aisance, la grâce simple et naturelle de l'homme du monde ; il lui apprit à connaître, à rechercher et à manier le badinage. Audacieux, rieur, irrésistible, il coupa les catogans des philistins (des bourgeois par opposition aux artistes); il dépouilla enfin la beauté rougissante du fard et des peniers... »

Et plus loin : « Ce que Winkelmann a fait pour les arts plastiques, il l'a fait pour la poésie : il a enseigné à reconnaître, à étudier dans les modèles grecs et à reproduire parmi nous la beauté naturelle et vraie..... »

« Aucun écrivain, dit M. Duvau (dans une excellente notice de la *Biographie universelle*), n'a eu autant d'influence, non-seulement sur le style, mais encore sur le ton de la société. La netteté des pensées, le besoin d'un but réel et utile, l'aménité et la facilité à entrer dans les idées de ses interlocuteurs distinguaient pareillement sa conversation. Ses services furent donc immenses. »

Wieland avait porté sur lui-même un jugement analogue. « J'ai infiniment peu d'imagination, disait-il en 1800 à la duchesse Amélie, et pourtant on ne m'a jamais tenu compte que des créations de ma fantaisie. Depuis cinquante ans, j'ai mis en circulation une foule d'idées qui ont enrichi le trésor de la civilisation nationale et ne portent plus le cachet de leur auteur : voilà mon mérite. »

Sa modestie, d'ailleurs, était extrême, sans être affectée. Lorsque Gœschen, en 1794, réunit ses œuvres dans une édition de luxe, il s'en montra peu satisfait, car, disait-il, la moitié au moins de ce que j'ai écrit n'est pas digne de ce vêtement d'apparat. — Je n'ai jamais cru que je fusse un grand poète, répétait-il à Boettiger, quand les Schlegel firent leur déclaration de guerre.

Il fut, d'autre part, toujours prompt à reconnaître les mérites de ses rivaux. On a vu comment il accueillit les premières productions de Jean-Paul qui fut le successeur de Sterne dans ses sympathies littéraires. — Dieu dans sa bonté nous a donné Herder, écrivait-il à Jacobi. — Quant à Gœthe, il n'est sorte d'éloges qu'il ne lui ait prodigués. — « Il peut tout, s'écriait-il un jour devant Boettiger. S'il voulait faire des stances rimées, il me battrait aussi sur ce terrain-là. »

Tant de modestie peut servir à expliquer le soin qu'il apportait dans tous ses écrits. « Il n'aimait pas, dit M. Duvau, à paraître en négligé devant les personnes qui venaient le voir : il a de même respecté constamment ses lecteurs et n'a jamais cru que sa haute renommée le dispensât de donner tous ses soins à ce qu'il leur présentait. Tous ses ouvrages importants étaient écrits et copiés de sa main. Obéron l'a été quatre fois. Son écriture même était soignée et très-nette. »

« La manière dont je travaille, a-t-il dit lui-même, ressemble assez à la méthode du dessinateur, qui ne fait jamais que des lignes et des traits, efface sans cesse avec sa mie de pain, ajoute toujours et finit par offrir un ensemble passable. Aussitôt que mon esprit vient à produire, j'écris; pourtant ma pensée ne se dessine, ne se forme que lorsque je l'ai retournée, effacée, pétrie, tortillée à trois, à quatre reprises et même plus. Aussi rien d'affreux comme mes brouillons..... »

« Ma femme, remarquait-il plus tard, en montrant le dictionnaire d'Adelung déposé sur une table, ma femme peut dire combien de fois par jour je le consulte, par crainte d'écrire un mot qui ne soit pas allemand. Et pourtant voilà cinquante ans que j'écris l'allemand ! Il faut encore que sans cesse je sois sur mes gardes, à cause de mon patois souabe, pour ne pas laisser échapper de temps en temps quelque *suévisme*..... »

On retrouve cette sévérité, cette honnêteté de la conscience, dans les explications qu'il se crut obligé d'opposer plus d'une fois aux reproches d'immoralité dont il fut poursuivi. Il écrivit entre autres ce passage : « Mes intentions étaient pures ; pourquoi n'a-t-on pas voulu les reconnaître ? Croyez-vous sérieusement que deux ou trois contes badins puissent corrompre la société ?.... J'ai peint les vices tels qu'ils sont : est-ce ma faute s'ils sont attrayants ?... D'ailleurs ce n'est là que l'accessoire.... Au reste, si le coloris est trop vif, c'est une erreur de goût... La pensée que j'ai pu faire du mal m'est très-pénible et m'a souvent conduit à désirer d'avoir été fendeur de bois, portefaix ou toute autre chose qu'un écrivain populaire..... »

Père de neuf enfants vivants (il en eut quatorze), simple dans ses goûts et ses habitudes, il cherchait le bonheur surtout au sein de sa famille. Lorsqu'en 1801, il perdit sa femme, sa douleur fut extrême. Peu après il quitta sa campagne d'Osmanstaedt, son Osmantium, comme il se plaisait à l'appeler, où il résidait paisiblement depuis quelques années, et il revint à Weimar. Fort âgé déjà, il regardait chaque année qui s'écoulait encore pour lui comme une conquête sur la mort à laquelle, par suite de sa constitution faible originairement, puis altérée par un travail assidu, il s'attendait longtemps avant qu'elle vînt le frapper.

Dans l'hiver de 1812 à 1813, à l'âge de quatre-vingts ans, il prit une part très-vive aux représentations qu'Iffland donnait alors sur le théâtre de Weimar. Une première attaque d'apoplexie le surprit au commencement de janvier. Les secours de l'art donnèrent de l'espoir. Mais, dans la nuit du 13, les crampes et la fièvre rendirent son état plus alarmant. Il conserva toute sa sérénité, conversant avec sa famille et s'occupant d'achever sa traduction de Cicéron. Bientôt les accidents se multiplièrent. Dans les rêves de sa fièvre, maintes figures de l'antiquité passèrent devant sa pensée ; d'autres fois, quelques mots italiens, échappés de sa bouche, apprirent qu'il se reportait vers l'Arioste et ses chevaliers ; puis son esprit vint à la fin se reposer au sein de Shakspeare. Ses enfants l'entendirent, dans sa dernière journée, murmurer à plusieurs reprises les premières paroles du monologue d'Hamlet : Être ou ne pas être,... en allemand d'abord, puis en anglais. Un peu avant minuit, le 20 janvier, il cessa d'exister.

Ses restes sont déposés à Osmanstaedt, entre ceux de sa femme et ceux de Sophie Brentano, petite-fille de son amie de La Roche. Il avait lui-même choisi l'emplacement où s'élève aujourd'hui une pyramide avec cette inscription, écrite par Wieland en 1806 : *L'amour et l'amitié réunirent pendant la vie leurs âmes sympathiques, et cette pierre commune recouvre leurs restes mortels.*

On a fait cette remarque que Wieland, qui n'était d'aucune académie allemande, fut néanmoins associé de l'Institut de France (classe d'histoire et de littérature ancienne). Napoléon en personne lui avait donné la croix de la Légion-d'Honneur dans une entrevue qu'il eut avec le noble vieillard lors du congrès d'Erfurt ; Alexandre, qui se piquait d'imiter son frère impérial, ne manqua pas d'ajouter à cette décoration l'insigne russe de Sainte-Anne : le poëte ne put qu'accepter l'une et l'autre.

OBÉRON.

AU LECTEUR.

Les livres et les romans de chevalerie, dont l'Espagne et la France ont pourvu si abondamment l'Europe entière dans les XIIᵉ, XIIIᵉ et XIVᵉ siècles, forment, aussi bien que les histoires fabuleuses des dieux et des héros chez les Orientaux et chez les Grecs, un fonds poétique, lequel, même après Bojardo, Arioste, Tasse, Allemanni et tant d'autres, n'est pas encore et ne sera pas de longtemps épuisé.

Les matériaux qui m'ont servi [1] pour la composition de ce poëme, et surtout pour ce que l'on appelle, dans la langue de l'art, la fable proprement dite, sont tirés en grande partie de l'antique roman d'*Huon de Bordeaux*, bien connu par l'imitation libre qu'en a donnée, dans la *Bibliothèque universelle des Romans*, feu le comte de Tressan. L'Obéron, toutefois, qui, dans l'original, joue le rôle du *deus ex machinâ*, et l'Obéron qui donne son nom à l'ouvrage suivant, sont deux êtres fort distincts. Le premier est une espèce de lutin, tenant le milieu entre l'homme et le gnome, fils de

1. Cette courte Préface, écrite par Wieland pour les premières éditions de son poëme, a paru devoir être conservée, bien que les traducteurs français, et même les éditeurs allemands, l'aient depuis fréquemment supprimée.

Jules-César et d'une fée, transformé en nain par un bizarre enchantement. Quant au mien, c'est le même personnage qui figure, dans le *Merchant's Tale* de Chaucer, et dans le *Midsummer Night's Dream* de Shakespeare, comme le roi des fées ou des sylphes (*King of Fayries*). La manière dont le récit de sa querelle avec Titania, son épouse, est entremêlé à l'histoire d'Huon et de Rézia, me semble, avec la permission des critiques, constituer la beauté essentiellement propre à la conception de ce poëme.

Dans le fait, Obéron comprend non pas deux, mais, si l'on veut y regarder de près, trois actions principales, à savoir : l'entreprise tentée par Huon sur l'ordre de l'empereur ; l'histoire de ses amours avec Rézia, et la réconciliation d'Obéron et de Titania. Mais ces trois actions, ou ces trois fables, se rattachent si intimement au nœud véritable du récit, qu'aucune ne peut, sans le concours des autres, ni se développer ni se dénouer avec succès. Sans l'assistance d'Obéron, Huon n'aurait pu accomplir la mission que lui a donnée Charles ; sans l'amour du chevalier pour Rézia et sans l'espoir que fonde Obéron, pour sa réunion avec Titania, sur la constance et la fermeté des deux amants, le prince des génies n'aurait aucun motif de prendre une part si active à leurs aventures. De cet enlacement d'intérêts divers, qui se trouvent dans une réciproque et continuelle dépendance, résulte une espèce d'unité dont le mérite me semble être nouveau, et dont l'effet sur le lecteur, en l'attachant fortement à tous les acteurs du récit, doit être à l'abri de toutes les contestations de la critique.

CHANT PREMIER.

1.

Une fois encore, Muses, sellez-moi l'hippogriffe, que je chevauche au pays des antiques féeries! Comme l'aimable délire se joue gracieusement autour de mon sein libre de toute entrave! Qui donc ceignit mon front du bandeau magique? Qui dissipe à mes yeux le brouillard où sont cachées les merveilles d'autrefois? Je vois, dans la mêlée confuse, tantôt vainqueurs, tantôt vaincus, la bonne épée du chevalier et des païens le sabre étincelant.

2.

En vain le vieux sultan rugit de colère, en vain une forêt de lances se dresse menaçante : les sons mélodieux du cor d'ivoire ont retenti, et, comme un tourbillon, la fureur de la danse les saisit tous; ils tournent en cercle jusqu'à ce que l'haleine et la raison leur manquent. Victoire, sire chevalier, victoire! la belle est conquise. Que tardez-vous? Partez! La voile frémit. A Rome, que le Saint-Père consacre votre union!

5.

Seulement, que le doux fruit défendu ne vous tente pas avant le temps! Patience! Un vent ami favorise votre fuite; deux jours encore et les rives dorées de l'Hespérie vous souriront. O sauve-les, fidèle Schérasmin, sauve-les... si c'est

possible! Vain espoir! Dans leur ivresse, ils n'entendent
même pas le tonnerre. Infortunés, où vous conduit un seul
instant d'oubli! L'amour peut-il fasciner à ce point?

4.

Dans quel océan de misères il vous a précipités! Qui
pourra calmer le courroux du demi-dieu?... Ah! comme,
à travers les flots, ils se roulent, les bras entrelacés, heureux encore de périr en même temps sur le sein l'un de
l'autre. Ne l'espérez pas, hélas! Trop irrité contre vous,
Obéron vous refuse la dernière consolation, la dernière et
triste consolation de ceux qui souffrent, la mort!

5.

Des tourments plus cruels leur sont réservés. Je les
vois nus, sans secours, errer sur la plage déserte. Leur
gîte, c'est le creux d'un rocher; leur couche, une poignée
de joncs à moitié pourris; leur nourriture, des baies sauvages croupissant çà et là sur de maigres broussailles.
Dans cette détresse extrême, nulle fumée lointaine qui
leur annonce une cabane, pas d'esquif dont la vue leur
promette assistance. La fortune, le hasard, la nature sont
à la fois conjurés pour leur perte.

6.

Et pourtant la colère du Vengeur ne s'adoucit point;
leur misère n'a pas atteint son plus haut terme; elle ne
fait qu'alimenter leurs feux. Ils souffrent, à la vérité,
mais ils souffrent ensemble. Qu'ils soient arrachés l'un
à l'autre comme, aux éclats de la foudre, l'ouragan en
furie sépare un vaisseau de sa conserve; que l'espoir
s'éteigne dans l'asile intime où brûle encore sa faible et
dernière flamme!

7.

Ce coup manquait à leur misère!... O toi, leur
génie, leur ami naguères, dis, la faute que l'amour a
commise mérite-t-elle une vengeance sans bornes?....
Malheur à vous! Je vois encore des larmes qui brillent
dans ses yeux, et, quand Obéron pleure, vous avez tout
à craindre.... Mais où, dans son vol d'aigle, la délirante
fantaisie l'entraîne-t-elle, ô Muse? Ton auditeur reste
interdit; il se demande ce que tu as, et tes visions sont
pour lui des énigmes.

8.

Viens, redescends près de nous, là, sur ce canapé;
puis, au lieu de crier: Je vois, je vois, ce que seule tu
peux voir, raconte-nous sans façon comment tout s'est
passé. Regarde, ils s'apprêtent, la bouche ouverte, l'œil
en arrêt, auditeurs empressés à conclure le pacte par
lequel ils s'engagent, si tu sais les tromper, à se laisser
tromper. Allons!... Écoutez donc l'histoire depuis son
commencement.

9.

Le paladin... puisque enfin, pour vous divertir, autant
du moins qu'on peut vous divertir encore, nous avons
résolu de vous conter ses aventures... le paladin avait,
depuis quelque temps, fait le serment d'aller à Babylone.
Ce qu'il devait accomplir dans cette ville était une rude
tâche, même aux jours de Charlemagne, une tâche telle
qu'à présent nul chevalier n'en courrait les dangers au
prix de toute la gloire du monde.

10.

Lorsque, devant son oncle, le Saint-Père de Rome,

dont il baignait les pieds de larmes pénitentes, il eut,
en pieux chrétien, confessé toutes ses fautes, — Mon
fils, lui dit le pontife, après l'avoir absous et béni,
vas en paix! L'entreprise que tu tentes réussira. Avant
toutes choses, pourtant, une fois à Joppé, visite le Saint-
Sépulcre.

11.

Le chevalier baise humblement la pantoufle du pape,
fait vœu d'obéir et part en pleine confiance... Difficile
était l'œuvre à laquelle Charlemagne l'avait condamné;
mais, avec l'aide de Dieu et de saint Christophe, il espère
bien en venir à son honneur. Il débarque à Joppé, prend
le bâton de pèlerin, s'achemine vers le tombeau sacré;
puis il se sent doublement fortifié dans son courage et
dans sa foi.

12.

Alors, bride abattue, il s'élance vers Bagdad. — Y
serai-je bientôt? — pense-t-il sans cesse. — Mais, dans
l'intervalle, se trouvaient encore plus d'une montagne
escarpée, plus d'un désert, plus d'une épaisse forêt.
Notez aussi que chez les païens la belle langue d'oc était
chose inconnue. — Est-ce bien là le chemin de Bagdad?
— demande-t-il à chaque porte, sans que jamais personne le comprenne.

13.

Une fois, la route qui s'ouvrait devant lui le mena
dans les bois. Durant toute une longue journée, il che-
vaucha par l'orage et la pluie, tantôt à gauche, tantôt à
droite, obligé souvent de se tailler, avec sa large épée,
un passage à travers les broussailles. Il gravit une mon-

tagne pour reconnaître plus aisément les alentours ; mais, ô malheur, plus il regarde, plus la forêt semble s'étendre.

14.

Dans cet effet tout naturel, il voit un sortilége. Aussi, que devint-il quand la nuit, à la fin, le surprit dans ces régions sauvages, d'où, même en plein jour, on avait peine à se tirer? Son inquiétude fut à son comble. Les cimes des arbres ne laissaient en s'entrecroisant, percer aucune étoile. Il prit son cheval par la bride, et, du mieux qu'il put, le conduisit lui-même, se heurtant la tête à chaque pas contre les troncs de la forêt.

15.

Le voile épais et noir qui recouvre le ciel, ces bois inconnus, un bruit dont son oreille est frappée alors pour la première fois, le rugissement des lions, qui, rendu plus terrible par le silence de la nuit, vient tonnant du fond des montagnes où les rochers le répercutent, tout se réunit pour faire trembler un homme qui de sa vie n'avait jamais tremblé.

16.

Bien qu'auparavant nul fils de la femme ne l'ait vu reculer, notre héros sent, à ce bruit, les nerfs se détendre dans ses bras et ses jambes ; malgré lui un frisson glacial court le long de ses reins. Mais quelle crainte pourrait étouffer la résolution qui le pousse à Babylone ? La bride toujours en main, le glaive hors du fourreau, il gravit un sentier qui serpente à travers les rochers.

17.

Il n'a pas fait beaucoup de chemin, qu'il croit aperce-

*

voir un feu da··· l'éloignement. Cette vue ramène aussitôt plus de sang à ses joues. Partagé entre le doute et le
désir de rencontrer quelque être humain dans ces montagnes désertes, il continue à poursuivre la lueur qui
tantôt meurt et tantôt reparaît, selon que le sentier descend ou remonte.

18.

Tout à coup, devant lui, une caverne ouvre, au sein des
rochers, sa gueule sombre et béante. A l'entrée flambe un
feu pétillant. Vivement illuminée, la pierre saille en
formes bizarres du milieu des ténèbres, et les buissons,
qui pendent hors de ses noires crevasses, s'agitent, à
la réverbération du foyer, comme des flammes ver-
doyantes. Saisi d'une terreur où se mêle quelque plaisir, le paladin s'arrête à contempler ce merveilleux
spectacle.

19.

Halte! — tonne une voix qui sort de la caverne, et
soudain paraît en face d'Huon un homme de haute sta-
ture. Un manteau, grossièrement tissu de la peau des
chats sauvages, retombe sur ses larges cuisses ; une barbe
noire et hideuse descend en boucles touffues jusques à sa
poitrine, et sur son épaule repose, en guise de massue,
une branche de cèdre, lourde assez pour assommer d'un
coup le taureau le plus fort.

20.

Sans être effrayé ni de l'homme, ni de sa massue, ni
de sa barbe, le chevalier commence en langue d'oc, la
seule qu'il sache, à expliquer la position où il se trouve.
— Qu'entends-je? s'écrie avec ravissement le vieil homme

des bois. O douce musique des bords de la Garonne ! seize fois déjà le soleil a parcouru le cercle des étoiles depuis que mon oreille n'a pu se repaître de tes accents !

21.

Noble sire, soyez le bienvenu au Mont-Liban, quoi-qu'il soit facile de comprendre que, si votre route vous a conduit dans ce nid de serpents, vous ne l'avez pas prise à ma considération. Venez, reposez-vous et vous contentez d'un frugal repas dont le meilleur relief est le bon vouloir de l'hôte. Mon vin jaillit du creux de ce rocher, mais il purifie le sang et rend la vue plus claire.

22.

Le héros, ne laissant pas à cet accueil d'éprouver une grande joie, suit aussitôt son compatriote dans la caverne, dépose avec confiance casque et cuirasse, et, une fois désarmé, paraît semblable à un jeune dieu. De son côté, l'homme des bois reste comme frappé de la baguette d'Alquif au moment où l'autre, débouclant son brillant morion, laisse ruisseler en larges boucles de longs et blonds cheveux sur son dos élancé.

23.

Quelle ressemblance ! s'écrie-t-il, c'est vraiment trait pour trait ! Le port, les yeux, la bouche, la chevelure ! comme il lui ressemble ! — A qui ? demande le chevalier. — Pardon, jeune homme ; c'est un souvenir, un rêve d'un temps meilleur, si doux, si triste aussi... Cela ne peut être... et pourtant, quand ces beaux cheveux se sont déroulés sur vos épaules, j'ai cru, de la tête aux pieds, le retrouver lui-même, le retrouver tout entier : seulement sa poitrine était plus large et vos cheveux sont plus clairs.

24.

D'après votre langage, vous êtes de mon pays. Peut-être n'est-ce pas sans cause que vous ressemblez à ce point au bon maître sur qui, depuis seize ans déjà, je pleure, si loin de ma nation, dans ces forêts sauvages. Mon destin, hélas! était de lui survivre. Cette main a fermé ses yeux, et les miens n'ont cessé d'arroser fidèlement sa tombe prématurée. Quel miracle aujourd'hui de le revoir en vous !

25.

Le hasard se plaît souvent à de pareils jeux, lui répond le jeune homme. — Soit, continue l'autre. Pourtant, noble chevalier, la sympathie qui m'attire vers vous n'est pas une illusion; elle est sincère et mérite récompense : faites donc que Schérasmin puisse vous nommer par votre nom? — Mon nom est Huon, héritier et fils du preux Sévin, jadis duc de Guyenne.

26.

O ! s'écrie le vieillard en tombant à ses pieds, mon cœur ne mentait point ! Soyez le bienvenu dans ces lieux inhospitaliers et retirés ; mille fois le bienvenu, ô vous, fils du pieux, du vaillant, de l'excellent seigneur avec qui, dans mon meilleur temps, j'ai couru mainte et mainte aventure dans les tournois ou les combats. Vous folâtriez encore à la lisière quand nous fîmes vœu d'aller au Saint-Sépulcre.

27.

Qui donc eût pu croire que, dix-huit ans plus tard,

nous nous rencontrerions dans ces gorges du Liban?
Jamais on ne doit désespérer, alors même qu'au milieu
de la plus triste nuit, disparaît une dernière étoile...
Mais pardonnez, seigneur, le bavardage où la joie m'entraîne, et permettez qu'avant toutes choses je vous
demande quels orages ont pu vous jeter sur ces terres
lointaines?

28.

Sire Huon s'assied à côté du vieillard, sur un banc de
mousse, devant le brasier ; puis, après avoir réparé ses
forces avec la fraîche boisson que fournit la source, et
quelques rayons de miel, il raconte son histoire à son
hôte, lequel ne peut se lasser de le contempler, et
remarque sans cesse un nouveau trait de ressemblance
entre son ancien maître et le jeune chevalier.

29.

Huon raconte, avec des détails un peu longs, ainsi
qu'en use la jeunesse, comment sa mère voulut l'élever
à la cour, seul lieu qui convienne à l'éducation des
princes ; comment elle prit grand soin de l'instruire dans
les préceptes et les vertus de la chevalerie ; avec quelle
rapidité s'écoula le doux rêve de son enfance, et comment, aussitôt que son menton laissa percer un léger
duvet, il fut à Bordeaux proclamé duc, en grande pompe,
sur le perron de son château.

30.

Deux années se passèrent ensuite, comme deux jours,
dans les plaisirs et les fêtes frivoles, les chasses, les
tournois, les banquets se succédant jusqu'à ce qu'Amory,

l'ennemi de sa maison, vint à le noircir méchamment auprès de l'empereur, dont son père déjà n'avait pas su conserver les bonnes grâces. Il ajoute alors comment Charles l'avait invité, sous les semblants de la bienveillance, à venir à sa cour pour y recevoir l'investiture.

31.

Il dit comment son éternel ennemi, l'artificieux baron de Hautefeuille, s'était concerté avec Charlot, le second fils de Charlemagne, le plus méchant petit prince de la chrétienté, et qui depuis longtemps convoitait les domaines d'Huon ; comment, enfin, ils s'entendirent pour lui dresser un piége à son passage, et, par suite, le guettèrent un matin dans la forêt de Montlhéry.

32.

Mon frère, continue-t-il, le jeune Gérard faisait route avec nous, son faucon sur le poing. Dans sa joyeuse insouciance, il s'éloigne de la troupe, où personne, d'ailleurs, ne soupçonnait aucun danger, lâche l'oiseau et galope après lui. Pendant ce temps, nous poursuivons notre chemin, sans faire grande attention à la disparition ni du faucon, ni de l'enfant.

33.

Tout à coup un cri plaintif arrive à nos oreilles. Nous pressons le pas, et, voyez, mon frère, renversé de cheval, gît à terre, sanglant et souillé. Un page, inconnu à tous les hommes de ma suite, bien que ce fût Charlot lui-même, se disposait à le frapper brutalement, tandis qu'un nain se tenait à l'écart avec le faucon.

34.

Enflammé de colère, je m'écrie : — Maraud, qu'a fait
ce faible enfant pour être ainsi traité? Arrière ! Ne le
touche pas, même du bout des doigts, à moins que ton
ventre n'ait quelque démangeaison de sentir mon épée.
— Ah ! m'apostropha le page, te voilà ? c'est toi précisément que je cherchais. Depuis longtemps mon cœur,
altéré de vengeance, avait soif de ton sang.

35.

Si tu ne me connais pas, sache que je suis le fils de
Thierry, duc des Ardennes. Ton père Sévin, puisse-t-il
brûler dans l'abîme ! dut jadis à la trahison la victoire
qu'il remporta sur le mien dans une passe d'armes, et
n'échappa que par la fuite à sa trop juste récompense ;
mais j'ai juré d'en avoir satisfaction, et tu paieras pour
lui. Tiens, songe à tes oreilles.

36.

A ces mots il fond, la lance en arrêt, sur moi qui,
peu préparé à un tel jeu, ne m'étais pas mis en garde.
Par bonheur, je parai le coup de mon bras gauche,
autour duquel j'avais à la hâte roulé mon manteau, et
sur-le-champ, du pommeau de mon épée, le déloyal reçut
à la tempe droite un horion qui lui ôta la faculté de respirer.

37.

En un mot il tomba pour ne ne plus se relever. Aussitôt des cavaliers parurent en grand nombre dans la forêt ;
mais les lâches n'avaient nul souci de venger la mort du
prince. Pendant que nous pansions les blessures de Gérard, et tant que nous ne fûmes pas hors de leur vue, ils

se tinrent tranquillement à distance ; puis ils mirent le cadavre sur un cheval et suivirent le chemin du palais.

38.

Ignorant la tournure fâcheuse que cette affaire peut prendre auprès de Charles, je continue ma route sans m'inquiéter de l'aventure. Nous arrivons. Mon vieil oncle, l'abbé de Saint-Denis, homme de haute sagesse, porte pour moi la parole à l'audience. On nous accueille bien, et tout va se passer à merveille, lorsqu'au moment où l'on est prêt à se mettre à table, Hautefeuille s'arrête devant le château avec le corps du prince.

39.

Douze écuyers, affublés de crêpes noirs, montent, en le portant, les hauts degrés du perron. Quiconque les voit reste muet et glacé. Ils marchent droit à la salle du festin. Les portes s'ouvrent et les douze spectres déposent, au milieu de l'assemblée, une civière couverte de linges ensanglantés. L'empereur lui-même pâlit, les cheveux se dressent sur toutes les têtes, et moi je me sens frappé comme de la foudre.

40.

Alors Amory s'avance. Il soulève le drap sanglant qui cache le cadavre, et — Vois, crie-t-il à l'empereur, ceci est ton fils ! et voilà le félon qui porta ce coup fatal à l'empire et à toi ! voilà le meurtrier de notre repos à tous ! Pourquoi suis-je arrivé trop tard ? Surpris sans défense, Charlot a été frappé dans les bois par un assassin, au lieu de l'être en champ ouvert, comme un chevalier, par la main d'un chevalier.

41.

Malgré les chagrins que journellement le méchant prince
donnait au vieux monarque, il n'en était pas moins son
fils, sa chair et son sang. L'empereur resta quelques
instants immobile; puis, cédant à sa douleur: — Mon
fils! mon fils! — s'écria-t-il, — et il se jeta sur le
cadavre. Pour moi, ce cri paternel, si plein d'angoisses, fut un coup de poignard; en ce moment j'aurais
donné mon sang pour la vie de Charlot.

42.

Seigneur, m'écriai-je, écoute-moi. Ma volonté n'est pas
coupable; il s'est donné pour le fils du duc des Ardennes,
et ce qu'il a fait, par Dieu! aurait suffi pour mettre à
bout la patience d'un saint. Il a frappé cet enfant qui ne
lui fit jamais de mal; il a parlé outrageusement de l'honneur de mon père; il s'est jeté sur moi-même en traître,
en meurtrier... Je voudrais bien savoir qui, devant tant
d'insultes, aurait pu rester froid!

43.

Ah! scélérat, — dit Charles en m'entendant. Il se
lève; son regard irrité flamboie comme l'œil du lion; il
arrache une épée de la main d'un valet, et, dans sa
fureur, m'aurait percé d'outre en outre si les princes
ne l'avaient, avec force, retenu par derrière. Tout entier
l'ordre des chevaliers s'ébranle: cent épées brillent à la
fois, et leur rapide éclair semble éveiller la soif du sang
dans tous les cœurs.

44.

Mille clameurs frappent les voûtes, le plancher tremble,
les gothiques vitraux frémissent et crient. Mort! Trahison!

2.

hurle chaque bouche. C'est comme une nouvelle confusion des langues. On rugit, on se heurte, on agite des
poings menaçants.... L'abbé, que la robe de saint Benoît
met seul encore à l'abri de la violence, oppose enfin, de
son bras étendu, un scapulaire à nos épées.

15.

Respectez, crie-t-il très-haut, respectez en moi le Saint-
Père, dont je suis le fils. Au nom du Dieu que je sers, je
commande la paix. — Il parle avec un air, sur un ton
qui auraient contraint les païens même à obéir. Aussitôt les
flots de la rébellion s'apaisent, les regards s'éclair-
cissent, et chaque épée, chaque poignard est en silence
glissé dans le fourreau.

16.

L'abbé rapporte à Charles l'événement tel qu'il s'est
passé. La persuasion est sur ses lèvres ; mais qu'y puis-je
gagner? Le cadavre est là, il crie vengeance. — Regarde,
tonne l'empereur, et prononce la sentence du meurtrier
de mon fils ; prononce-la pour moi. Oui, mânes altérés
de vengeance, vous vous repaîtrez de son sang : qu'il
meure et que son corps engraisse les corbeaux !

17.

Alors mon cœur éclata. — Je ne suis pas un assassin,
m'écriai-je en élevant la voix ; on ne peut être un juge
équitable dans sa propre cause. Amory, mon accusateur,
est un traître, seigneur. Me voici de mon plein gré, me
voici libre, et je prétends, au risque de ma vie, arracher
de cette âme fausse la preuve qu'il est un fourbe et un
menteur ; qu'il l'est et l'a été, qu'il le sera tant que son

souffle empoisonnera l'air : tout ce qui arrive est son
ouvrage ; il a seul tout comploté.

48.

Je suis, comme lui, de race princière ; je suis pair du
royaume et revendique mes droits. L'empereur ne peut
me les dénier. Voilà mon gant ; qu'il ose le relever, et le
jugement de Dieu dira contre lequel de nous la voix de ce
sang doit tonner dans l'enfer. La source de mon courage
est dans mon innocence, seigneur ; je ne redoute rien de
la foudre du ciel.

49.

Les princes de l'empire, tous tant qu'ils se trouvent
présents, comprennent qu'ils sont personnellement atteints
par ma condamnation. Un murmure s'élève parmi eux,
semblable au bruit de la mer lorsqu'au loin la tempête
commence à menacer. Ils prient, ils pressent, ils exposent
mes droits. Vains efforts ! Rien ne peut toucher ce père
dont le morne regard ne quitte pas la tête sanglante de
son fils, rien, quoique Hautefeuille lui-même, regardant comme facile de me vaincre, se joigne aux sup-
pliants.

50.

Seigneur, dit-il, laissez-moi punir le coupable. Je ne
risque rien alors que le devoir et le droit sont pour moi.
— Ah ! m'écriai-je, transporté de honte et de colère,
tu railles encore ! Tremble ! les foudres du vengeur ne
dorment pas toujours. — Mon glaive, meurtrier, reprend
Hautefeuille, sera chargé de les faire tomber en masse
sur ta tête. — Cependant Charles, que mon attitude irrite
de plus en plus, donne à sa garde l'ordre de me saisir.

51.

Cet ordre imprudent soulève de nouveau la salle entière. Les glaives étincellent, prêts à défendre les droits
de la chevalerie que Charles viole en ma personne. —
Saisissez-le, commande-t-il une seconde fois. — Mais il
voit les chevaliers se presser, le fer à la main, en cercle
épais autour de moi ; c'est vainement que, presque étouffé
dans la mêlée, le saint abbé les menace d'anathème.

52.

Le sort de l'empire semblait suspendu à un fil. Les têtes
grises du conseil supplient à genoux l'empereur d'avoir
égard aux priviléges des chevaliers. Plus ils l'implorent,
moins il est ébranlé. A la fin, le duc Naymes, qui souvent dans sa vie, lorsque Charles perdit la tête, lui prêta
la sienne, approche la bouche de son oreille, se retourne
vers nous, et déclare que l'empereur autorise le combat
proposé.

53.

Huon raconte ensuite que, sur cette seule parole,
l'agitation se calma ; les chevaliers se dispersèrent. Quoique
toujours irrité au fond du cœur, Charles, dont les yeux
à demi voilés couvaient une sourde rage, fixa le huitième
jour pour celui du champ-clos. Les deux combattants
s'équipèrent avec une grande magnificence. Dans l'intervalle Amory, certain de son triomphe, ne laissait pas
surtout de se carrer.

54.

Bien qu'au fond de l'âme une voix accusatrice ébranlât
son courage, l'orgueilleux guerrier comptait sur un bras
de fer, aux coups duquel s'était déjà brisée plus d'une

forêt de lances. Jamais il n'avait tremblé devant un ennemi, et combattre à outrance était plaisir pour lui. Toutefois sa force gigantesque, sa superbe assurance, ne firent
que le tromper dans cette affaire de sang.

55.

Le grand jour était arrivé; le peuple, assemblé. Pressant sur ma poitrine un bel écu lamé d'argent, je parus
dans la lice et fus salué de tous, on peut le dire, avec
amour. L'accusateur m'attendait. Sur une estrade était
le vieux Charles, au milieu de ses princes, et, loin de
dissimuler ses sentiments, il semblait, de connivence
avec Amory, avoir soif de mon sang.

56.

On nous partage le soleil. Les juges prennent place.
Mon adversaire paraît brûler d'impatience jusqu'au premier appel de la trompette; elle sonne et nous partons,
et nous nous heurtons avec tant de violence que nos chevaux tombent sur les genoux, et que nous-mêmes pouvons à peine rester en selle. Vite, Hautefeuille et moi
quittons les étriers, et, dans un clin d'œil, les deux épées
brillent hors du fourreau.

57.

Ne demande pas que je te fasse le récit du combat. La
supériorité de mon adversaire était évidente. Plus fort
que moi, plus expérimenté, il était encore excité par
une fureur plus grande. Mais j'avais le sentiment de mon
innocence, et j'y puisais une vigueur égale à mon vouloir. L'avantage resta longtemps incertain. Déjà le sang
du calomniateur coulait par plus d'une issue, et pour-

tant Huon, toujours rempli d'ardeur, n'était même pas blessé.

58.

Quand il voit sa cuirasse toute rougie, toute fumante de son sang, le farouche Amory se sent embrasé d'une fureur nouvelle. Semblable à l'ouragan qui détruit tout devant lui, il fond sur son ennemi; il frappe coup sur coup, de telle façon que notre chevalier ne résiste qu'avec peine. A la fin même, un bras digne de Roland le contraint, après une longue lutte, à reculer de quelques pas.

59.

Se croyant sûr de la victoire, Amory, pour terminer d'un seul coup le combat, soulève des deux mains sa formidable épée. Mais, l'heur d'Huon veut qu'il esquive la mort, car, avant que Hautefeuille ait pu reprendre l'équilibre, il l'atteint si rudement, là où le heaume se rattache au col, que les oreilles du traître en retentissent : sa main défaillante laisse échapper la poignée de son glaive.

60.

L'orgueilleux tombe aux pieds de son adversaire, qui, l'épée haute, s'élance sur lui. — Décharge ta conscience, lui crie-t-il, si la vie a quelque prix pour toi : confesse ta fourberie..... — Brigand, dit Amory, pendant qu'avec rage il réunit toutes ses forces pour lui porter un dernier coup; prends ceci et suis-moi dans l'enfer.

61.

Porté d'une main mal assurée et déjoué par un rapide mouvement d'Huon, le coup, par bonheur, ne fait qu'effleurer, sans le blesser, le bras gauche du jeune paladin;

mais, dans l'aveuglement de sa colère, ce dernier oublie
que, pour avouer la vérité devant Charlemagne, Hautefeuille a besoin de respirer quelques instants encore, et,
furieux, il lui plonge dans la gorge sa longue et large épée.

62.

Le traître vomit son âme impure en flots épais et rouges.
Quant au vainqueur, il est, aux yeux de tous, absous et
purifié dans le sang de son accusateur. Le héraut le pro-
clame et des cris de joie s'élèvent au ciel. Les chevaliers
accourent pour essuyer le sang qui dégoutte le long de
l'armure d'Huon; puis ils l'accompagnent jusqu'auprès
de l'empereur.

63.

Mais Charles, — ainsi continue le jeune homme,
Charles s'obstinait dans son ressentiment. — Ce nouveau
meurtre, s'écrie le monarque, me rendra-t-il mon fils?
L'innocence d'Huon est-elle reconnue? Hautefeuille a-t-il
laissé échapper un seul mot de rétractation? Que le coupable soit donc à jamais banni de nos états, et que ses
terres et ses biens tombent en dévolu à la couronne.

64.

Sévère était l'arrêt, sévère aussi la bouche qui le pro-
nonçait; mais que pouvions-nous faire? Notre seule ressource était de supplier. Les pairs, les chevaliers, tous
nous tombons à genoux : rangés en cercle autour du
trône, nous attendîmes si longtemps que nos jambes en
étaient meurtries; tout espoir de le fléchir semblait à
jamais perdu, lorsqu'à la fin, Charles pourtant rompit
son long silence : — Allons, princes et chevaliers, vous
le voulez : nous cédons.

65.

Néanmoins, écoutez la condition que rien ne saurait plus me faire révoquer. — Alors il abaissa le sceptre vers moi ; sur les marches du trône. — Je te fais grâce ; mais à l'heure même tu partiras pour sortir du royaume ; et, tant que tu n'auras pas rempli point pour point mon ordre impérial, ton retour dans nos états y sera pour toi le signal de la mort.

66.

Vas à Babylone : à l'heure solennelle où, dans toute sa pompe, le calife, entouré des émirs, se livre aux plaisirs du festin, entre, abats la tête de l'homme qui se trouve à sa gauche, et que le sang en rejaillisse sur la belle table ronde. Quand cela sera fait, approche-toi chastement de l'héritière du trône, assise près de son père, et devant tous embrasse-la trois fois comme ta fiancée.

67.

Puis, tandis que le calife, surpris d'une scène inattendue, reste immobile et muet de ta hardiesse, jette-toi, d'après l'usage oriental, sur le bras d'or de son fauteuil, et prie-le de te donner pour moi, comme un présent qui resserre notre amitié, quatre de ses dents molaires et une poignée de sa barbe grise.

68.

Pars, et, si tu ne veux encourir une mort immédiate, ne reviens pas avant d'avoir exécuté mot pour mot ce que je t'ai prescrit. Compte, du reste, sur ma faveur.—L'empereur se tut. Inutile de décrire l'impression produite par ses paroles : chacun sentit qu'une faveur semblable ne valait pas mieux qu'un arrêt de mort.

69.

Un sourd murmure commence à gronder dans la salle.
— Par saint Georges ! dit un preux qui, sur les traces de
Tristan et de Lancelot, avait mené mainte aventure
à fin, je n'ai guère coutume de trembler devant rien :
qu'un autre expose sa tête j'expose aussi la mienne ; mais
ce que l'empereur ordonne à sire Huon, Gauvin lui-même,
tout brave qu'il était, ne l'aurait pas tenté.

70.

Que te dirai-je enfin?....... Il était trop évident que
Charles en voulait à ma vie. Toutefois, que ce fût désespoir, pressentiment, bravade, qui me rendit si follement téméraire, peu importe, je m'avançai devant lui,
et, plein de confiance : — Seigneur, dis-je, la rigueur de
tes ordres ne saurait faire fléchir mon courage ; je suis un
Franc : impossible ou non, j'accepte l'entreprise. Soyez-
en tous témoins.

71.

Par suite de ce serment, tu me vois ici, mon bon Schérasmin, résolu d'aller à Babylone. Si tu veux m'indiquer
le chemin le plus court, je t'en saurai gré ; sinon, eh
bien ! je m'en tirerai comme je pourrai. — Mon bien
cher maître, réplique l'homme des bois, pendant que des
larmes ruissèlent le long de sa barbe, vous me rappelez,
comme du fond du tombeau, à une vie nouvelle.

72.

Je vous le jure ici, et voilà pour gage de ma parole cette
main, vieille il est vrai, mais non pas sans vigueur...
Avec vous, le fils chéri, l'héritier de mon excellent maître,
je veux vivre et mourir. La tâche que l'empereur vous

3

imposa ne laisse pas d'être difficile, mais elle offre aussi de la gloire à gagner. Soit, je vous conduirai ; et, jusqu'à la dernière goutte de mon sang, comptez sur moi.

73.

Le jeune prince, touché d'une fidélité si rare, se jette avec reconnaissance au cou du vieillard. Là-dessus ils s'étendent tous les deux sur l'herbe sèche, et Huon dort comme si c'était de l'édredon. Puis, quand le jour s'éveille, s'éveille aussi le chevalier. Le regard plein d'ardeur, il boucle son armure. Quant à Schérasmin, il prend le bissac sur son dos, un gourdin à la main, et marche bravement en tête.

CHANT DEUXIÈME.

1.

Depuis trois jours déjà le noble couple, toujours content, dispos et résolu, descend des sommets du Liban. Ils cheminent sans relâche, tantôt à la lueur des étoiles, tantôt aux clartés du soleil; mais, quand midi pique leurs têtes de ses ardents rayons, ils se reposent, au sein de l'herbe haute, sous l'ombre des vieux cèdres. Autour d'eux le peuple des airs, au vol léger, au bariolé plumage, accorde mille voix argentines et prend sans crainte sa part de leurs repas.

2.

Le quatrième jour, au matin, une troupe à cheval paraît à peu de distance sur les hauteurs. — Ce sont des Arabes, dit le plus vieux à son maître. Si c'est possible, évitons-les; nous n'avons rien de mieux à faire, car je ne connais pas d'hôtes plus incommodes. — Y penses-tu? réplique le fils de Sévin; où donc entendis-tu que des Francs prissent jamais la fuite?

3.

Le casque d'Huon, qui, rayonnant au soleil, semble tout d'escarboucle et de rubis, attire, comme un aimant, les fils du désert. La flèche et l'arc prêts, le sabre tiré, ils chargent d'un vol impétueux sur nos deux voyageurs. Un homme à pied, un homme à cheval leur paraissent des ennemis dignes à peine d'être attaqués. Mais ils apprirent qu'ils s'étaient trompés.

4.

Couvert de son bouclier, le jeune héros bondit au milieu d'eux, et d'un coup de lance renverse à bas de sa jument celui qui semble être le chef. Le sang du malheureux jaillit par torrents de sa bouche et de ses narines. Tous alors, pour venger la mort du capitaine, se précipitent sur le vainqueur, s'escrimant contre lui et d'estoc et de taille ; mais, du premier geste, Schérasmin, qui couvre ses derrières, étend un des bandits sur le carreau.

5.

Pour sa part le chevalier travaille si rudement le reste de la troupe que bientôt un second, puis un troisième ont vidé les arçons. A chaque revers de son épée vole tantôt une tête, tantôt un bras, le sabre encore au poing. La lourde massue de l'écuyer ne frappe guère avec moins de vigueur. Les mécréants invoquent, en jurant, leur impuissant Mahom, et ceux qui peuvent fuir ne tardent pas à prendre leur élan.

6.

Le champ de bataille est couvert de cadavres ; des débris d'hommes et de chevaux y sont amoncelés dans un hideux pêle-mêle. Dès que le nouveau compagnon d'Huon s'est choisi dans le butin un glaive de bonne trempe, dès qu'il a pris un cheval, le meilleur de ceux qui sont restés sans maîtres, le héros éperonne son fougueux étalon et vole, rapide comme un oiseau, vers les vallées où devant

ses regards s'étendent au pied de la montagne d'infinies
perspectives.

7.

Le pays paraît bien cultivé : partout il est coupé par des
ruisseaux ; les pâturages sont couverts de moutons ; les
champs, de leur parure fleurie. On aperçoit éparses, près
des palmiers, de paisibles cabanes. Toujours satisfaits,
leurs bruns habitants accomplissent gaîment leur travail
quotidien, se croient riches au sein de la pauvreté, et,
lorsque la fatigue et la faim les appellent au repos sous
des ombrages frais, ils invitent amicalement le pèlerin
qui passe à partager leurs agrestes et grossiers aliments.

8.

Quand le soleil commence à l'accabler, le chevalier s'y
arrête auprès d'une bergère ; elle émiette pour lui son
pain dans un lait gras et blanc. A demi effrayés, ces
bonnes gens contemplent à la dérobée l'homme de fer
étendu sur l'herbe ; mais son regard et son accent lui
gagnent vite les cœurs : aussi les enfants se hasardent à
l'approcher et jouent bientôt avec ses boucles blondes.
Leur gaieté confiante réjouit le vaillant paladin : avec eux
il redevient enfant ; il prend part à leurs gracieux ébats.

9.

Qu'on serait heureux, pense-t-il, d'habiter ces chau-
mières ! Vain souhait ! Son destin l'appelle vers d'autres
lieux... Le soir arrive ; au moment de la séparation son
cœur se gonfle, et, pour prix du cordial repas, il jette
une poignée d'or dans le sein de l'hôtesse. Mais les heu-
reuses gens ne savaient ce que c'était ; ils exerçaient l'hos-

pitalité sans penser au salaire, et le preux fut obligé de
reprendre son or.

10.

Ils chevauchèrent ensuite jusqu'au moment où, vers
le jour baissant, une forêt s'étendit devant eux. — Ami,
dit le paladin au vétéran, tant que je n'ai pas accompli
ma parole, c'est comme un feu qui me brûle. Ne devais-
tu pas me conduire à Bagdad par le chemin le plus court?
et pourtant il me semble être en selle depuis quatre ans
déjà. — La route la plus courte, répond son guide, traverse cette forêt; mais gardez-vous de vous y engager.

11.

On n'en dit rien de bon; aucun, du moins, ne s'y est
aventuré qui soit revenu jamais. Croyez-moi, seigneur, un
petit lutin, à l'humeur malfaisante, tient domicile dans
ces bois; ils sont pleins de cerfs, de chevreuils, de
renards, autrefois hommes tout comme nous, et le ciel sait
quelles fourrures sauvages nous aurons revêtues avant que
le matin vienne.

12.

Pourvu, réplique le fils de Sévin, qu'en passant par
ces bois, la route conduise à Babylone, je ne crains
rien du reste. — Seigneur, laissez-moi vous conjurer à
genoux; c'est, par Dieu! plus pour vous que pour moi,
car, soyez-en certain, ni la résistance ni la fuite ne sont
de rien contre ce malin esprit. Que risquez-vous? cinq,
six jours de retard, voilà toute l'affaire, et vous ne serez
encore que trop tôt à Bagdad.

13.

Si tu as peur, prononce le chevalier, eh bien, reste;

quant à moi, je vais en avant, mon parti est pris. — Pour cela non, crie Schérasmin : la mort semble toujours amère; mais, abandonner son maître! c'est le fait d'un lâche. Si vous êtes décidé, sans hésiter je vous suis, et que Dieu, que Notre-Dame-d'Acqs, nous soient en aide. — En marche, dit Huon, viens. — Et, pâle comme la cire, il entre dans la forêt; le vieillard le suit en frissonnant.

14.

A peine ont-ils trotté deux cents pas à la clarté du crépuscule, qu'à droite, à gauche, s'attroupe au-devant d'eux un essaim de chevreuils et de cerfs lancés en pleine course. Malgré le peu de lumière qui reste encore, Schérasmin prétend voir des larmes dans leurs yeux; ils semblent, à son dire, engager les voyageurs à se retirer, comme s'ils criaient d'un ton compatissant : Fuyez, pauvres hères, fuyez vite.

15.

Eh bien! dit-il tout bas au paladin, vous voyez ce qu'il en est; me croirez-vous une autre fois? N'avais-je pas tout prédit, mot pour mot? Ces bêtes, que la pitié fait s'agiter si fort au-devant de nous, ces bêtes, vous dis-je, sont des hommes; et, si vous allez plus loin, croyez-moi, nous aurons sur nos talons le lutin lui-même. Que l'entêtement ne vous fasse pas mépriser les conseils d'un ami, qu'il ne vous précipite pas dans le malheur!

16.

Quoi! mon brave, réplique Huon, je vais de ce pas à Bagdad pour demander au calife une poignée des poils de sa barbe et quatre de ses dents, et tu voudrais que je me laissasse intimider par un danger, pour le moins

douteux? Qu'as-tu fait de ton bon sens? Qui sait, ce lutin
est peut-être mon ami? Quant à ceux-ci, du reste, le
péril n'est pas grand. Vois comme en un clin-d'œil ils se
dispersent tous.

17.

Pendant qu'il parle il s'élance vers eux, et tout cède
comme l'air devant lui, tout s'évanouit en une seconde...
Huon et son guide continuèrent quelque temps leur route
sans rien entendre et sans rien dire. Le jour était alors
tombé, et la sombre nuit épanchait ses pavots : tout à la
ronde était plongé dans un profond sommeil, et sur la
forêt entière planait le silence des tombeaux.

18.

A la fin l'écuyer ne peut plus se contenir. — Seigneur,
dit-il, si je vous dérange au milieu de vos rêves, ne m'en
veuillez pas ; c'est une de mes faiblesses, je ne puis le
nier, force m'est de parler quand il fait noir : dès mon
enfance j'en ai pris l'habitude. Au silence qui règne ici,
on dirait que le grand Pan est mort. Si le fer de nos
chevaux ne retentissait sur le terrain, à coup sûr on
entendrait gratter les taupes.

19.

Vous pensez que j'ai peur : pourtant, sans vanterie,
car, après tout, les qualités de l'homme ne sont que des
dons, et, d'ailleurs, beaucoup existent encore qui me
virent à l'épreuve ; sans vanterie, quand les glaives se
choquent sur les champs de bataille ou dans les tournois,
homme contre homme, de taille comme d'estoc, alors
j'en suis ; même s'il le faut, seul contre deux ou trois,

cinq ou six, eh bien, j'en suis toujours; là, du moins, on
peut se fier à ses bras.

20.

Que l'ennemi, en un mot, soit de chair et d'os, je lui
tiens tête. Mais je dois franchement l'avouer, s'il s'agit
de passer à minuit près d'un cimetière, oh ! alors mon
chapeau ne laisse pas de se soulever un peu ; si quelque
esprit encore vient me barrer le chemin, je ne sais quelle
mine faire. A quoi, ventre-saint-gris ! peuvent me servir
bras et épée, quand une main invisible fait pleuvoir sur
mon dos une grêle de coups ?

21.

Supposons, comme on en a des exemples, que je
sépare tout net le crâne du corps ; bah!... pendant qu'il
roule toujours, voilà deux nouvelles têtes qui déjà ont
pris sa place sur les épaules. Souvent même le tronc
court à pleines jambes après la tête et la remet en position, ainsi qu'un chapeau enlevé par le vent. Comment,
je vous prie, s'y prendre avec des gens pareils ?

22.

A la vérité, comme vous le savez bien, dès que le coq
a chanté, c'en est fait de cette clique, farfadets, esprits,
fantômes, qui de onze à minuit se glisse dans les ténèbres ;
on dirait que le vent les a tous emportés. Mais le lutin
qui fait ici des siennes est d'un acabit tout particulier : il
tient cour ouverte ; il mange, il boit, il vit, il a un corps
ni plus ni moins qu'un d'entre nous ; enfin il se montre
en plein jour.

23.

Tu as fait de ton mieux pour réchauffer ma curiosité,

dit à son tour le fils de Sévin. On parle si souvent des esprits, on débite tant de mensonges sur leur compte, que des profanes comme nous ne savent trop qu'en croire. Une fois il vint à notre cour un homme profondément savant. Il nous jurait bien haut qu'il n'existait rien de semblable, et se moquait sans pitié de tous les visionnaires : aussi le chapelain le traitait-il sans cesse de manichéen.

24.

Ils disputaient souvent auprès d'une bouteille, et, quand le vin des derniers verres leur montait à la tête, ils mêlaient tant de latin dans leurs discours que pas un de nous n'y pouvait plus comprendre un mot. Alors je me disais : vous avez beau bavarder savamment, on ne sait bien que ce qu'on a par soi-même éprouvé. Aussi voudrais-je, à présent, qu'un esprit en personne me dise le vrai de la chose.

25.

En ce moment nos voyageurs se trouvèrent, sans s'en être aperçus, engagés dans un parc où serpentaient dans tous les sens tant de chemins qu'il était presque impossible de ne pas s'y fourvoyer. La lune venait aussi de se lever dans son plein, comme pour égarer, aux fausses lueurs du clair-obscur, l'œil attaché à chercher une issue.

26.

Seigneur, disait Schérasmin, on prétend ici nous entortiller dans un labyrinthe. Le seul moyen d'en sortir est... ma foi ! de prendre, au petit bonheur, son nez pour guide. — Plus sage que ne le pensent bien des donneurs

d'avis, ce conseil, aussitôt suivi, mène les voyageurs au
rond-point, où, dans le centre d'une immense étoile,
viennent aboutir tous les sentiers de la forêt.

27.

De là ils aperçoivent, dans le milieu des taillis, un
château qui, comme tissu de la pourpre du soir, s'élève
rayonnant dans les airs. Avec des yeux où l'enchantement
se mêle à la terreur, Huon regarde sans parler, sans bouger, ne sachant plus s'il veille ou s'il rêve. Soudain les
portes d'or s'ouvrent à grands battants, et vers lui roule
un char que traînent des léopards.

28.

Un enfant, beau comme le dieu d'Amour au sein de
Cythérée, était assis dans ce char d'argent, les rênes à la
main. — Il vient sur nous, mon bon maître, crie dans
son effroi Schérasmin, en prenant par la bride le cheval
d'Huon : nous sommes perdus! Fuyez! oh, fuyez! voilà
le nain qui vient. — Comme il est beau! réplique le
chevalier. — Il n'en est que pire. Fuyons, fût-il dix fois
plus beau.

29.

Fuyez, vous dis-je, sinon c'en est fait de nous. —
Huon se débat, à la vérité, mais rien ne sert de résister.
L'écuyer galope en avant, du train le plus accéléré, et
tire après lui le cheval de son maître, ne cessant d'aller,
de bondir sur les pierres et les ronces, à travers les futaies
et les broussailles, par dessus les fossés et les haies, jusqu'à ce que, sortis de la forêt, ils se croient en sûreté
dans la rase campagne.

50.

Derrière les fuyards gronde un ouragan qui met le vent, la pluie, la foudre à leurs trousses. La lune est engloutie par les ténèbres. Il tonne, il siffle, il craque, comme si la forêt se brisait en éclats. Tous les éléments déchaînés se font la guerre avec une horrible fureur ; mais du milieu de la tempête résonne parfois, en accents caressants, la douce voix du génie.

51.

Pourquoi me fuir ? Tu fuis ton bonheur : aie confiance en moi ; reviens, Huon, reviens sur tes pas. — Seigneur, si vous le faites, vous êtes perdu, crie Schérasmin. Allez toujours ; mettez les doigts dans vos oreilles, et pas un mot ; il n'a que de mauvais desseins. — Alors recommence la course éperdue à travers l'espace et les obstacles, la pluie les inondant, l'ouragan mugissant autour d'eux, jusqu'à ce que les murs d'un couvent arrêtent les chevaux emportés.

52.

Nouvelle aventure ! Le jour où cela se passait était précisément la fête de sainte Agathe, patronne des filles que recélait ce cloître. Dans un monastère, éloigné d'une portée d'arquebuse, tout au plus, vivaient, grassement nourris, certains disciples du saint abbé Antoine. Or, ce soir même, ils s'étaient réunis les uns et les autres pour faire amicalement une procession commune.

53.

Ils revenaient, marchant couple par couple dans le plus bel ordre, lorsque, près du couvent, l'orage les surprit : croix, bannières, capuces deviennent le jouet des vents ; la pluie pénètre à flots dans le repli des guimpes. C'est en vain qu'on cherche à ménager la décence ; la dévotion a perdu ses droits, et tous, bizarement accoutrés, se mettent à courir çà et là dans une confusion passablement comique.

54.

Ici, troussée jusqu'au genou, telle nonnain barbotte dans la vase. Là, c'est un moine dont les pieds glissent en courant : sa chute met en fuite un troupeau de sœurettes, et, dans son effroi, le frocard accroche la prieure par la jambe. A la fin, quand la tempête a bien fait rage, tous les gens de la procession, trempés, crottés, étrillés, hors d'haleine, arrivent dans le préau du monastère.

55.

Le tumulte était loin de s'apaiser, lorsque, par la porte restée toute grande ouverte, notre ami Schérasmin tombe au milieu de la cohue monastique, croyant trouver dans cette bénite enceinte un asile non moins sûr qu'au ciel même. Huon le suit, et quand, pour s'excuser de la liberté qu'ils prennent, il veut ouvrir la bouche, voilà, comme un éclair, que le nain est devant eux.

56.

Le ciel, soudain, n'a plus de nuages. Tout est serein, calme et sec de même qu'auparavant. Beau comme un ange nouveau-né dans les nimbes de l'aurore, le génie s'appuie à la tige d'un lis, et sur ses épaules pend un cor en ivoire ; mais, quelque charmant qu'il soit, un frisson inconnu les saisit tous, car la colère se devine, sombre et silencieuse, au froncement de son sourcil.

4

57.

Portant le cor à ses lèvres, il souffle, et l'on entend l'air le plus séduisant. Un esprit de vertige saisit tout à coup le vieil écuyer. Il veut danser ; et, sans pouvoir se contenir, il empoigne une béguine édentée qui meurt d'envie de faire un tour de valse ; il gambade, il bondit comme un jeune chevreau, et tourne avec la nonne si rapidement que robe et guimpe s'agitent dans l'air aux éclats de rire de l'assemblée.

38.

La même fureur a bientôt gagné toute la gent cloîtrée. Chaque frocard prend sa nonnette par la main, et le ballet commence tel que de sitôt on n'en reverra pas un. Les sœurs et les frères ne connaissent plus ni règle, ni discipline : moins effrénée est la danse des Faunes. Seul Huon est resté ferme sur ses pieds ; en les voyant sauter, il rit à gorge déployée.

39.

Alors le beau nain s'approche, et, la figure sérieuse, parle ainsi dans la langue du paladin : — Pourquoi fuir devant moi, Huon de Guyenne ?... Tu gardes le silence... De par le dieu du ciel, que je connais aussi, réponds-moi. — La confiance renaît dans le cœur d'Huon. — Que veux-tu de moi ? dit-il. — Ne crains rien, prononce le génie : celui qui n'a pas à redouter la clarté du jour est un frère pour moi.

40.

Je t'aimai dès ton enfance, et les biens que je te réserve, jamais fils d'Adam ne les obtint de moi. Ton cœur est pur, ta conduite sans ambages. Quand le devoir,

quand l'honneur a parlé, tu ne songes pas à demander
si le sang et la chair sont en jeu. Tu crois en toi, et le
courage ne te fait pas défaut au moment de l'épreuve :
aussi mon appui ne peut te manquer, car je n'ai de châtiments que pour les criminels.

41.

Si ces drôles enfroqués n'étaient pas une hypocrite
engeance ; si leur chaste regard, si leur parole onctueuse
ne servaient de masque à une conscience coupable, ils
seraient, en dépit du cor, comme toi, sur leurs pieds.
Quant à Schérasmin, dont la figure honnête suffit à plaider
la cause, il n'expie que les torts de sa langue. S'ils dansent
tous, ce n'est pas qu'une simple envie les ait piqués ; ils
dansent, les malheureux, parce qu'ils ne sont pas maîtres
d'en agir autrement.

42.

Cependant une frénésie nouvelle, s'emparant des danseurs, accélère encore la ronde échevelée. Si vite ils
tournent, si haut ils sautent, que le cœur, dans chaque
poitrine, est ballotté jusqu'au gosier ; ils fondent à leur
propre chaleur comme la neige au dégel. L'humanité du
paladin ne résiste plus à un pareil spectacle. S'il devait
en coûter la vie à toute cette jeunesse, quel dommage,
pense-t-il, en suppliant pour obtenir leur grâce.

43.

Le beau nain secoue la tige de son lis. Aussitôt le magique vertige se dissipe : les gras pupilles de saint Antoine
restent pétrifiés ; pâle, comme si de la tombe elle sortait,
chaque nonnain s'empresse de rajuster sa robe, son voile,
tout ce que la danse, enfin, a pu déranger. Quant à

Schérasmin, trop vieux pour ce jeu-là, il tombe sans force à la renverse et croit que son cœur va éclater.

44.

Eh bien! balbutie-t-il, que vous disais-je, mon noble maître? — Rien de plus, ami Schérasmin, dit le génie en lui coupant la parole. Je te connais pour un vaillant champion; mais chez toi la tête se laisse trop facilement emporter par le cœur. Pourquoi, sur la foi d'autrui, être si prompt à me calomnier? Fi donc! la barbe déjà grise et si jeune de jugement!... Voyons, prends en patience cette légère punition... Quant à vous, allez, et faites pénitence pour vous et pour vos sœurs.

45.

Nonnes et moines s'esquivent tout honteux. Puis le gracieux nain s'adresse à l'écuyer d'une voix amicale: — Quoi, vieillard, le soupçon ride encore ton front?... mais, en faveur de ta loyauté, Obéron te pardonne. Approche davantage, vieux buveur; viens, ne crains aucune tromperie; te voilà tout haletant: prends cette coupe et vide-la d'un trait.

46.

A ces mots le roi des génies lui tend un vase fait de l'or le plus fin. Schérasmin, qui peut à peine se tenir sur ses jambes, trébuche de surprise en voyant qu'il est vide. — Ah! dit le nain, encore de la défiance? Vite, la coupe à la bouche, bois et ne doute plus. — Le brave homme, dont la résolution vacille encore, obéit néanmoins et voit l'or se remplir d'excellent vin de Langon.

47.

Il boit d'un trait la coupe entière: une vie nouvelle

soudain l'électrise et pénètre ses veines d'une chaleur
voluptueuse ; il se sent aussi fort, aussi dispos qu'au jour
où, dans ses belles années, il prit avec son premier
maître la route des lieux saints. Plein de respect et de
confiance, il tombe aux pieds du génie : — Maintenant,
s'écrie-t-il, ma foi est solide comme une montagne.

48.

Là-dessus Obéron se tourne vers le chevalier. — Je sais,
lui dit-il d'un ton grave, pour quelle mission Charles
l'envoie à Babylone. Tu vois les dangers qu'il a pris plaisir
à te préparer ; sa colère en veut à ta vie ; mais je t'aiderai
à l'accomplir, cette entreprise commencée par toi avec
confiance et avec courage. Tiens, preux Huon, prends
ce cor.

49.

Souffle doucement dans son embouchure, et quand dix
mille hommes te menaceraient de la lance et du glaive,
aux sons mélodieux qui sortiront de la trompe recourbée,
tous commenceront à danser, ainsi que tu le vis ici, à
tournoyer sans répit, jusqu'à ce qu'ils tombent à terre...
Si, au contraire, tu en sonnes avec force, ce sera un
appel et je paraîtrai.

50.

Fussé-je à des milliers de lieues, tu me verras accourir
à ton aide. Seulement garde cet appel pour l'heure où tu
seras à la dernière extrémité. Cette coupe aussi, elle est
à toi. Dès qu'un homme loyal la porte à ses lèvres, elle
se remplit de vin ; la source d'où filtre son nectar ne
tarit jamais : si toutefois un fripon l'approche de sa
bouche, elle se vide et lui brûle la main.

4.

51.

Huon reçoit avec reconnaissance les gages merveilleux qui lui attestent la protection de son nouvel ami. Puis, comme il voit l'horizon se teindre à l'orient de pourpre et d'or, l'impatient chevalier s'informe du chemin à prendre pour arriver promptement à Babylone. — Va, dit Obéron après l'avoir indiqué, et puissé-je ne jamais voir le jour où le cœur d'Huon pourrait se déshonorer par une faiblesse.

52.

Ce n'est pas que je me méfie de ton courage ; mais hélas ! tu es un fils d'Adam, pétri de molle argile, aveugle pour l'avenir. Trop souvent un plaisir passager devient la source de longues douleurs... N'oublie jamais l'avis que te donne Obéron. — Il le touche de sa tige de lis, et dans l'instant Huon voit deux perles limpides rouler sur l'azur de ses yeux pleins d'amour.

53.

Mais, quand il veut lui jurer soumission et fidélité, le nain a disparu ; une senteur de lis indique seule la place où il se trouvait. Confondu, sans voix, le jeune preux reste immobile, se frottant les yeux et le front ; de même qu'au réveil d'un beau songe on cherche à s'assurer si l'objet dont on subissait le charme existe réellement, ou n'était qu'un fantôme de la nuit.

54.

Ses doutes, s'il en avait eu, se seraient aussitôt dissipés. Le cor et la coupe, en effet, pendent sur son épaule au moyen d'une chaîne d'or. Pour l'écuyer, la coupe est la pièce la plus précieuse de ce magique trésor.

— Seigneur, dit-il au moment de tenir l'étrier à son maître, un coup encore en l'honneur du bon nain. Sur ma fidélité, son vin est le vrai breuvage des Dieux.

55.

Quand ils ont pris des forces pour le voyage, ils s'en vont derechef et par monts et par vaux, d'après l'antique usage de la chevalerie, marchant tout le long du jour et ne prenant, pour le repos sous les arbres, qu'une partie de la nuit. Quatre journées se succèdent de la sorte sans amener d'aventures, le paladin rêvant déjà qu'il est à Bagdad, et le fidèle écuyer heureux de se dire : C'est le fils de Sévin auprès de qui je chevauche.

CHANT TROISIÈME.

1.

Le cinquième jour, leur chemin les avait conduits au milieu des montagnes, lorsqu'ils aperçurent tout à coup plusieurs tentes de riche apparence dressées dans un étroit vallon. Des chevaliers, au nombre de vingt et plus, étaient couchés par groupes à l'ombre des palmiers ; ils paraissaient faire la sieste après leur repas. Les casques et les armes étaient suspendus aux branches les plus basses, et les chevaux broutaient l'herbe à l'entour.

2.

À peine a-t-on pu remarquer les deux cavaliers sur la hauteur, que toute la troupe se lève, comme si le boute-selle avait sonné pour le combat. En un clin d'œil la vallée entière est en mouvement ; on s'agite çà et là ; on court aux armes : les chevaliers se couvrent de fer, et les écuyers brident leurs palefrois.

3.

Vois donc ces gens là-bas, dit le héros à Schérasmin, comme ils sont affairés ; qui peut troubler ainsi leur digestion tout à l'heure si paisible? — Nous-mêmes, ce me semble, répond l'écuyer. Soyez sur vos gardes ; les voici qui se rangent en demi-cercle et qui marchent à nous. — Sire Huon tire avec sang-froid son épée. — Ami, dit-il, ceci m'est bon pour tous les mauvais cas.

4.

Sur ces entrefaites, un homme assez bien tourné, et revêtu d'une armure, sort des rangs. Après les avoir poliment salués, il prie les voyageurs de vouloir bien l'entendre. — Excusez, seigneur paladin, dit-il. Depuis une demi-année nous arrêtons en ce lieu quiconque paraît dans la vallée, quiconque, du moins, appartient comme nous à l'ordre de chevalerie. Choisissez, maintenant, ou de rompre ici quelques lances, ou d'exécuter immédiatement ce qui fait l'objet de ma démarche.

5.

Qu'est-ce donc ? demande modestement Huon. — Non loin d'ici, reprend l'étranger, se goberge dans un château-fort le géant Angoulaffre, ennemi juré des chrétiens, monstre féroce, non moins passionné pour les belles qu'un nègre libertin. Le pis de l'affaire, c'est qu'il est à l'épreuve des traits et des coups, grâce à la vertu d'une bague soustraite par lui au nain dont vous venez, Messieurs, de traverser le parc.

6.

Je suis un prince du Mont-Liban, seigneur. Épris de la plus belle des belles, je me vouai à son service, et j'y restai trois longues années avant qu'elle consentît à couronner tant de fidélité. J'étais enfin son époux ; mais à l'instant même où j'allais dénouer sa ceinture, voilà ce loup-garou qui survient, la prend par le bras et décampe sous mes yeux avec mon tendre agneau.

7.

Sept lunes se sont écoulées depuis ce jour fatal. J'ai
tout mis en œuvre pour la délivrer ; mais la tour de fer
où le géant l'a renfermée, est faite de façon à m'en rendre
l'accès impossible, comme la fuite l'est pour elle. Privé,
pendant ce long intervalle, des doux fruits de l'amour,
je n'en ai goûté que le triste plaisir de contempler de
loin, aux aguets sur un arbre, ces odieuses murailles.

8.

Quelquefois même il m'a semblé la voir auprès d'une
fenêtre, les cheveux épars et flottants, les bras tendus
vers le ciel, comme pour implorer sa miséricorde. Cette vue
brisait mon cœur. Alors le désespoir m'a poussé à prendre
la résolution extrême dont je vous ai fait part, ainsi qu'à
tous ces braves. Bref, seigneur, à moins de se battre,
aucun chevalier ne saurait passer outre.

9.

Personne encore n'a pu m'enlever de ma selle. Si vous
y parvenez, libre à vous de continuer votre voyage ; sinon
vous devrez vous résigner, comme ces messieurs, à recevoir mes ordres, à ne plus quitter ces lieux d'un pas,
tant que nous n'aurons pas mené l'aventure à bonne
fin, et délivré ma fiancée des chaînes d'Angoulaffre.

10.

Si pourtant vous le préférez, jurez d'aller droit à la
tour, et d'en ramener mon Angela ; on vous laisse l'alternative, et vous aurez, en plus, des droits à ma reconnaissance. — Prince, dit le paladin, qu'est-il question
de me laisser le choix ? Vous me faites l'honneur de m'offrir le combat : puis-je hésiter ? Venez, que je coure

une lance avec vous, puis avec votre monde : nous verrons le reste ensuite.

11.

Le beau chevalier paraît surpris, mais il accepte. Les champions galopent; les trompettes sonnent : bref, sire Huon jette assez rudement le prince du Liban sur le sein de bonne et vieille nature. Les autres poursuivants alors se présentent, chacun à son tour; puis, quand il les a tous traités à l'égal de leur chef, Huon les relève avec des façons courtoises.

12.

—Par Dieu, seigneur chevalier, dit, en boitant vers lui, le prince des cèdres, vous êtes un rude joûteur! mais, baste! votre main. Venez, maintenant que le soir nous sourit, prendre, en frère, part à notre banquet, et nous réconcilier le verre en main. — Sire Huon acquiesce avec gratitude à son invitation. Trois heures se passent à boire et à rire. En le voyant si poli et si beau, les chevaliers lui pardonnent de bonne grâce leurs reins cassés.

13.

—Chers seigneurs et amis, leur dit-il à la fin, puisque j'ai loyalement reconquis sur vous ce qui, du reste, fut toujours mon droit, puisque je suis libre, eh bien! sachez-le, je vais de ce pas attaquer le géant; c'était mon premier dessein, et je l'exécute maintenant avec d'autant plus de plaisir qu'il s'agit de rendre service à un galant homme. — Là-dessus il les remercie de toutes les attentions qu'ils ont eues pour lui, et les presse à la file dans ses bras.

14.

Pour se rendre au château du brutal Angoulaffre, la route la plus courte va par une forêt de pins. Quand les chevaliers la lui ont indiquée, il prend congé d'eux, en promettant de leur donner bientôt des nouvelles de la dame. — Adieu, seigneurs. — Bonheur et succès. — Et le paladin de traverser les bois au plus rapide galop. Le soleil naissant rougissait à peine la cime des sapins, lorsqu'Huon voit, en rase campagne, une tour énorme devant lui.

15.

La masse entière semblait coulée solidement en fer, et tout autour elle était si bien close, qu'une petite porte, large de deux pieds au plus, s'y trouvait seule ouverte. Deux colosses de métal, aux dimensions gigantesques, se tiennent devant l'étroite entrée. Animés par un effet de magie, ils brandissent des fléaux dans leurs mains, frappant sans relâche et si dru, qu'entre un coup et le coup qui le suit, aucun rayon de lumière ne saurait pénétrer sans en être broyé.

16.

Le paladin s'arrête un moment, et tandis qu'il réfléchit à la manière dont il va commencer l'entreprise, une jeune fille se laisse voir à une fenêtre et lui fait signe bien chastement de s'approcher. — Oui-dà, crie Schérasmin, la demoiselle gesticule à son aise ; mais vous ne ferez pas la folie d'y aller. Ne voyez-vous pas les suisses, à droite et à gauche de la porte ? Pas un de vos os n'y entrerait intact.

17.

Mais Huon, fidèle aux règles de son ordre, n'aurait pas tourné le dos à Satan en personne. — Que faire ici, se dit-il, sinon se jeter tout droit sur la porte à travers les fléaux? — L'épée haute, les yeux fermés, il prend sa course, il entre. Honneur à lui! sa confiance ne l'a point trompé : aussitôt qu'il les touche, les colosses d'airain restent sans mouvement.

18.

Le chevalier laisse Schérasmin dans la cour à garder les chevaux... Déjà la prisonnière est accourue pour le recevoir. Avec ses noirs cheveux épandus sur son dos, sa robe dont le blanc satin retombe jusqu'à terre, sa gorge à demi voilée, où des rubans d'or fixent la riche étoffe, elle servirait de modèle pour la plus ravissante des Grâces ou des Muses.

19.

Un tendre incarnat rougit ses joues. — Quel ange, dit-elle, osant à peine toucher la main du héros, quel ange vous conduit ici? J'étais à la croisée, priant la sainte Vierge, quand vous m'êtes apparu. C'est elle, sans aucun doute, qui fit cela pour moi ; envoyé par la Vierge, par celle qui déjà vint à mon aide si souvent, Angela vous accepte : soyez mille fois le bienvenu.

20.

Mais partons sans délai : chaque instant m'est odieux que je passe dans ce cachot. — Je ne viens pas, dit Huon, pour m'en aller si vite. Où est le géant? — Oh! celui-là, répond-elle, est par bonheur plongé dans un profond sommeil. Bien vous prend de le trouver ainsi,

5

car, s'il se réveillait, tout espoir de le vaincre serait perdu pour vous, aussi longtemps, du moins, qu'il aurait à son doigt la bague enchantée.

21.

Du reste, nous avons le temps de la lui prendre en toute sécurité. — Comment cela? — Le sommeil qui, chaque jour, à quatre ou cinq reprises, le paralyse et l'engourdit, n'est pas un sommeil ordinaire... Mais, d'ici au moment de son réveil, deux heures au moins vont s'écouler, et je puis brièvement vous conter la chose... Mon père, nommé Balazin de Phrygie, est seigneur de Jéricho, dans le pays de Palestine.

22.

Voilà quatre ans à peu près qu'Alexis, le plus beau prince du Liban, vint à m'aimer. Je fus très-réservée pour lui. Toutefois, si ma pruderie put l'affliger, mon cœur, croyez-le bien, n'en était pas coupable : cela me coûtait assez, mais, dès les premières semaines, j'avais fait vœu à sainte Alexia de n'être à lui que dans le cas où, durant trois années, il resterait à mon service, pur toujours et chaste, pas autrement.

23.

Chaque jour, en secret, il me devint plus cher. Long fut le temps d'épreuve ; mais il finit : nous fûmes mariés... Bref, déjà nous étions seuls dans la chambre nuptiale, lorsque tout à coup la porte craque et vole bruyamment en éclats. Le géant vient à l'improviste, me saisit, fuit, et sept mois se sont écoulés depuis qu'en sa tour il me tient prisonnière.

24.

Pour comprendre s'il m'était facile de toujours repousser les attaques sans nombre du géant, il faudrait le connaître, le voir vous-même. Que vous dirai-je, seigneur? Être assailli sans cesse et remporter sans cesse la victoire, est tâche difficile. Une nuit, j'en frémis encore! une nuit qu'à la clarté de la lune il m'avait poussée à bout, je tombai sur mes genoux, et, me tordant les mains, j'appelai la mère de Dieu à mon secours.

25.

Elle m'entendit, la douce reine des cieux, la Vierge pleine de grâces. Frappé comme par la foudre, le tentateur soudain tomba, et durant six heures entières il perdit, avec la connaissance, le pouvoir de me nuire. Toutes les fois que, depuis, il recommence l'odieux combat, le miracle se renouvelle également : sa bague enchantée n'y peut rien.

26.

Aujourd'hui, comme d'ordinaire, il a succombé. Après un intervalle de six heures, quatre sont écoulées déjà, il renaît à l'existence, aussi fort, aussi dispos que si de rien n'était. Quant à la bague, tant qu'elle le protège, il ne court pour sa vie aucun danger. Oh! vous ne sauriez croire combien cet anneau a de vertus... Mais rien ne vous empêche de tout voir par vous-même.

27.

Ce qui vous arrive advint alors au chevalier. Sur ce nom d'Angoulaffre, il s'était figuré quelque colosse de la rude souche de Titan, un monstre semblable à ces fils de la Terre qui, voulant escalader le séjour des Dieux, arra-

chèrent jadis le haut Pélion jusqu'aux racines pour l'en-
tasser tout entier sur l'Ossa. Que trouve-t-il? un homme
de sept pieds.

28.

Connaissez-vous l'œuvre divine de Glykon? Avez-vous
jamais vu, dans le marbre original ou sa copie en plâtre,
le demi-dieu fils de la longue nuit? Songez-y : vous aurez
devant vous l'homme qui, le soir où rayonnait la lune,
mit aux abois cette pauvre Angela. Couché comme il l'était,
le plus sagace, parmi nos anciens d'aujourd'hui, l'aurait
pris pour une statue d'Hercule.

29.

Pour une statue d'Hercule reposant après avoir, chez
Augias, nettoyé les étables de marbre. Angoulaffre semble
aussi large des épaules, aussi haut de la poitrine : puis,
c'est le même costume. Huon resta surpris, car les antiques n'étaient pas précisément son fort, et cette manière
de s'exposer au chaste regard du jour, dans la simple toilette des siècles héroïques, lui parut œuvre toute païenne.

30.

Eh bien ! chuchotte la jeune fille, qu'hésitez-vous,
noble chevalier? Il dort. Prenez la bague, frappez, et c'en
est fait. — Ma gloire m'est trop chère pour en agir ainsi.
Un ennemi plongé dans le sommeil et nu comme un ver
dort en sûreté auprès de moi. Je prétends avant tout
l'éveiller. — Au moins, dit-elle, emparez-vous de l'anneau.
— Le chevalier s'approche donc pour l'ôter au géant, et,
sans le savoir, devient à son tour le maître des esprits.

31.

Indépendamment de maintes vertus qu'Huon ne connaît pas encore, cette bague a la faculté de s'adapter incontinent à toute espèce de doigt. Qu'il soit grand ou petit, elle s'étend ou se resserre, selon la circonstance. Le paladin contemple le merveilleux anneau avec un plaisir qui n'est pas sans terreur. Puis il saisit le bras du géant et le secoue si rudement, si longtemps, que l'autre à la fin se réveille.

32.

Angoulaffre commence à remuer. Aussitôt la fille de Balazin s'enfuit en poussant un grand cri. Toujours fidèle à ses vaillants instincts, toujours soumis aux principes de la chevalerie, sire Huon reste sans s'émouvoir à la même place. En l'apercevant, le mécréant l'apostrophe ainsi dans sa mauvaise humeur : — Qui donc es-tu, petit drôle, pour interrompre mon sommeil du matin ? Ta pauvre tête doit bien fort te démanger pour que tu viennes de propos délibéré la mettre à mes pieds.

33.

Lève-toi d'abord et prends tes armes, fanfaron, réplique le paladin ; mon glaive ensuite te répondra. Le Ciel m'envoie pour t'infliger un châtiment trop mérité. Tu touches au terme de ta vie ainsi que de tes péchés. — En l'entendant, le géant, qui voit sa bague au doigt d'Huon, commence à s'effrayer. — Voyons, dit-il, avant que le sang ne me bouille, rends-moi cet anneau et vas en paix.

34.

Je t'ai repris ce que tu avais volé, fait observer Huon, pas autre chose. Quant au maître légitime de ce bijou, je saurai le trouver et lui rendre son bien. A ce prix la

vie me semble méprisable. Allons, debout, prends tes
armes et descends avec moi. — Tu aurais pu me tuer
pendant mon sommeil, reprend le païen, dont l'humeur
s'adoucit de plus en plus ; je te crois un galant homme,
et, d'ailleurs, j'ai compassion de ta jeunesse. Donne-moi
la bague, et je te laisse ta tête.

55.

Lâche ! s'écrie le jeune héros, n'as-tu pas honte ! Tu
mendies en vain. Meurs, ou, si tu mérites la vie, gagne-la
du moins en chevalier. — Alors le réprouvé saute à terre
si furieusement que les murs en retentissent. Son œil
flamboie comme la gueule de l'enfer ; un souffle bruyant
s'échappe de ses narines, et sa bouche exhale une vapeur
épaisse. Il s'empresse d'aller mettre une cuirasse impénétrable même pour une lame enchantée.

36.

Le chevalier descend ; son ennemi paraît aussitôt. Bardé
tout entier d'un acier magique, le mécréant se croit assuré de la victoire, car il oublie qu'aucun sortilége ne
saurait le protéger contre les foudres de la bague. La
bonne épée d'Huon brise toutefois du premier coup l'armure d'Angoulaffre et le blesse mortellement. Le sang
afflue par torrents dans la vaste gorge du géant, et lui
ferme les voies de la respiration.

37.

Il tombe, comme au front du Taurus un pin fracassé
par la foudre. La tour et la plaine retentissent de sa chute.
Il perd tout sentiment de l'existence. Son œil hagard se
ferme à la lumière, et déjà les diables traînent son âme
maudite, son âme sur laquelle pèsent tant de forfaits,

devant un tribunal terrible. Le vainqueur essuie le noir poison qui souille son fer ensanglanté ; puis il va retrouver la jeune fille.

38.

Honneur à vous, mon noble seigneur ! Vous m'avez bien vengée, s'écrie Angela en se jetant toute ravie à ses pieds. Et toi qui l'envoyas pour me sauver, ô reine du ciel ! je fais vœu de te consacrer, en or pur et massif, un poids égal, quel qu'il soit, au poids du premier fils que je dois mettre au jour.

39.

Sire Huon la relève. Ses manières sont pleines de respect. En répondant à ses remerciements, il déploie toute la politesse du bon vieux temps : politesse, il est vrai, moins raffinée que la nôtre, mais d'autant plus solide. Protéger les dames, n'est-ce pas le vrai devoir d'un chevalier ? et ne doit-il pas, lors même que son cœur ne s'y trouve pas intéressé, verser pour chacune son sang dès le premier appel ?

40.

Jusqu'à ce moment, Angela n'avait eu ni assez de calme ni assez de loisir pour observer de près son défenseur. Mais, quand, à sa prière, il eut ôté ses armes, elle aurait volontiers, tant le paladin lui parut beau, souhaité plus d'yeux encore que l'oiseau de Junon n'en portait dans sa queue. Depuis les pieds jusqu'à la tête, Huon lui semble le premier des hommes : le premier pour la figure et le maintien, pour la grandeur et pour la grâce.

41.

Ce n'est pas qu'elle le compare à personne qui se trouve

entre son cœur et lui. Sans penser à mal, elle laisse aller
ses yeux : voir, après tout, n'est pas pécher. Aucun scrupule ne trouble ce plaisir, car elle subit encore le charme
de sa naïve et première illusion. Sa sécurité vient précisément de ce qu'Alexis n'occupe en rien son âme.

42.

Par bonheur, innocente Angela, tes yeux ne trouvent
dans le cœur d'Huon nul élément qui s'embrase à leur
feu. Si mainte fois un regard du jeune homme rencontre
à moitié route la prunelle de la dame, il n'exprime rien
de plus que l'œil d'une statue; il ne serait pas plus froid
s'il tombait par hasard sur les figures d'un tapis ou les
fleurs d'une corbeille.

43.

Une puissance inconnue qui, semblable à l'aimant,
attire le héros à Bagdad, émousse l'éclat perçant de ce
regard, laisse passer en pure perte mille attraits devant
lui. Ni la taille d'Angela, qui se dessine comme un beau
vase tourné par l'Amour même, ni le contour gracieux
du nez, qui se rattache au front avec une douce majesté,
rien ne le touche.

44.

Semblable à la double colline dont la neige est voilée
dans la brume, vainement le sein de la jeune fille soulève en palpitant une gaze légère et blanche; vainement
sa peau est aussi lisse, aussi pure que l'onde où l'aurore
aime à mirer ses roses; vainement, enfin, la beauté dé-
posa sur chaque trait une si visible empreinte que nulle
parure ne saurait ni la rehausser, ni la dissimuler:

45.

Avec tous ses appas, Angela n'est pour lui ni jeune, ni belle. Loin de convoiter plus longtemps son aimable présence, il souhaite de grand cœur qu'elle soit rendue, sans différer, aux embrassements de son époux, et, comme elle n'en dit mot, il ne peut enfin s'empêcher d'en parler le premier.

46.

A peine a-t-il promis de la conduire et de la protéger, à peine a-t-elle entr'ouvert ses lèvres pour exprimer sa gratitude, qu'un bruit d'armes et de chevaux, montant de la cour, les interrompt soudain. On entend déjà piétiner sur l'escalier tournant. Angela s'effraye : — Qui peut venir ? — Mais bientôt sa crainte se change en plaisir ; car, voyez, Alexis entre dans la salle.

47.

La réflexion lui était venue, un peu tard à la vérité, que les choses ne se passaient pas d'une manière trop glorieuse pour lui. Quoi ! tandis qu'Huon la disputait seul au géant, lui, l'époux d'Angela, entouré de cavaliers, se reposait à l'ombre, loin des horions, et buvait, pour réconforter ses membres délicats, le doux vin des palmiers ! Qui lui garantissait, d'ailleurs, que le paladin ne détalerait pas avec la bien-aimée ?

48.

Cette pensée avait à peine bourdonné dans son oreille que, suivi de tous ses gens, il s'était jeté en selle pour venir, au grand trot, dans le cas où, grâce au courage d'Huon, tout péril serait passé, recevoir Angela, souhaiter à l'étranger les récompenses célestes, et..... s'humilier peut-être un peu. Après tout, direz-vous, ce n'était qu'un prince du Liban.

49.

Dispensé, par cet incident inattendu, de reconduire la belle à la vallée des Palmes, le paladin se laisse complimenter à l'envi par tous ces brillants cavaliers. Leurs éloges l'embarrassent autant que feraient des injures. Toutefois le bienfait ne doit pas rester incomplet, et, par la vertu de l'anneau magique, des mains invisibles dressent une table où s'étale avec abondance tout ce qui peut flatter le palais.

50.

—Ah ! s'écrie la belle fiancée, j'étais prête à l'oublier. Sire chevalier, avant que nous prenions place au festin, courez ouvrir vous-même le harem d'Angoulaffre. Sans me compter, la tour contenait encore cinquante demoiselles, la fleur des jolies filles, une vraie plate-bande de tulipes. Il les avait conservées pour en faire, je pense, un sacrifice à son prophète.

51.

Le harem est ouvert et laisse voir d'aimables houris, image vivante, dans leur riche parure, dans leur folle gaieté, du paradis joyeux de Mahomet. Sire Huon abandonne ces dames à la protection des beaux cavaliers, et déjà il est bien loin que derrière lui des cris bruyants l'appellent encore pour le prier d'honorer au moins le banquet de sa présence.

52.

Le pourpre du soir s'était fondu dans les teintes grises de la nuit. Déjà la lune se glissait à l'horizon, lorsque le

paladin, dont la monture ne peut plus aller, arrive dans
un délicieux endroit où il se résout à prendre du repos.
Il s'occupe à chercher une couche sur la verte pelouse,
et, de son côté, Schérasmin donne des soins aux des-
triers : tout à coup une tente magnifique apparaît toute
dressée près d'Huon.

53.

Un riche tapis couvre le sol dans toute son étendue ;
elle est à l'entour garnie de moelleux coussins qui, sous
chaque pression, rebondissent comme animés d'une vie
intérieure, et, dans le milieu, un trépied d'or supporte
une table de jaspe, la table des Dieux pour un ventre
affamé, car le repas est servi.

54.

Glacé de surprise, le chevalier fait signe à Schérasmin
d'approcher : Vois, lui dit-il : qu'en penses-tu ? — Oh !
dit le brave écuyer, la chose est facile à deviner, l'ami
Obéron est dan: voisinage. Sans lui, au lieu de nous
dorloter dans l'édredon, nous aurions passé la nuit moins
agréablement sur le sein de la terre. Voilà ce que j'appelle songer à ses amis.

55.

Venez, cher maître ; après cette longue trotte, le repos
nous semblera doux. Vite, quittez vos armes. Vous le
voyez, l'aimable nain, s'il fait l'hospitalité au vol, n'a
rien épargné du moins pour nous traiter avec magnificence. — Huon cède à son conseil ; il s'asseyent à moitié
couchés autour de la table, et ripaillent en vrais chevaliers. La coupe circule aussi, et, bien qu'elle soit fré-

quemment vidée aux gais refrains de la Gascogne, elle
s'emplit toujours de nouveau.

56.

Bientôt la douce main du sommeil détend insensiblement leurs muscles fatigués. Une musique ravissante,
qu'on dirait émanée du ciel, remplit le silencieux espace
des airs. Chaque feuille, sur les arbres d'alentour, semble
douée d'un agile gosier, et dans toutes ces voix résonne,
mille fois reproduit, l'angélique organe de Mara, l'accent
divin qui charme tous les cœurs.

57.

Toujours également complète, la douce harmonie continue, mais en faiblissant degré par degré, jusqu'au
murmure le plus léger de l'air, alors que les feuilles en
été sont à peine agitées çà et là, et que, dans un calme
ruisseau, l'onde se joue en réseaux d'argent sur le genou
des nymphes. Sans veiller ni dormir, le chevalier se
laisse bercer au souffle mélodieux qui, mourant peu à
peu, finit par assoupir ses sens.

58.

Il dort d'un sommeil non interrompu jusqu'à l'heure
où le coq matinal flaire au loin les coursiers de l'aurore.
Un songe merveilleux vient alors l'agiter : il croit suivre
une route inconnue, sur la rive d'un fleuve, à travers
des campagnes ombreuses. Tout à coup une femme, qui
semble une déesse, se trouve devant lui ; une céleste douceur brille dans ses grands yeux, et sur toute sa personne
l'Amour a répandu son charme.

59.

Pour la première fois Huon ressent le pouvoir de ce

dieu ; ce qu'il éprouve, des mots ne sauraient le décrire. La respiration lui manque : tout éperdu de ravissement, il semble enraciné au sol ; sa vie est concentrée dans son regard. L'apparition s'est évanouie qu'il croit la contempler encore, et, quand sa douce erreur se dissipe à la fin, il ferme des yeux qui n'ont plus rien à voir.

60.

Gisant engourdi sur la rive, déjà, dans son rêve, il se sent mort, lorsqu'une main douce et chaude vient à palper son cœur. Il s'éveille, et, comme s'il sortait du tombeau, il se lève et voit de nouveau près de lui la femme qu'aucune sur la terre n'égale à ses yeux ; elle lui semble trois fois plus belle, trois fois plus ravissante qu'à la première rencontre.

61.

Silencieux, ils s'envisagent l'un l'autre, échangeant des regards qui se disent avec une ardente éloquence ce que n'osent encore exprimer leurs lèvres. Dans les yeux de la jeune beauté s'ouvre pour le paladin un ciel où son âme se plonge comme dans un océan d'amoureuses délices. Bientôt l'excès du plaisir se change en douleur. Poussé par un penchant irrésistible, Huon tombe aux bras de la nymphe qu'il étreint sur son cœur.

62.

Heureux amant ! il sent l'autre cœur palpiter sur le sien. Comme il bat ! comme il brûle !... Soudain le jour cesse ; le tonnerre roule son char de feu sur de sombres nuages ; les autans farouches se déchaînent avec d'affreux mugissements. Une force invisible arrache la nymphe des

bras du chevalier, l'emporte et la précipite dans le torrent voisin.

63.

Il entend son cri d'angoisse et veut la suivre ; mais,
ô tourment d'enfer ! il ne le peut ; il reste attéré, aussi
roide qu'une statue sur un tombeau. Tout haletant de ses
efforts, il lutte inutilement contre ses membres : ni bras
ni jambes ne se meuvent. Il croit être enfoncé jusqu'au
cou dans la glace ; il voit l'inconnue tendre au-dessus des
vagues ses mains suppliantes ; mais c'est en vain qu'il
cherche à crier, en vain qu'aiguillonné par son amour
désespéré, il essaie de se jeter après elle dans les flots.

64.

—Seigneur, lui dit Schérasmin, en remarquant sa respiration pénible, debout, réveillez-vous, un mauvais rêve
vous tient à la gorge. — Place, fantômes, faites-moi
place, crie Huon ; voulez-vous donc me ravir jusqu'à son
ombre ? — Et, dans sa rage, il s'éveille en sursaut ; son
cœur, encore ému d'une transe mortelle, bat avec violence ; son œil reste fixe devant la clarté du soleil, et sur
ses joues pâlies coule une froide sueur.

65.

—Le rêve était rude, remarque l'écuyer ; vous serez,
selon toute apparence, resté trop longtemps sur le dos.
— Un rêve ! soupire le fils de Sévin, dont le regard n'a
plus son expression farouche. Oui, c'en était un ; mais
un rêve qui m'enlève à toujours le repos du cœur. —
Puisse Dieu ne pas le permettre, mon excellent maître.
— Parle-moi sérieusement, dit Huon avec gravité :

ne crois-tu pas que les rêves nous enseignent quelquefois l'avenir ?

66.

On en a des exemples, seigneur... et, vraiment, depuis
que je vous accompagne, je n'ose plus rien nier ; mais,
pour vous dire tout de suite la pure vérité, je vous
avouerai franchement que je ne fais pas grand cas des
songes. La chair et le sang, chez moi du moins, sont en
jeu toutes fois que je rêve. Nos anciens savaient à quoi
s'en tenir, et le dicton bien connu nous l'apprend [1].

67.

Si pourtant vous vouliez me confier le sujet du rêve,
peut-être trouverais-je à vous dire quelque chose de
mieux. — Je veux le faire, dit Huon, et sans retard. A
peine l'aube rougit-elle la cime de cet arbre : nous avons
le temps ; mais, avant tout, donne-moi la coupe, que
je remette mes esprits. Je sens toujours comme un poids
de mille quintaux peser sur ma poitrine.

68.

Pendant que le chevalier puise à la coupe enchantée
une force nouvelle, le vieil écuyer le considère en silence,
comme s'il voyait avec peine le fils de Sévin montrer plus
de faiblesse qu'il ne sied à un homme. — Quoi ! se dit-il
à lui-même, en secouant la tête, prendre au réveil tant
de souci d'un rêve ! Toutefois, puisqu'il en est ainsi,
laissons-le dire : cela peut encore passer pendant le
déjeuner.

1. Songes, mensonges.

CHANT QUATRIÈME.

1.

Le paladin commence ainsi l'histoire de son rêve : —
Quoi que tu puisses penser de ce que je vais te dire, mon
cher Schérasmin, ce n'est pas un conte néanmoins. Oui,
tel que tu me vois, je suis encore, Dieu merci, pur de
corps et d'esprit. Jamais, avant ce jour, mon cœur innocent n'avait donné prise à l'amour.

2.

Nombre de beautés se trouvaient, il est vrai, à la
cour de ma mère, où les jeunes hommes ne manquaient
pas d'occasions, surtout aux gages touchés, d'être in-
duits facilement à la galanterie. Il y avait maintes fois
quelque jarretière à détacher ; mais les plus jolis pieds
ne troublaient en rien mon imagination toujours tranquille, toujours superbe ; dans le pied même de Genèvre,
je n'aurais vu qu'un pied : ma pensée n'allait pas au-delà.

3.

Peut-être la cause en fut-elle aussi que, dès mon enfance, je ne vis qu'épaules et gorges nues. L'habitude en
cela ressemble à Méduse : elle nous fait de pierre même
pour la beauté. Pourtant, à quoi me servit-il de rester
libre durant deux fois dix années? Mon heure n'en est pas

moins venue. Hélas! ami, mon destin était d'aimer en songe pour la première fois.

4.

Oui, Schérasmin, je l'ai vue maintenant, celle que les étoiles me donnent pour souveraine. Je l'ai vue, et, sans résistance, mon cœur, au premier coup d'œil, s'est livré à elle. C'était un songe, me dis-tu. Non, ami, non, les simples visions ne laissent pas de traces aussi profondes; et dusses-tu mille fois m'appeler un fou, elle vit, elle fut à moi et je dois la ravoir.

5.

Oh! si comme moi tu l'avais vue, cet ange de grâce et de beauté! Si du moins il m'était donné de peindre, je te la montrerais brûlante, ainsi qu'elle flotte encore devant mon front, et, j'en suis certain, elle embraserait ton cœur, tout vieux qu'il soit, jusqu'à le réduire en cendres. Que ne m'est-il resté quelque chose dont la vie émanât de la sienne! Son bouquet, seulement. Oh! que ne donnerais-je pour l'avoir.

6.

Imagine une femme dans le plus pur éclat de la jeunesse, pétrie, sur un modèle d'en haut, de la neige des lis et de la flamme des roses; prête à sa taille les proportions les plus gracieuses; qu'un paisible sourire plane sur son visage; que chaque appas, empreint d'une noble majesté, réveille et contienne à la fois les désirs: imagine tout cela, et tu n'auras d'elle qu'une ombre à peine.

7.

Puis, doucement attiré par ses tendres regards, j'ai pu la presser sur mon sein, l'enchanteresse qui semblait

n'être que la forme aérienne d'un ange ; j'ai pu sentir
son cœur déborder dans le mien..... Oh ! dis, est-il possible que pour tant d'extase la vie ne m'ait pas manqué?... Viens froidement me répondre encore : ce n'était
qu'un rêve ! Comme, auprès de ce rêve, mon existence
passée est pâle, et vide, et morte !

8.

Encore une fois, Schérasmin, non, ce n'était pas une
vaine chimère éclose, aux fumées du vin, dans le domaine
de la fantaisie. Un sentiment qui ne peut m'égarer me
dit qu'elle existe, cette femme, et qu'elle est née pour moi.
Peut-être Obéron lui-même la fit-il apparaître. Si c'est
une illusion, ô laisse-la moi : l'erreur est si douce !....
Mais que parlé-je d'illusion ; un pareil rêve ne saurait
tromper. Sinon, rien de réel ; sinon, la vérité même n'est
que mensonge.

9.

Le vieil écuyer balance sa tête, fertile en doutes, de
l'air d'un homme qui manque de bonnes raisons pour
contester des récits merveilleux auxquels il ne croit pas.
— Que penses-tu? demande le chevalier. — Voilà, réplique l'indifférent, ce qui fait mon embarras. J'aurais,
à la vérité, bonne envie de soulever plus d'une objection,
mais à quoi bon, au bout du compte, si ce n'est à vous
affliger?

10.

Quant à présent, puisque enfin votre parole de prince
vous engage à l'égard de Charles, nous allons, pensé-je,
poursuivre la route de Bagdad. Peut-être d'ici là le charme
se dissipera-t-il : peut-être aussi, Obéron s'en mêlant, la

princesse du songe se retrouvera-t-elle à l'improviste. En attendant, cher maître, si l'espérance vous va, espérez : on gagne du moins à cela de ne pas faire de mauvais sang.

11.

Pendant que Schérasmin discourt de la sorte, le chevalier se tient auprès de lui la tête baissée. Dans son cerveau, tout malade d'amour, les choses en effet ont subitement changé de face. — Hélas ! dit-il, ne m'abuse pas non plus avec de fausses consolations. Des astres hostiles me menacent ; que puis-je espérer ? Dis. La tempête qui l'arracha de mes bras ne me laisse que trop prévoir ma destinée.

12.

Elle me fut ravie !.... Du sein des flots ses bras encore se tendent vers moi.... Je sens encore mon sang qui se fige dans mes veines.... Hélas ! rivé au sol comme par des chaînes, j'étais là, mais impuissant à la sauver ! — Tout cela se passait en rêve, dit Schérasmin. Pourquoi, sans nécessité, vous chagriner avec ces noires appréhensions ? Les songes n'en font jamais d'autres. Le plus sage, croyez-moi, c'est de n'en prendre que ce qui peut nous réjouir.

13.

Qu'un bon génie vous ait montré la reine future de votre cœur, rien de mieux : on peut en croire quelque chose ; bref, je le veux bien, c'est la pure vérité. Mais, le torrent, le tourbillon, les écrous aux mains et aux pieds, ce sont là des inventions qui n'appartiennent qu'au rêve. Moi-même dans mes jeunes années, quand le cauchemar me tenait, j'en ai vu plus d'une fois tout autant.

14.

Ainsi, par exemple, je suis à me promener, lorsqu'un vilain ours, noir et velu, le Ciel sait d'où il vient! se rencontre au travers de mon chemin. Dans mon effroi, je porte la main à l'épée et je tire, tire.... en vain! Une soudaine impuissance détend les muscles dans tous mes membres. A vue d'œil l'ours grandit; il devient sept fois plus gros encore; il ouvre une gueule horrible comme l'enfer. Alors je veux fuir; mais je me sens transi et je ne puis bouger.

15.

Une autre fois, toujours en rêve, vous passez, en revenant d'un souper joyeux, devant une vieille masure. Le volet craque et voilà, tout à coup, un nez long comme le bras qui se met à la croisée. La peur vous prend. Vous cherchez à lui échapper, mais devant, derrière vous, des fantômes se présentent, et, tirant de leurs cous, en les allongeant toujours, d'énormes langues de feu, ils vous regardent dans la face.

16.

Vous passez à l'autre côté de la rue et vous cherchez, dans votre angoisse mortelle, un appui contre la muraille. Alors une main sèche sort d'un trou, se met à courir, froide comme glace, le long de votre dos, et tâtonne sans façon, de ci, de là, pour vous pincer. Chaque cheveu se dresse sur votre tête. La fuite est impossible et la rue se rétrécit de seconde en seconde, la main devient toujours plus froide, le nez toujours plus long.

17.

Ces visions-là ne laissent pas, comme je l'ai dit, de se

rencontrer fréquemment. Ce sont de mauvais tours que se
jouent dans notre cerveau les farfadets de la nuit, pas
autre chose. Au réveil, le nez s'évanouit et la terreur
aussi.... A votre place, je ne penserais plus à cette affaire
et je m'en tiendrais aux promesses du nain. En route !
Certain pressentiment me dit qu'à Bagdad nous reverrons la belle.

18.

Le chevalier est debout à ces mots. Une ardeur nouvelle l'anime, comme s'il n'avait pas eu de rêve. Hennis-
sant à la brise du matin, son palefroi est prêt déjà, tout
harnaché, tout bridé. Huon saute en selle et, quand il se
retourne vers la plaine, la tente a disparu. Un clin d'œil
a suffi pour la dresser sur le gazon; un souffle, pour la
faire évanouir.

19.

Protégés contre les rayons du soleil par les futaies et
les palmiers, ils traversent, en suivant le cours de
l'Euphrate, le plus beau pays de la terre. Ni l'un, ni
l'autre ne dit mot, bien que les sujets ne manquent pas
à la conversation ; mais ils sont absorbés, chacun de son
côté, dans d'autres réflexions. L'air pur, la délicieuse
matinée, le chant joyeux des oiseaux, le tranquille courant du fleuve, réveillent chez tous deux l'imagination
légèrement assoupie.

20.

Dans son miroir magique, Huon ne cherche que
l'image adorée. Il la voit peinte sur l'acier de son écu ;
il gravit, sur ses traces, les cimes les plus ardues du
Taurus ; pénètre, en la demandant, jusqu'au redoutable

tombeau de Merlin, combat les dragons et les géants qui
veillent autour du château où elle languit : il est prêt à la
disputer à l'enfer tout entier.

21.

Pendant qu'il serre sur son cœur, dans une félicité
imaginaire, la fiancée conquise au prix de tant d'efforts,
Schérasmin se voit peu à peu transporté des rives de
l'Euphrate aux rives de la Garonne, où, enfant, il cueillit
son premier bouquet. Non, pense-t-il, nulle part le soleil
du Seigneur, notre Dieu, n'est aussi doux que là où sa
lumière brilla pour mes jeunes années ; nulle campagne
n'est aussi riante ; nulle verdure, aussi fraîche.

22.

Humble lieu où j'ai reçu le jour, où j'éprouvai mon
premier plaisir et mon premier chagrin, inaperçu, ignoré,
comme tu l'es, mon cœur à jamais te préfère entre tous.
Partout, il se sent attiré secrètement vers toi, et, dans le
paradis même, il aurait à souffrir les peines de l'exil. Puissé-
je, au moins, ne pas me tromper en espérant qu'un jour
je reposerai dans ton sein, auprès de mes pères.

23.

A la faveur de ces rêveries, la distance qui les sépare
de Bagdad s'abrège insensiblement. Mais, vers le milieu
du jour, la chaleur les contraint à chercher un abri dans
la forêt. Couchés encore, près d'un vieil arbre, sur la
mousse épaisse et tendre, ils rafraîchissaient leurs gosiers
desséchés à la coupe d'Obéron, lorsqu'au moment où elle
s'emplissait pour la troisième fois, un cri affreux rugit à
leurs oreilles.

24.

Ils se lèvent. Le chevalier saisit son glaive; il vole à l'endroit d'où les cris retentissent, et que voit-il? Un Sarrazin à cheval se défend contre un lion. Sa force et son courage sont épuisés, et, s'il combat encore, son bras affaibli n'est armé que par le désespoir. Le cheval, à moitié déchiré, a, dans son angoisse, mordu son frein de part en part; il chancèle et, bientôt, il se roule avec son cavalier dans un torrent de sang.

25.

Le lion, écumant de rage, se précipite sur son adversaire. La flamme jaillit de ses regards. Mais, déjà, le fer d'Huon pénètre dans ses flancs. Irrité d'un pareil compliment, le roi des animaux y répond par une longue éraflure d'où le sang du paladin s'écoule en mille ruisseaux. Sans l'anneau d'Angoulaffre, son corps était fendu en deux.

26.

Huon voit sa mort étinceler dans les yeux de la bête. Alors, rassemblant toutes ses forces, il lui plonge sa courte épée au travers de la nuque. Le lion brandit une dernière fois sa quette; si d'un bond le chevalier ne sautait en arrière, il serait à moitié écrasé. C'est en vain aussi que le monstre agite ses griffes redoutables : un coup de Schérasmin l'étend mort sur la place.

27.

Le Sarrazin, qu'à son turban garni de pierreries on reconnaît pour homme d'importance, est tout suant encore de terreur et d'angoisse. Les étrangers le prennent par le bras. Ils le conduisent avec ménagement sous l'arbre où ils ont reposé. Afin qu'il se remette, on lui tend la coupe d'or et l'écuyer lui dit en arabe : — Vrai, Seigneur, vous devez une action de grâces au Dieu des chrétiens.

28.

Le païen jette sur eux un regard sournois et prend des mains d'Huon la coupe toute pleine. Mais, quand il l'approche de ses lèvres, le vin se tarit, l'or lui brûle les doigts, en punition de sa vilenie cachée. Il jette en beuglant le vase au loin; il trépigne, il tempête, il blasphème d'une manière effroyable. Sir Huon, qui ne saurait sans dégoût l'entendre plus longtemps, tire son épée bénite afin..... de convertir le mécréant.

29.

La partie paraît trop forte au drôle pour qu'il ait envie de prendre la défensive. Semblable à l'autruche que relancent des chasseurs, il court vers la prairie où paissent les deux chevaux, saute lestement sur le genet d'Huon, l'empoigne par la crinière et, brides abattues, détale en tel effroi, en telle hâte, qu'on le dirait emporté sur l'aile de la tempête.

30.

L'aventure n'était pas agréable. Qu'aurait-il servi, pourtant, de se mettre à la poursuite du larron? Par bonheur, avec un peu d'argent, on trouva, dans le prochain village, une espèce de mulet. La pauvre bête, diaphane comme un verre, semble avoir à peine assez de vie pour atteindre Bagdad. Mais Schérasmin aime encore mieux tâter de son échine que se traîner à pied sur les pas de son maître.

31.

Ils continuent ainsi leur course chevaleresque, rien ne leur coûtant pour arriver enfin au but si désiré..... Déjà le char du soleil atteint les limites du ciel, lorsque, tout d'un coup, ils voient, dans la vallée spacieuse, resplendir au loin, sous les feux du soir, la reine des cités, avec sa couronne de tours sans nombre, et le Tigre par delà, au rapide et large courant, s'enfuir, en traversant un frais paradis de verdure éternelle.

32.

Un singulier mélange de terreur et de ravissement, de secrets pressentiments et de craintes inconnues, oppresse le cœur du chevalier. Devant lui s'ouvre le théâtre où sa propre parole, sa bravoure héréditaire l'amènent, bien plus encore que les ordres de Charles, pour accomplir une entreprise dont la mort, une prompte mort, semble être à peu près la seule issue possible. Certes, le danger avait toujours existé, mais jamais il n'avait paru si grand avant d'être si proche.

33.

La résidence des émirs, avec ses coupoles d'or, lui apparaît, dans sa pompe superbe et redoutable, comme une citadelle des Dieux. Il la contemple ; il voit ce trône qui fait trembler l'Asie et se dit en lui-même : — Et, toi, que viens-tu donc tenter ici?... Il tressaille. Bientôt, pourtant, la foi qui l'a conduit si loin raffermit son courage et tout bas une voix semble lui murmurer que, dans ces murs, il reverra celle qu'il aime.

34.

En marche, Schérasmin, s'écrie-t-il. Toutes voiles

7

dehors ! Tu vois le terme de mes longs voyages. Il faut
être à Bagdad avant qu'il fasse nuit. — Leur trot s'accélère au point que cavaliers et montures en sont tout
haletants. Le compatissant écuyer verse de la coupe
d'Obéron quelques gorgées de vin sur la langue de sa
bête. — Tiens, dit-il, bois, mon fidèle et brave compagnon. Ce breuvage ne tarira jamais pour tes pareils.

35.

Il avait raison. A peine la langue du mulet, altérée
comme une pierre ardente, a-t-elle sucé au contact de
l'or une douce rosée, qu'un torrent de feu, se répandant
par les veines et les membres, leur imprime un vivifiant
élan. Rafraîchie, animée par une force nouvelle, la bête
vole ainsi qu'un lévrier, et son maître est avec elle emporté dans sa course. Avant la fin du jour, ils sont dans
Babylone.

36.

A la brune, ils erraient encore dans les rues, comme
des étrangers dont le hasard est le seul guide, lorsque,
d'aventure, une petite vieille, le bâton à la main, les
cheveux gris et les joues ridées, vint à se trouver sur
leur passage. — Hé! la mère, l'apostropha Schérasmin,
veuillez nous indiquer un caravansérail.

37.

La vieille, s'inclinant sur ses béquilles, soulève sa
tête vacillante pour regarder les voyageurs. — Seigneur
étranger, dit-elle ensuite, il y a loin d'ici au caravansérail le plus voisin. Mais, si vous êtes fatigués et si peu
vous suffit, venez dans ma cabane. Vous y trouverez,
bien à votre service, du lait et du pain, de la paille

fraîche pour vous coucher et de bonne herbe pour vos chevaux. Vous vous reposerez et vous pourrez demain aller plus loin.

38.

En la remerciant d'offres aussi hospitalières, Huon la suit. Aucun gîte ne lui semble mauvais là où veillent, les portes ouvertes, la bienveillance et la sincérité. La nouvelle Baucis s'empresse d'arranger la paille; elle jette par-dessus du serpolet et des fleurs d'oranger, produits de son petit jardin; elle apporte du lait écumeux et gras, y joint des pêches savoureuses, des figues qu'elle-même vient de cueillir à l'arbre, et se lamente de ce que les amandes lui aient manqué cette année.

39.

Il semble au prince que de sa vie il n'a soupé avec autant de plaisir. La vieille supplée à ce qui manque au repas par son babil tout familier. — Ces messieurs, dit-elle, arrivent précisément pour une grande fête. — Comment cela? — Vous l'ignorez? C'est pourtant la seule chose dont à cette heure il soit question dans tout Bagdad; on marie demain la fille de notre maître.

40.

La fille du sultan? Et à qui? — Le futur est un des neveux du calife, le prince des Druses, beau, riche et n'ayant pas, dit-on, son égal aux échecs, un seigneur, en un mot, que tout le monde trouve parfaitement digne de la belle Rézia..... Et, pourtant, disons-le en toute confidence, il n'est pas de monstre, de dragon, qu'elle ne lui préférât.

41.

Cela me semble merveilleux, remarque le paladin.
Vous ne réussirez pas à nous le faire accroire. — Faut-il
le répéter? Oui, la princesse, plutôt que de s'unir à lui,
se donnerait à un dragon. Vous entendez..... Je sais de
longue main le comment et le quand de l'affaire ; mais
j'ai promis aussi de tenir bouche close..... Voyons, cependant ; donnez-moi votre main et vous saurez tout.

42.

Peut-être vous étonnerez-vous qu'une femme de ma
sorte parvienne à connaître des choses qui restent igno-
rées de tout le monde et même des princes du sang de la
famille? Eh! bien, sachez-le, ma fille est la nourrice de
la belle Rézia. Elle a tout crédit auprès de la princesse,
bien que, depuis le temps où Fatmé lui donnait son lait,
seize années se soient écoulées déjà. Vous savez à présent
où j'apprends parfois mainte et mainte nouvelle.

43.

Depuis quelques années, on le sait, le calife, tout fier
de sa fille, la fait assez souvent, dans les fêtes qu'il donne,
prendre place à sa table, où nombre de beaux hommes
s'offrent aux yeux de la princesse. C'est chose également
connue, en province comme à la ville, que, parmi tant de
seigneurs, aucun n'a jusqu'ici trouvé grâce devant elle.
Toujours elle a paru les regarder avec plus de mépris
encore que de crainte virginale.

44.

On croyait pourtant qu'elle endurait, de préférence à
tous les autres, la vue de Babekan, celui que le sultan s'est
choisi pour gendre. Ce n'est pas que son cœur battît plus

fort quand il arrivait ou quand il partait. Non. Elle ne
mettait aucune affectation à l'éviter : telle était, à vrai
dire, la seule faveur qu'il eût obtenue d'elle. Mais Rézia
n'était éprise de personne, et l'amour, disait-on, viendrait
après la noce.

45.

Depuis quelques semaines, l'affaire a néanmoins changé
de face. La fille du calife peut à peine souffrir le pauvre
prince en sa présence. Tout son cœur se révolte quand on
lui parle de mariage. Eh! bien, chose incroyable, un rêve,
un simple rêve en est la cause unique. — Un rêve! s'écrie
Huon avec feu. — Un rêve! dit Schérasmin. Quelle bizarre
aventure!

46.

Dans son rêve, continue la vieille, elle se trouvait, sous
la forme d'une biche, dans quelque lieu sauvage où Babekan la pourchassait. Harcelée par vingt chiens à la fois,
elle courait en transe mortelle sur le penchant d'une
montagne, et déjà n'espérait plus lui échapper. Alors un
nain, merveilleusement beau, vient en toute vitesse au-
devant d'elle sur un phaéton traîné par des lionceaux.

47.

Le nain a dans sa petite main une tige de lis en fleur,
et près de lui se tient assis, beau comme les anges, un
jeune étranger en costume de chevalier. Son œil bleu, ses
longs cheveux blonds disent assez que l'Asie n'est pas son
pays natal. Mais, quelle que soit son origine, n'importe,
dès le premier regard le pauvre cœur de la princesse se
trouve pris.

7.

48.

Le char s'arrête; le nain la touche de son lis, et, crac, voilà la peau de biche qui tombe. Sur la prière de son sauveur, la belle Rézia monte dans le phaéton, et, bien que la pudeur et l'amour se combattent dans son sein, elle prend en rougissant sa place entre le nain et l'homme auquel son cœur s'est donné déjà. Le char gravit rapidement la montagne; mais il vient à heurter une pierre..... et la princesse se réveilla.

49.

Le rêve s'en était allé, mais il n'emporta pas avec lui l'image du jeune homme aux longs cheveux blonds. La nuit, le jour, sans cesse elle planait, source des plus doux tourments, devant notre belle maîtresse, et, depuis ce moment, le prince des Druses lui devint insupportable: elle ne pouvait sans colère ni le voir ni l'entendre. On s'est donné tout le mal possible pour découvrir la cause de cette étrange conduite. Peine inutile! Toujours discrète, inébranlable, elle n'a rien dit.

50.

Sa nourrice seule, ma fille, par conséquent, a su trouver, à la fin, les moyens d'arracher à son cœur le secret bizarre qui la ronge. Vous savez si de bonnes raisons peuvent guérir un mal dans lequel on se complaît au fond; en effet, la pauvre jeune fille, tout en s'irritant contre elle-même, voulait que sans cesse Fatmé flattât son caprice.

51.

Le jour si redouté s'approchait cependant. Babekan ne négligeait rien pour se relever dans l'estime de sa dédaigneuse fiancée, mais sans y réussir. Rézia, on le sait, a

quelque penchant pour les braves, et jusqu'alors le prince
ne s'était signalé par aucun exploit. — Voyons, se dit-il à
lui-même, si nous forcions la belle à m'admirer.

52.

Depuis quelque temps, une bête énorme répand la terreur par toute la contrée. Elle se jette en plein jour dans
les bourgades et les villages, égorgeant hommes et bes-
tiaux avec impunité. On dit qu'elle a les ailes d'un dragon,
les serres d'un griffon, les défenses d'un hérisson, la
taille d'un éléphant, et qu'à son souffle une tempête se
déchaîne au loin sur la campagne.

53.

De mémoire d'homme on n'a vu un monstre pareil.
Aussi a-t-on mis sa tête à haut prix. Mais, comme chacun
estime la sienne plus cher encore, personne jusqu'ici n'a-
vait eu la fantaisie de gagner cette prime. Babekan seul crut
que l'entreprise en vaudrait la peine s'il parvenait, par une
action d'éclat, à vaincre l'orgueil de la princesse. En con-
séquence, il se rendit en grande pompe auprès du sultan,
pour lui demander la permission de combattre le lion.

54.

Le calife ne l'accorda qu'à regret. Alors, ce matin
même, avant le jour, le prince, monté sur son meilleur
coursier, est sorti de la ville. On ne sait rien de ce qui
s'est passé depuis, sinon que Babekan est heureusement
revenu sur un cheval étranger, sans faire, du reste, ni
bruit ni montre et sans rapporter la moindre griffe de la
bête. Arrivé chez lui, il s'est, dit-on, aussitôt couché,
puis il a pris du bézoard.

55.

Les préparatifs de la noce se font, d'ailleurs, avec une magnificence inouïe. Elle aura lieu demain sans faute et, la nuit prochaine, Rézia se verra dans les bras détestés du prince Babekan. — Avant qu'il en puisse être ainsi, interrompit vivement Huon, la grande roue de la création devra s'arrêter. Le nain et le chevalier, croyez-moi, seront aussi de la fête.

56.

La vieille paraît surprise. Elle considère de plus près ce qu'elle n'a pas d'abord observé avec grande attention, l'œil bleu de l'étranger, sa blonde et longue chevelure, son armure de chevalier; elle remarque encore qu'il ne parle pas arabe couramment ; puis, jamais un homme aussi beau n'a frappé ses regards. Tant de coïncidences, rapprochées des paroles qui viennent d'échapper à Huon, lui donnent matière à réflexion.

57.

D'où vient-il? Et dans quelle intention? Quel est-il? — Vingt questions qui vont à ce même but étaient déjà sur le bout de sa langue, mais l'air sérieux du paladin les étouffe au passage. Il fait comme s'il avait besoin de repos et s'étend tout du long sur la paille. La commère lui souhaite de doux rêves, s'en va clopinant et ferme la porte derrière elle. Mais cette porte, à moitié vermoulue, avait des fentes, et la curiosité démangeait la bonne femme.

58.

Elle revient en tapinois sur ses pas, applique du mieux qu'elle peut son oreille aux aguets près d'une fente, et, la bouche ouverte, écoute en retenant son haleine. Les étran-

gers parlaient tout haut et, comme on pouvait en juger,
avec chaleur. Elle entendait chaque mot : malheureusement ces mots n'avaient pas de sens pour une vieille
femme de Babylone. Dans son supplice, néanmoins, elle
eut parfois la consolation de distinguer très-clairement le
nom de Rézia.

59.

Comme la trame de mon sort se dévide merveilleusement! s'écrie Huon. Qu'Obéron disait vrai! Le peuple de
la terre est faible; il ignore l'avenir. Charles se croit certain de m'avoir fait casser le cou. En me donnant ses
ordres, quel était son but? Ma perte, évidemment; et,
malgré tout, il n'a fait qu'exécuter en aveugle les volontés
du destin. L'aimable nain est venu; il a secoué son lis et
m'a conduit en rêve à la source même de mon bonheur.

60.

Oui, reprend l'écuyer, et votre cœur se donne précisément à la fille du sultan, à l'infante choisie par Charlemagne pour vous être fiancée. Comme tout s'arrange bien!
Puis, tandis que vous prenez feu pour elle, la jeune fille
s'amourache de vous, et, cela, toujours en songe! On en
croirait à peine ses yeux. — Pourtant, dit Huon, la vieille
ne l'a pas inventé. Le destin seul a formé ce nœud.

61.

Il s'agit maintenant de le débrouiller. Là se trouve la
difficulté. — Je ne m'en tourmenterais guère, réplique
Schérasmin. Puis-je, seigneur, exprimer hardiment mon
humble avis? J'irais vite en besogne et, ma foi! je
trancherais le nœud en deux : je laisserais au damoiseau

du côté gauche le sifflet libre, au calife ses dents, et je m'en
tiendrais à ma Dulcimène.

62.

Songez-y bien vous-même. Commencer en sa présence
la cérémonie par une tête coupée, exiger ensuite du vieux
sire quatre dents molaires, une poignée de sa barbe, et, de
plus, embrasser au nez du calife son unique enfant, par
Dieu! ce n'est pas là savoir son monde! Le destin, à coup
sûr, ne peut vouloir que nous manquions aussi grossièrement le but.

63.

Par bonheur, Obéron a pourvu au plus important. Que
voulons-nous, en définitive? Souffler la demoiselle à son
lièvre de fiancé. Eh! bien, dès que la vieille l'aura instruite
de l'arrivée des cheveux blonds, la belle Rézia elle-même
nous y aidera, c'est chose très-certaine. En attendant,
mon affaire, à moi, est de tenir, non loin des jardins du
sérail, deux chevaux frais pour assurer la fuite.

64.

Maître Schérasmin, répond le chevalier, vous oubliez,
me semble, que parole est donnée à Charles d'exécuter
mot à mot ce qu'il a prescrit. Pas un iota ne doit y manquer, mon ami. Il en arrivera ce qu'il pourra. Me sied-
il donc de rien prévoir ainsi d'avance? — En cas de besoin, réplique Schérasmin, il faudra bien au bout du
compte que le nain nous tire de l'eau.

65.

Au milieu de ces entretiens, le vieil écuyer s'assoupit
insensiblement. Mais le doux sommeil est banni toute la
nuit des yeux d'Huon. Semblable à l'esquif abandonné sur

les flots, son cœur est ballotté, dans une inquiète agitation, à travers mille vagues pressentiments, mille pensées vacillantes. Être si près du port, si près et pourtant si loin ! Un instant l'en sépare, mais il semble l'éternité !

CHANT CINQUIÈME.

1.

Toi aussi le sommeil te fuit, ô Rézia ! Tu te vois entourée d'écueils, et pour les fuir, nul sentier praticable ne s'offre à tes regards. Odieuse et terrible t'apparaît la pourpre solennelle dont le ciel se colore ; odieux le jour qui va t'appeler aux autels de l'hymen... Longtemps elle se roule en soupirant sur le mol édredon, jusqu'à ce qu'enfin, étourdie par le tumulte intérieur de ses pensées, sa tête retombe sur son sein.

2.

Elle s'assoupit, et, pour soutenir son courage, Obéron ourdit une vision nouvelle. Rézia se croit assise, aux lueurs de la lune, dans les jardins du harem, sous un bosquet où elle s'abandonne à des rêveries amoureuses. Un doux tourment, un inquiet et tendre désir soulève son sein ; son œil nage dans les pleurs, car elle pense, hélas ! sans espoir, à son jeune chevalier.

3.

Dans son agitation, elle se lève ; elle court à pas précipités, interrogeant du regard les parterres et les charmilles ; elle visite, hors d'haleine, tous les bosquets toutes les grottes ; ses yeux égarés, pleins de larmes,

semblent redemander à chaque objet leur image adorée.
Parfois, dès qu'une ombre vacille, qu'un peuplier murmure, elle reste immobile à guetter.

4.

Enfin, dans un endroit où la lune perce, brillante, à
travers la nuit des massifs, elle croit... ô délices ! si
quelque fausse lueur ne fascine pas ses yeux trop faciles
à tromper... elle croit voir ce qu'elle cherche ; elle le
voit, elle en est vue. Un regard de feu rencontre son
regard ; elle court à lui, puis elle s'arrête, comme hési-
tant, dans sa craintive extase, entre l'amour et la
pudeur.

5.

Les bras ouverts, il vole au devant d'elle ; alors elle
veut fuir et ne peut se mouvoir. C'est à grand'peine qu'elle
parvient encore à se cacher derrière un arbre... Puis,
au milieu de son aimable transe, le rêve cesse... Oh !
comme elle aimerait à pouvoir le rappeler. Elle s'irrite
contre elle-même ; elle maudit l'arbre fatal. En vain elle
cherche le sommeil : son unique plaisir est de se reporter
en pensée vers lui.

6.

Le soleil avait parcouru le tiers de sa course, et chez
Rézia il faisait nuit encore, tant, au réveil, elle s'était
plu à continuer l'aimable songe. Voyant qu'elle reste si
longtemps sans donner aucun signe de vie, Fatmé entre
à la fin, s'approche de la couche dorée, tire les rideaux
et trouve avec surprise la dame les yeux ouverts, dans
une humeur charmante.

8

7.

Je l'ai revu, ô Fatmé ! Félicite-moi, s'écrie Rézia, je l'ai revu. — Serait-il vrai? reprend la nourrice, dont les regards curieux semblent chercher le bel oiseau. Sa maîtresse rit : — Ah ! que ton esprit est lourd ! Cela se comprend, pourtant. Je ne l'ai vu qu'en songe, à la vérité ; mais assurément il doit se trouver près d'ici.

8.

J'en ai le pressentiment, il n'est pas loin, et, si tu m'aimes, ne cherche pas à me détromper. — Alors je me tais. — Pourquoi? Mon espérance est-elle si téméraire? parle, quelle raison aurais-je d'y renoncer? — La nourrice soupire et garde encore le silence. — Rien n'est au-dessus du pouvoir de l'amour. Le dompteur de lions, le génie qui me protége, n'est-ce pas l'Amour lui-même? Il me sauvera, bien que je ne puisse dire par quels moyens.

9.

Tu te tais? tu soupires? oh ! bonne Fatmé, je ne comprends que trop ce que me dissimule ton silence. Ma flamme te paraît sans espoir. Hélas ! moi-même, si j'espère, c'est à défaut de consolation meilleure. L'heure approche ; j'entends le bruit de mes chaines, et ma perte est certaine. Un miracle seul, ô Fatmé, peut me sauver, un miracle, et, s'il ne se fait pas... que ceci me vienne en aide.

10.

A ces mots, le regard en feu, elle tire un poignard de son sein. — Vois-tu? ceci me donne force et courage : armée de la sorte, j'espère tout du destin. — La nour-

rice retombe sur son siége ; elle est aussi pâle qu'un
cadavre et tremble comme un roseau. — Hélas ! si c'est
là tout, que Dieu nous prenne en grâce, — s'écrie-
t-elle ; puis elle fond en larmes et se tord les bras.

11.

La jeune fille lui ferme la bouche avec sa main. —
Silence, contiens-toi, dit-elle, en cachant le poignard
dans son sein. — Tu le sais, sur la surface du globe,
rien ne m'est plus odieux que ce prince des Druses. Plutôt que d'être à lui, je livrerais mon corps aux morsures
d'un serpent venimeux. Si le bien-aimé ne vient pas lui
arracher sa proie, ma seule ressource, dis, ne sera-ce
pas mon poignard ?

12.

Dans l'instant même où elle prononce les derniers
mots, on entend frapper à la porte dérobée qui, de la
chambre à coucher, ouvre sur celle de Fatmé. La nourrice sort et revient, après une courte absence, presque
essoufflée de hâte en même temps que de joie. — Plus
de souci ! plus de crainte ! Victoire ! princesse, victoire !
le chevalier est enfin trouvé !

13.

Dans une robe de nuit qui, recouvrant à peine son
beau corps, flotte autour d'elle comme une brume légère, Rézia s'élance hors de ses draps ; elle se jette avec
ravissement au cou de la nourrice : — Trouvé ! où ? Où
est-il ? O mon rêve, tu ne mentais donc pas ! — Fatmé,
hors d'elle-même également, conserve tout au plus assez
de raison pour habiller rapidement la folle rêveuse, encore à moitié nue.

14.

La vieille est introduite, afin de raconter elle-même son histoire. La reprenant dès l'origine, la bonne mère ne se fait pas faute des moindres détails : pas un trait, pas un mot n'est omis de ce qu'elle a pu saisir dans les discours ou sur la figure de son hôte. — C'est lui, s'écrie Fatmé. Nous tenons notre homme ; cela s'accorde on ne peut mieux.

15.

On interroge la vieille de nouveau. Force lui est de répéter trois et quatre fois tout ce qu'il a fait, tout ce qu'il a dit ou n'a pas dit ; de le dépeindre encore trait pour trait, depuis la tête jusqu'aux talons ; de redire comme sa chevelure est blonde et longue, comme ses beaux yeux sont grands et bleus ; puis on la fait sans cesse revenir sur quelque circonstance oubliée dans la hâte de son premier récit.

16.

La commère, qui semble rajeunie de vingt ans, continue à bavarder ainsi, pendant que la belle fiancée voit se former, sous les doigts de Fatmé, l'édifice de ses boucles. Dans ses noirs cheveux serpentent, en spirales élégantes, des perles plus pures que des gouttes de rosée ; elle a le cou, les oreilles, la ceinture ornés de pierreries dont les yeux peuvent à peine supporter au soleil l'éclat étincelant.

17.

Quand tout est terminé, lorsque ses nymphes ont mis la dernière main à sa parure de fête, à sa toilette de fiancée, elle apparaît, la fille du roi, radieuse comme l'astre du jour, aimable comme un faon s'ébattant sur des roses. En s'arrêtant sur elle, tous les yeux sont éblouis, et pourtant ce ne sont encore que des yeux de jeune fille. Rézia seule semble ignorer qu'en sa présence les étoiles mêmes sont éclipsées.

18.

Le feu qui rayonne de ses yeux, l'impatience, le désir inquiet qui gonfle ses lèvres, qui colore ses joues d'un pourpre inusité, excitent l'étonnement de ses femmes.— Est-ce donc là, se disent-elles tout bas, la fiancée rebelle qui, hier encore, frémissait d'horreur à l'approche de ce jour?

19.

Cependant, parés de leurs habits de fête, les émirs, les visirs se rassemblent déjà dans la salle magnifique où la noce doit être célébrée. Le royal banquet est dressé; les trompettes sonnent, et, sortant par la porte d'or de son palais sacré, le calife à la barbe grise s'avance au milieu d'esclaves de toute espèce. Derrière lui marche fièrement, grâce à son titre de fiancé, le prince des Druses, la joue quelque peu pâle encore.

20.

Vis-à-vis s'ouvrent en même temps les portes d'ivoire qui conduisent au harem, et, plus belle que dans le paradis les houris de Mahomet, la fille du sultan paraît à son tour. Un voile, il est vrai, semblable à un nuage argentin, tempère en partie l'éblouissant éclat de sa figure angélique; pourtant, à son entrée, une céleste lumière semble inonder soudain la salle tout entière.

8.

21.

Le regard suspendu à tant de charmes, Babekan sent son cœur se gonfler, s'affaisser tour à tour. Il cherche à lire dans les yeux de la princesse ce qu'il brûle d'y voir ; mais il n'y rencontre qu'un regard froid comme la glace des Alpes. La vanité, pourtant, si prompte à s'abuser, le berce de la pensée que tant de pruderie est une feinte de Rézia. Oh ! pense-t-il, toute cette neige va se fondre dans la nuit.

22.

On saura plus tard si son espoir était fondé. Mais à présent, sans décrire comment, après les prières de l'iman, on se mit à table au bruit des cimbales et des clairons, Sa Majesté d'abord, puis à sa droite la fiancée, et le futur à sa gauche, comment ensuite cent choses se succédèrent qui s'expliquent d'elles-mêmes, revenons, il en est temps, à messire Huon.

23.

Brûlé d'impatience, torturé par mille appréhensions, il n'avait guère passé dans la paille une nuit plus tranquille qu'un malheureux balancé sur la hune au milieu de la tempête. Mais à peine l'aurore a-t-elle ouvert au jour ses portes d'or, qu'une odorante vapeur de pavots, de lis et de sureau, s'abat comme un nuage sur les yeux du chevalier.

24.

Il dort encore, et déjà le soleil a parcouru la moitié de sa course. Schérasmin, sur ces entrefaites, est allé reconnaître la position du palais, et prendre ses mesures pour un enlèvement. De son côté, la vieille s'occupe, à son humble foyer, des apprêts du dîner, en grognant un peu de ce que son hôte tarde tant à s'éveiller.

25.

A la fin elle se glisse vers la porte, lorgne de nouveau à travers les fentes, et, par un hasard tout favorable à sa curiosité, arrive juste à l'instant où les yeux d'Huon s'entr'ouvrent au soleil. Jeune et frais comme le Printemps, alors qu'il se mêle à la ronde légère des Grâces et des Nymphes, le   ...s soulève à moitié son corps, et.... devinez quel objet vient tout d'abord à frapper son regard?

26.

Un caftan, mais tel que les plus grands de l'empire en revêtent seuls pour les fêtes de la cour. Sa riche étoffe, semée de fleurs en or et brodée tout en perles, est étendue sur le dos d'une chaise. Auprès se trouve un turban qui semble tissu de neige. L'émir resterait incomplet sans une ceinture incrustée de diamants, à laquelle pend un sabre si riche, que le paladin ne saurait, sans en être ébloui, fixer les yeux sur sa garde et sur son fourreau.

27.

Rien ne manque au costume, depuis les élégantes bottines en cuir doré jusqu'au bouton précieux qui sert à rattacher les plumes d'autruche au beau turban. Le bon chevalier croit rêver encore. D'où peut lui venir une semblable parure? La vieille est stupéfiée. — C'est de la sorcellerie, dit-elle; sans cela n'en aurais-je pas su quelque chose? — A coup sûr, s'écrie l'écuyer, le nain s'en est mêlé.

28.

Le chevalier le pense aussi. — Ce costume, se dit-il,
me donnera passage au milieu des païens, et j'arriverai
de la sorte jusqu'à la salle du banquet. — Aussitôt, caftan, ceinture, turban, il endosse tout. La vieille se dé-
mène à l'ajuster convenablement. — Comment ferons-
nous pour le turban? Couper ces beaux cheveux blonds?
Oh! non, pour rien au monde.... Attendez! Il entre;
il semble tout exprès creusé pour sa tête.

29.

Huon semble maintenant un vrai sultan; jusqu'à sa
joue imberbe, lisse et blanche, l'illusion est de tous points
complète. Mais la bonne femme, en l'examinant, trouve
encore çà et là quelque chose à ranger dans sa mise.
Alors Schérasmin souffle un mot à l'oreille de son maître,
et le chevalier se dispose à partir. Il tend avec bienveillance une bourse d'or à son hôtesse; puis, — adieu, lui
crie-t-il; au revoir.

30.

Ne rien faire à demi est le propre des génies. Un palefroi richement harnaché attend devant la porte, et deux
beaux enfants, vêtus en drap d'argent, tiennent les rênes
d'or. Sire Huon saute en selle. Les pages marchent en
avant, et, prenant un chemin détourné, le conduisent
le long du fleuve, à travers des champs fleuris, jusqu'en
face du château.

31.

Il a traversé la première cour; dans la seconde il descend de cheval; puis il entre dans la troisième. On le
prend pour un convié de haut parage, et partout, abusés

par cette apparence, les gardes le laissent passer. Sa démarche est libre et fière. Il s'avance ainsi jusqu'à la porte d'ébène ; là, douze Mores, grands comme des géants, veillent, le sabre nu, pour en écarter les profanes.

32.

. Dès qu'Huon se montre, son allure superbe, son regard tout royal, font abaisser la pointe de leurs fers, qui s'inclinent aussitôt devant lui. Les deux battants volent tout grands ouverts, et, quand ils se referment en criant derrière le héros, son noble cœur bat avec force. De là, une colonnade, où viennent aboutir des jardins, le conduit devant une autre porte en bronze doré.

33.

C'est une vaste antichambre où, réunissant toutes les races et toutes les couleurs, se pressent en foule les successeurs de Kombabus, tristes esclaves, condamnés à languir dans la privation aux sources mêmes du plaisir. Dès qu'un homme, dans tout l'éclat de la dignité d'émir, se présente devant leurs yeux éteints, ils restent immobiles, les bras croisés sur la poitrine, osant à peine lever sur ou même derrière lui des regards avilis par la servitude.

34.

On entend déjà résonner dans la salle du festin les voix et les instruments, les tambours, les fifres, les cimbales... Le sultan laisse vaciller sa tête alourdie par les fumées du vin ; la joie commence à s'épancher plus librement. La princesse, pourtant, est loin de partager l'ardeur qui brûle dans les regards de son futur époux, et, tandis qu'elle a les siens fixés sur son assiette, sire Huon entre dans la salle avec une noble aisance.

55.

Il s'approche de la table : tous les yeux se lèvent avec étonnement sur l'étranger ; Rézia pense à ses rêves et ne cesse pas de regarder devant elle ; occupé dans l'instant même à vider une coupe, le calife consomme le sacrifice sans se déranger non plus ; mais le prince Babekan, qu'aucun bon génie n'avertit de sa chute prochaine, tourne son long cou vers le chevalier.

56.

Huon reconnaît aussitôt son homme de la veille, le misérable qui se permit de blasphémer le dieu des chrétiens. Il le voit assis à la gauche du calife et tendant lui-même son col au châtiment. Prompt comme le feu du ciel, le riche cimeterre brille, la tête du païen vole, et son sang jaillit en bouillonnant sur la table et sur celui qui se trouve à ses côtés.

57.

Jadis, la tête de Gorgone au poing, Persée ôta soudain, par son aspect, la vie à des hordes rebelles : le palais des rois fume encore, le tumulte redouble ; dans tous les cœurs, gronde la fureur du meurtre ; mais il a secoué la tête hérissée de serpents, et chaque poignard se roidit dans une main sanglante, chaque assassin n'est plus qu'une pierre immobile.

58.

De même ici les convives, à la vue d'un attentat aussi hardi, sentent dans leurs veines le sang s'arrêter cou r avec la joie. Ils se lèvent tous ensemble, comme si quelque fantôme leur était apparu ; ils saisissent leurs sabres ; mais, paralysé par la terreur, le bras faiblit en cherchant à s'armer, et pas une lame ne sort du fourreau. Une colère impuissante se peint dans le morne regard du calife ; il retombe en arrière et sans voix sur son siége.

39.

La salle entière est en tumulte ; le bruit arrache la princesse à ses rêves : consternée, elle regarde à la ronde pour en découvrir la cause, et, quand elle se retourne du côté d'Huon, que devient-il en l'apercevant. — C'est elle ! c'est elle ! s'écrie-t-il : — et dans son ravissement, le chevalier laisse tomber sabre et turban. A ses boucles, qui se déroulent en liberté, Rézia le reconnaît également.

40.

— C'est lui.... commence-t-elle à s'écrier ; mais la pudeur étouffe les paroles dans sa bouche de rose ; comme ensuite le cœur lui battit, quand, à la face de tous, le héros accourut, et, plein d'amoureuse audace, la prit dans ses bras, la baisa sur les lèvres, pendant qu'elle-même flottait, brûlante ou pâle tour à tour, entre son penchant et l'effroi virginal.

41.

Déjà le chevalier a pris un deuxième baiser ; mais où trouver l'anneau nuptial ? Le bonheur veut qu'il ait la bague enlevée au géant. Dans l'ignorance où il est encore de toute sa vertu, elle lui semble valoir à peine le dernier des bijoux ; faute de mieux, pourtant, il la passe au doigt de la jeune fille, en lui disant : — Tiens, et sois mon épouse bien-aimée.

42.

Pour la troisième fois il embrasse à ces mots la belle qui faiblement résiste. — Ah ! s'écrie le calife en grinçant des dents, en frappant la terre ; vous souffrez que ce Franc, que ce chien se raille ainsi de moi ? Saisissez-le : quiconque hésite est un traître ; goutte à goutte versé, que son sang impur expie l'abominable crime.

43.

Soudain cent lames brillent aux yeux du paladin : à peine peut-il, avant qu'elles le pressent de toutes parts, ressaisir le cimeterre échappé de sa main ; il le brandit avec menace ; mais, inspirée par l'amour et la crainte, la belle Rézia enlace un de ses bras autour du corps d'Huon, fait de son sein un bouclier au sien, et retient le glaive avec son autre bras. — Arrière ! audacieux, s'écrie-t-elle avec exaltation.

44.

Arrière ! vous n'arriverez à sa poitrine qu'à travers la mienne. — Douce, à l'instant encore, comme la gracieuse fiancée de l'Amour, elle a dans son désespoir les yeux de Méduse. — Arrêtez, redit-elle d'une voix forte aux émirs... Mon père, épargne-le !... Et toi, que le destin m'a donné pour époux, tous deux, ô ménagez mon sang dans la vie l'un de l'autre !

45.

Vaines prières ! La rage du sultan, ses menaces redoublent. Les païens marchent sur le chevalier, dont le sabre étincelle en vain, car Rézia contient toujours son bras ; il l'entend pousser des cris d'angoisse qui lui percent le cœur. Que faire pour la défendre ? Sa ressource unique, c'est le cor d'ivoire ; il le porte à sa bouche, et de ses flancs recourbés tire des sons enchanteurs.

46.

Le fer tombe de chaque main. Pris d'un soudain vertige, les émirs entrelacent leurs bras en anneaux dansoyants ; de bruyants hourras retentissent par la salle : force est à tous, jeunes et vieux, force est à quiconque a des pieds de sauter ; le cor ne leur laisse pas de choix. Seule Rézia, interdite à la vue de ce prodige, interdite et heureuse en même temps, reste à côté d'Huon.

47.

Le divan tournoie follement en rond ; les vieux bachas lui battent la mesure. On voit l'iman lui-même, trébuchant comme sur la glace, valser avec un jeune eunuque. Ni le rang ni l'âge ne sont épargnés. Il n'est pas jusqu'au sultan qui ne puisse maîtriser son envie ; il saisit par la barbe son grand visir et prétend encore lui enseigner des cabrioles.

48.

De toutes les antichambres ce vacarme inouï attire bientôt la troupe des eunuques, puis la gent féminine, même les gardes à la fin. Tous ils sont pris du joyeux délire. Dans ce tumulte magique, le harem retrouve sa liberté. Les jardiniers eux-mêmes, avec leurs jaquettes bigarrées, viennent, de jeunes nymphes aux bras, se mêler à la ronde.

49.

Respirant à peine, Rézia n'ose en croire ses yeux. — Quel miracle ! dit-elle ; puis il arrive à point nommé, quand rien sans cela ne pouvait nous sauver tous les deux. — Reine, un bon génie est avec nous, lui répond le héros. — Au même instant son fidèle Schérasmin accourt tout à travers les groupes de danseurs; Fatmé le suit.

50.

Venez, cher maître, dit-il en haletant, nous n'avons pas le temps de regarder à la danse, Les chevaux sont prêts, tout le palais est fou, les portes sont ouvertes, plus de gardes : que tardons-nous? Chemin faisant, j'ai rencontré dame Fatmé, chargée pour la fuite comme une bête de somme. — Sois tranquille, réplique le héros, le moment n'est pas venu de partir : le plus difficile me reste à faire auparavant.

51.

La belle Rézia pâlit à ces paroles; son œil inquiet semble interroger, supplier. — Pourquoi ce délai? Pourquoi, sur le bord escarpé de l'abîme, tarder encore? Fuyons, fuyons vite, avant que le vertige qui enchaîne les sens de nos ennemis se soit dissipé. — Mais Huon, sans être ému, se contente de presser, avec des regards pleins d'amour, la main de la jeune fille sur son cœur.

52.

Peu à peu, toutefois, la vertu du cor s'affaiblit : la tête tourne aux danseurs; leurs jambes fléchissent; pas un fil sur eux n'est resté sec; le sang amassé, épaissi dans leurs poitrines, les suffoque. Ce plaisir, tout involontaire, devient un supplice... Baigné de sueur, comme s'il sortait d'une étuve, le calife chancèle et tombe sur son ottomane.

53.

A chaque instant les danseurs viennent l'un après l'autre s'abattre sans connaissance le long des coussins rebondis qui garnissent les parois ; émirs comme esclaves sont, au gré du hasard, renversés tout pantelants auprès des déesses du sérail : on dirait qu'un tourbillon les a secoués et dispersés, de telle sorte que, sur le même sopha, le palefrenier souffle côte à côte avec la favorite.

54.

Mettant à profit le calme qui règne dans la salle, sire Huon laisse près de la porte sa princesse, qu'il confie au fidèle Schérasmin. Il commande à l'écuyer d'être sur ses gardes, et lui donne à tout événement le cor d'ivoire. Alors il s'approche de l'endroit où le calife, faible encore et tout épuisé par le bal, s'est jeté de son long sur un trône de coussins.

55.

Au milieu d'un morne silence, l'Attente semble, retenant son haleine et les ailes tendues, planer tout à l'entour sur l'assemblée. Les danseurs, alourdis par le vertige et par le sommeil, s'efforcent à déverrouiller leurs yeux pour regarder l'étranger qui, après tout ce qu'il a fait, s'avance le bras désarmé, le regard suppliant, vers le calife ébahi. Comment, pense-t-on, tout cela va-t-il finir ?

56.

Il se laisse aller à genoux devant le monarque, et, d'une voix douce, il commence ainsi, avec tout le sang-froid d'un héros : — L'empereur Charles, dont je suis serviteur, envoie ses compliments au souverain des

Orientaux, et te prie... Pardonne ! La chose me semble
difficile à dire ; mais le devoir veut que je prête à mon
maître la bouche aussi bien que le bras... Il te fait donc
demander quatre de tes dents molaires et une poignée des
poils de ta barbe argentée.

57.

Il a dit, se tait et, d'un air tranquille et dégagé, attend
la réponse du sultan. Mais où trouverais-je assez d'haleine pour vous décrire par des paroles la fureur du vieux
potentat ; pour vous dire comme ses narines se gonflent
et ses traits se contractent ; avec quelle impétuosité il
saute à bas de son trône ; comme enfin ses yeux étincellent et ses veines bouillonnent d'impatience ?

58.

Il regarde fixement autour de lui ; il veut jurer, mais la
colère brise en écume chaque mot sur ses lèvres bleues.
— Allons, esclaves, qu'on lui arrache le cœur de la poitrine ! Déchirez son corps membre à membre ! Épuisez ce
sang maudit à force de piqûres ! Qu'on l'abandonne aux
flammes et que sa cendre soit jetée à tous les vents ! Dieu
veuille damner son empereur Charles ! Quoi ! un pareil
message ? à moi ? dans ma propre demeure ?

59.

Quel est ce Charles qui se raille de moi ? Et pourquoi
ne vient-il pas lui-même s'il a tant envie de ma barbe et
de mes dents ? Pourquoi ne pas essayer de les arracher
avec sa propre main ? -- Cet homme n'a pas la tête bien
timbrée, remarque un vieux khan. Dans tous les cas, c'est
là chose qu'on vient quérir à la tête de trois fois cent mille
hommes.

60.

Califé de Bagdad, dit le chevalier avec une noble fierté, fais faire tout ce monde ; puis, écoute-moi..... Voilà longtemps que me pèsent le message de Charles et ma propre parole. Les exigences du destin sont cruelles. Mais, ici-bas, qui donc est puissant assez pour ne pas obéir à sa loi ? Ce qu'il ordonne de faire, ce qu'il ordonne de souffrir, il faut le faire et le souffrir.

61.

Tu le vois, seigneur, simple mortel comme toi, je suis seul ici pour dégager, en face de tes gardes, ma parole au risque de ma vie. Avant tout, néanmoins, l'honneur me permet de te soumettre une proposition. Abandonne Mahomet, élève sur Babylone la croix sainte, le noble symbole des chrétiens, embrasse la vraie foi, et tu auras fait plus que Charles ne demande.

62.

Alors je prendrai sur moi de t'exempter complétement du reste, et quiconque exigera davantage aura d'abord à me rompre les os. Tout isolé, tout jeune que je t'apparaisse ici, ce que tu as vu déjà dénote assez clairement qu'avec moi marche un être plus puissant encore que toutes tes cohortes. Si tu es sage, tu choisiras dès à présent le bon parti.

63.

Tandis que, semblable en force et en beauté à un messager du ciel, le héros, sans s'occuper des lances dont il est menacé, parle si virilement, montre tant de courage, Rézia de loin, la joue brûlante de rougeur, penche amoureusement son beau cou vers lui. Elle frémit, toutefois,

9.

en pensant au moment où le nœud, formé par tant de prodiges, va se dénouer enfin.

64.

Sire Huon avait à peine prononcé son dernier mot que le vieux schah se met à crier, à frapper, à trépigner comme un possédé. Sa raison l'a tout à fait abandonné. Les infidèles s'élancent de leurs siéges avec une ardeur frénétique; ils crient, ils menacent et tournent de toutes parts, sabres, poignards et lances contre l'ennemi de leur Mahom.

65.

Mais, avant qu'ils l'aient atteint, Huon arrache vive-ment la gaule à l'un d'entre eux, en frappe autour de lui comme d'une massue, et, toujours combattant, se re-tire pas à pas jusques à la muraille. Un large bassin d'or, qu'il a pris sur le buffet, lui sert à la fois d'arme et de bouclier. Beaucoup déjà se débattent sur le plancher pour avoir de trop près affronté sa colère.

66.

Resté près de la porte, afin de protéger la princesse, le bon Schérasmin croit voir son premier maître se ruer dans la bataille, et, pendant un instant, il s'abandonne au plaisir de repaître ses yeux d'un spectacle aussi plein d'intérêt. Mais, bientôt, un cri d'angoisse, jeté par Rézia, dissipe son illusion. Il voit la furie des païens, il voit le danger d'Huon, et, sans tarder, il saisit le cor et sonne comme s'il voulait réveiller les morts.

67.

Le palais en retentit; ses murs craquent. Soudain, la nuit, une nuit affreuse, engloutit le jour. Des fantômes

s'agitent, scintillants, rapides comme des éclairs. L'édifice s'ébranle, aux roulements continus du tonnerre, jusque' dans ses fondements de rochers. Le cœur manque
aux mécréants. Ils chancèlent comme dans l'ivresse; ils
perdent l'ouïe et la vue; leurs mains débiles laissent
échapper sabres et lances. Ce ne sont plus, tout autour de
la salle, que groupes mornes et roidis.

68.

Tout étourdi par tant de prodiges, le calife semble lutter contre la mort. Son bras est sans force, sa respiration
embarrassée; son pouls ne bat plus et bientôt même cesse
de battre..... Tout d'un coup la tempête se tait. Dans la
salle murmure une douce haleine qui la remplit d'un suave
et frais parfum de lis; puis Obéron, semblable à quelque figure d'ange au-dessus des tombeaux, se montre pla-
nant sur un léger nuage.

69.

Un cri, où la crainte se mêle à la joie, échappe à la Per-
sanne. Sa timide confiance est combattue par une frayeur
involontaire. Les joues en feu, les bras croisés sur sa poitrine, elle reste auprès du jeune homme à qui s'est donné
son cœur; à peine, dans la conscience virginale de sa
faute, ose-t-elle lever les yeux sur son sauveur.

70.

Bien, Huon, dit le génie; tu as dégagé ta parole, je
suis content de toi. Cette femme, jeune et belle, sera ta
récompense. Mais, avant de quitter ces lieux, que Rézia
songe à sa résolution; qu'elle craigne d'expier le choix
trop prompt de ses regards séduits par un inutile et tardif
repentir ! Le destin la laisse libre de rester ou de partir.

71.

Renoncer à tant de magnificence, abandonner la cour et le trône que sa naissance lui destinait, tenter avec un homme quelque incertain voyage sur le vaste océan du monde, vivre uniquement pour lui, subir avec lui les variations de la fortune, les coups du sort........ et ces coups, hélas! partent souvent de la main la plus chère..... c'en est assez pour qu'avant de s'exposer à tant de risques, on doive consulter mûrement son cœur.

72

Il en est temps, Rézia ; si l'alternative t'effraie, tu peux encore tromper les vœux de l'amour. Ils ne font que sommeiller, ces hommes qui semblent ici couchés dans leurs tombeaux; un coup de ma baguette, en les réveillant, va les rendre à la vie. Malgré les pertes que l'aventure peut lui causer, le sultan la pardonnera facilement et Rézia, comme auparavant, serait l'idole de l'univers.

73.

Le nain se tait. Huon, plus pâle que la mort, attend l'arrêt dont Obéron, le cruel Obéron, le menace. Le feu s'est éteint sur ses joues. Trop fier ou trop généreux pour stimuler par des paroles d'amour un cœur qui peut-être hésite, il s'efforce à cacher sa douleur, tient ses yeux fixés sur la terre et ne laisse pas un regard parler en sa faveur.

74.

Rézia, toute brûlante encore d'un premier baiser, n'a pas besoin, du reste, qu'un nouvel aliment vienne attiser sa flamme. Combien les grandeurs qu'elle doit quitter lui semblent peu de chose! Tout ce qu'elle aime, elle le

possédera en possédant Huon. Rougissant jusqu'à la
pointe des doigts et d'amour et de pudeur, elle cache son
visage, elle cache ses pleurs dans les bras du jeune homme,
et son cœur, violemment agité, bat avec force au devant
du sien.

75.

Obéron incline doucement vers eux sa tige de lis,
comme s'il voulait bénir l'union de leurs âmes. Une
larme tombe de son œil sur leurs deux fronts. — Pars,
dit-il, aimable couple ; vole sur les ailes de l'amour. Mon
char est prêt : avant que le jour prochain ait dispersé les
noires ténèbres, il vous aura transportés en sûreté aux
plages d'Ascalon.

76.

Il dit, et le dernier mot résonne encore quand il s'évanouit à leurs yeux. Indécise comme au réveil d'un songe,
la belle fiancée d'Huon respire avidement le doux parfum
dont l'air est imprégné ; puis elle reporte vers son père
un timide regard. Le sultan semble endormi du sommeil
de la mort. Rézia soupire, et de mélancoliques pensées
mêlent leur amertume aux joies de son cœur.

77.

Elle se voile. Sire Huon, dont l'amour aiguise les sens,
n'a pas plutôt remarqué l'oppression de son sein, le
trouble de ses beaux yeux, que, l'enlaçant du bras droit,
il l'entraîne avec une douce violence hors de la salle. —
Viens, dit-il, avant que la nuit nous surprenne, avant
que leurs bras enchaînés par un sommeil magique soient
rendus à la vie.

78.

Viens, laisse-nous fuir avant qu'un nouvel ennemi peut-être cherche à nous fermer la retraite. Sois-en certaine, une fois que nous serons en sûreté, notre protecteur aura soin également de ceux qui dorment ici. Tout en parlant, il l'enlève avec une vigueur juvénile, descend les escaliers de marbre et la porte jusqu'au char qu'Obéron a tenu prêt pour eux. Quel homme fut jamais chargé d'un plus doux fardeau !

79.

Le palais est désert ; il y règne le silence des tombeaux ; comme autant de cadavres, les gardes gisent çà et là, ensevelis dans un sommeil profond : rien ne met obstacle à la fuite de l'amour. On monte dans le char, et, comme la princesse ne veut pas se confier seule au chevalier, sa nourrice, ainsi que Schérasmin, prennent à la hâte leurs places à côté d'eux. Fatmé, qui jamais n'a vu tant de merveilles, ne s'explique pas ce qu'il lui arrive.

80.

Jugez de son effroi lorsqu'au lieu de chevaux, elle voit, en se retournant, quatre cygnes conduits par un enfant ; lorsqu'ensuite elle se sent enlevée, transportée rapidement dans les airs ! A peine la pauvre femme, tremblant de tous ses membres, ose-t-elle respirer. Elle ne saurait comprendre qu'un char si pesamment chargé puisse flotter sur les nues comme un esquif au sein des eaux.

81.

Quand la nuit à la fin les surprit, la peur, doit-on s'en étonner, triompha de la honte. Se serrant contre Schérasmin, la nourrice l'étreignit aussi étroitement que, pour

dormir, son moelleux oreiller. L'écuyer sans doute s'y
prêta de bonne grâce : en pareil cas, le cœur est prompt
à se mettre de la partie. Disons-le, toutefois, pour l'honneur du vieillard, il resta pur comme l'or à l'épreuve de
ce feu.

82.

D'autres émotions agitaient le jeune couple que l'Amour,
en ce moment, semblait conduire avec les cygnes de sa
mère..... Que leur magique équipage suive ou non les
chemins frayés, qu'il franchisse les airs, qu'il roule ou
qu'il vogue, qu'il soit attelé de cygnes ou de chevaux, que
sa course soit lente ou rapide, facile ou rude, dange-
reuse ou non, ils n'en voient, ils n'en savent rien.

83.

Leur situation, ah ! c'est, pour eux, un nouveau songe
aux délices ineffables, une bienheureuse extase dans le
paradis. Ils ne peuvent que se regarder en silence avec
des yeux dont le désir n'est jamais assouvi, que presser
chacun, dans une douce ivresse, des mains brûlantes sur
un cœur qui déborde. Puis, quand la terre, le ciel, tout
s'est évanoui, quand ils restent seuls l'un pour l'autre :
—Est-ce une réalité? se demandent-ils ; ou rêvons-nous
encore? Sommes-nous, en effet, sur un char?

84.

Ainsi mon rêve ne m'a point abusé ! — s'écrient-ils
tour à tour. — C'était Rézia !..... C'était Huon ! Un Dieu
nous a menés l'un vers l'autre. Tu es à moi!..... Je t'ap-
partiens !..... Qui donc eût osé l'espérer? Réunis si mi-
raculeusement! et pour ne jamais, jamais, nous séparer !
Le cœur peut-il suffire à tant de félicité? — Tous deux,

alors, de se regarder avec une joie toujours nouvelle, de presser encore, sur chaque sein, sur chaque bouche, leurs mains entrelacées.

85.

En vain la nuit étend sur l'atmosphère ses ailes chargées de vapeur. L'amour voit en dépit de cet obstacle : éclairées par une lumière surnaturelle, les âmes peuvent se mirer elles-mêmes l'une dans l'autre. La nuit, pour ces amants, n'est plus la nuit : l'élysée resplendit autour d'eux. Un soleil intérieur les inonde de ses ardents rayons et chaque instant leur crée des sens nouveaux.

86.

Au sein de leur ivresse, un sommeil enchanté les gagne peu à peu. Les yeux se ferment, les sens se taisent, l'âme semble affranchie du corps..... Concentrée dans un sentiment qui l'envahit, la pénètre, l'absorbe tout entière, elle n'existe qu'en lui..... Mais, ce sentiment seul, ô ! qu'il est infini.

CHANT SIXIÈME.

1.

A peine l'aurore commence-t-elle à refouler les ténèbres, à peine sa main de rose entr'ouvre-t-elle les portes
du jour que les cygnes s'arrêtent, sous un abri de hauts
palmiers, non loin du rivage où les flots baignent les
murs d'Ascalon. Une légère secousse réveille les deux
couples, arrachant l'un aux douceurs du sommeil, l'autre
aux rêveries de l'amour.

2.

En découvrant pour la première fois la mer sans bornes,
toute rayonnante alors des feux du matin, la fille du sultan tressaille de ravissement comme de terreur. Émer-
veillé, son regard plonge, sans rencontrer d'obstacle, le
long de ces montagnes d'eau : l'infini semble être ouvert
devant elle. Mais, au milieu du plaisir qu'elle éprouve,
un frisson la prend de se voir si petite dans l'immensité.

3.

Ses yeux se voilent d'un léger brouillard.—Où suis-je?
demande-t-elle; mais Huon, qui, les bras ouverts, se tient
auprès du char, a fait bientôt revenir ses esprits égarés.
Appuyant ses lèvres, brûlantes de désir et d'amour, sur un
sein que soulèvent de silencieux soupirs : — Sois sans
crainte, ô ma vie, lui dit-il; tu reposes dans mes bras.

4.

C'est avec délices qu'elle se sent toute entourée de ce qu'elle aime, toute absorbée dans l'embrassement d'Huon, et le jeune lierre n'étreint pas le chêne plus fortement que son bras arrondi, le corps du chevalier. Il court vers les palmiers avec sa douce charge, la dépose à l'ombre, sur de la mousse, et s'assied auprès d'elle. Sa place, il ne la donnerait pas pour le trône d'un roi.

5.

Bientôt aussi, Fatmé, l'écuyer se trouvent dans le même endroit, résolus tous deux à servir l'aimable couple jus-qu'au dernier soupir. A peine avaient-ils l'un et l'autre pris une place sur l'herbe, Schérasmin près de son maître, Fatmé aux pieds de la jeune dame, que, soudain, comme un éclair de la pensée, le nain leur apparut nageant dans l'air.

6.

Dans ses yeux obscurcis légèrement par le chagrin per-çait, néanmoins, le doux sourire de l'amitié. Lorsqu'il se fut rapproché davantage, ils virent une cassette, toute gar-nie de pierreries, briller comme un soleil sur son bras gauche. — Ami Huon, dit le génie, prends ceci de ma main. Bien que Charles ne t'en ait pas fait une condition expresse, ce sera, quand tu le reverras, une preuve pour lui que tu as mot pour mot accompli son arrêt.

7.

On saura, mais il n'était pas séant de l'expliquer tout haut en présence de Rézia, on saura que cette cassette contenait, empaquetés dans du coton, la barbe et les dents du calife. Pendant que la léthargie du sultan le retenait dans son fauteuil, un des satellites invisibles qui suivaient Obéron s'était mis promptement à l'œuvre et l'avait menée à fin sans ciseaux ni pélican.

8.

Hâtez-vous, continua le nain, avant que le calife ait le temps de vous poursuivre. Un navire se trouve sur la rade, lequel, en six à sept jours, vous portera sans avarie jusqu'à Lépanthe. Aussitôt arrivés dans cette ville, vous en rencontrerez un autre nolisé pour Salerne. De là, avec toute la vitesse que l'amour pourra vous prêter, volez à Rome.

9.

Mais que ceci, Huon, reste profondément gravé dans ton esprit : jusqu'à ce que le saint pape Sylvestre ait appelé les bénédictions célestes sur l'alliance de vos âmes, considérez-vous comme frère et sœur. Que le doux fruit défendu ne vous tente pas avant le temps, car, sachez-le, si vous y touchiez, Obéron, au même instant, vous abandonnerait pour toute l'éternité.

10.

Il dit et soupire. La douleur gonfle ses yeux. Il les fait approcher et les baise sur le front. Lorsqu'ils veulent ensuite regarder vers lui, l'apparition se dissout comme une nuageuse image. Le jour voile sa face d'or ; les palmiers tristement gémissent ; un morne silence, un calme effrayant planent sur la mer et sur le rivage dont les contours semblent se fondre dans une sombre vapeur.

11.

Un singulier malaise, une vague anxiété oppresse l'aimable couple. Ils se regardent l'un l'autre, les joues

pâlies ; la parole expire sur leurs lèvres entr'ouvertes ;
leurs bras, au moment de s'étreindre, sont retenus par un
secret effroi. Mais, dans un battement du pouls, le brouillard s'abat : tout rit, encore une fois, aux rayons dorés
du soleil, et les amants sentent le courage et la joie re-
naître dans leurs cœurs.

12.

Ils se hâtent de gagner le vaisseau. Grâce au soin bienveillant de leur protecteur, ils le trouvent, à leur grand
plaisir, pourvu des choses nécessaires au voyage et fort
élégamment emménagé. Une fraîche brise souffle de terre ;
l'ancre est levée ; les matelots poussent des cris joyeux.
Déjà la barque, déployant ses ailes, fend les flots bleus
avec toute la vitesse d'un oiseau. L'air est pur et serein ;
la mer, unie à s'y mirer.

13.

Ainsi qu'un cygne orgueilleux, le vaisseau, doucement
balancé, nage, au grand étonnement des fils de l'Océan,
sans laisser à peine un sillon sur sa route. Jamais, s'écrie
chacun, homme n'a vu pareille traversée..... La belle et
le chevalier restent, les bras entrelacés, des heures entières sur le pont. Ils regardent autour d'eux, et chaque
scène nouvelle sert, comme un opium, à calmer leurs
amoureux transports.

14.

Puis, quand leurs regards poursuivent à perte de vue
ces espaces où l'azur des vagues se fond au loin dans l'air,
Huon commence à parler de son pays, à dire comme il
est beau, comme les habitants y sont heureux et gais,
comme, de l'est au couchant, le soleil ne peut éclairer de

campagne plus riante que sur les bords de la Garonne. Et,
tout cela, son vieux vassal l'atteste avec serment.

15.

Brave Schérasmin! Le cœur lui bat de joie toutes les
fois qu'il peut chanter les louanges de sa chère Gascogne.
Quant à Rézia, si nombre de mots lui restent incompris,
elle n'en écoute pas moins, sans jamais se détourner; car,
tout nouveau qu'il soit encore pour elle, le langage dont
le sens est facilement saisi par son cœur enchanté, c'est.....
ce que lui disent les yeux d'Huon.

16.

La douce pression d'une main brûlante, un soupir
échappé du cœur, le baiser ravi sur une joue de rose, ô,
surtout, un regard baigné d'humide volupté, si ce n'est ce
langage, quel autre saurait toucher, séduire et persuader?
Il passe, plus prompt que la flèche, d'un cœur à l'autre.
Rien ne va mieux au but; rien ne cause moins d'ennui.

17.

Entre ces deux amants, c'était ce dialogue intime de
l'âme avec l'âme qui prenait sans cesse la place des paroles. Souvent, pour éviter les témoins, ils se glissaient
dans leur réduit. Là, tous deux enlacés, ils reposaient sur
le même sopha ou se tenaient devant la fenêtre ouverte.
Jamais, toutefois, ils ne restaient seuls entièrement. Huon
l'avait ainsi voulu, et la nourrice, au moins, devait toujours être présente.

18.

Sans cesse retentissent à l'oreille du paladin ces mots
terribles : — Ne vous laissez pas tenter !..... Sinon, ajouta
le génie, sachez-le, nous serons séparés pour l'éternité.

10.

—Qu'a-t-il entendu par-là? Pendant qu'il parlait, un sens profond se lisait dans ses regards; leur expression devenait de plus en plus sévère et sombre; des larmes, hélas! nageaient dans ses yeux et sa figure avait perdu son éclat habituel.

19.

A ce souvenir, de vagues appréhensions gonflent le cœur d'Huon. Le bon chevalier se défie de lui-même; il s'effraie des moindres jeux de l'amour; il craint, en s'y livrant, d'être maudit par Obéron. Chaque jour, cependant, la flamme qui le dévore pénètre plus avant. L'air où il vit est un air enchanté, puisque Rézia le partage; cet air, elle le pénètre de son haleine, et sur chaque objet où son amant repose les yeux plane sa gracieuse image.

20.

C'est elle, toujours elle, qui brille pour lui dans les feux de l'aurore, dans le pourpre du soir, dans le doux clair-obscur projeté par la lune. Est-il une attitude, une position dans laquelle sa taille de nymphe ne sache le ravir? Puis, dans leur chambre étroite, le tissu même qui la voile soigneusement à tout œil étranger tombe et laisse le regard, craintif encore dans sa hardiesse, mordre comme une abeille sur le sein et le cou.

21.

Huon sent à quel doux péril il se trouve exposé. — O! s'écrie-t-il souvent, pour qu'il me soit possible de souffrir jusqu'à Rome, enveloppe-toi, toute belle, de sept voiles épais! Cache sous mille replis chacun de tes appas! Laisse retomber jusqu'à la pointe des doigts une large manche sur le vivant ivoire de ces bras! Mais, avant tout,

Obéron, mon ami, jusque là change mon cœur en un marbre glacé !

22.

Bien que souvent la force vînt presque à lui manquer, le chevalier voulait fermement sortir vainqueur de cette lutte. Il lui paraissait grand et beau de subir l'épreuve la plus difficile qui soit imposée à la vertu, grand et beau déjà de la tenter seulement, dix fois plus grand et plus beau de la mener glorieusement à fin ! Comment, toutefois, venir à bout d'un ennemi dont les forces ne font que croître à mesure que le combat s'allonge ?

23.

S'abandonner en silence, près de la femme aimée, au sentiment qu'elle a fait naître, c'est déjà laisser à cet ennemi une victoire prochaine. Par bonheur, sire Huon se rappelle que son devoir, d'après les us de la chevalerie, est d'instruire la fille du sultan. La pauvre enfant, hélas ! appartient encore au paganisme et croit à Mahomet, mais, à la vérité, sans trop savoir pourquoi.

24.

Pour la guérir de cette lèpre, le chevalier se presse tant qu'il peut..... l'amour lui dit de se hâter..... de faire part à la belle du peu qu'il sait de christianisme. Il ne le cédait en zèle à pas un des martyrs. Mais, s'il était fort par la foi, il était faible par la science : la théologie n'était nullement son fait ; son Pater et son Credo, sans gloses, voilà tout ce qu'il savait.

25.

L'ardeur du maître supplée, du reste, aux lumières, aux principes qui manquent peut-être à ses leçons.

Ennemi par état des disputes de mots, sire Huon mène la chose comme une aventure. Ce qu'il croit, il le jure haut et fort, prêt avec sa bonne lance à en rendre, sur terre et sur mer, la démonstration palpable à tout le monde païen.

26.

Que la vérité a de force dans la bouche d'un amant ! Le cœur qui s'est donné à lui l'écoute avec joie ; il lui prête en silence une curieuse attention. L'amour est si facile à persuader ! Pour lui, un regard, un baiser, sont articles de foi. Rézia, sans faire de subtiles questions, croit ce que croit Huon, et bientôt elle exécute avec beaucoup d'aisance le signe de la croix sur sa poitrine et sur son front.

27.

Il ne lui reste plus qu'à recevoir la sainte aspersion des chrétiens : notre héros, du moins, le croit ainsi dans sa simplicité. Il soupire après la cérémonie ; il maudit chaque instant de retard. C'en est assez pour qu'elle aussi, la belle convertie, brûle du même désir..... Un novice de Saint-Basile, grand ennemi des païens, se trouvait sur le navire et consentit, moyennant honoraire, à leur prêter son assistance.

28.

En se faisant baptiser, Rézia, qui, depuis son entrée dans la communion chrétienne, portait le nom d'Amanda, ne gagna pas seulement le paradis : elle parut aussi devenir une fois plus belle encore. Quant au paladin, d'heure en heure son bon génie s'éloigna de lui visiblement. Les enivrants regards, les pressements de main, les tendres embrassements se succédaient sans jamais prendre fin. L'écuyer a beau faire signe,

29.

Fatmé aussi a beau se montrer : le bon chevalier, dominé par sa fièvre, oublie tout, le nain, son avis et le danger. Il laisserait Schérasmin se tuer à la peine; car, dans les délices où il est plongé tout entier, pressant sur son cœur, appelant du nom d'Amanda, celle dont maintenant les anges eux-mêmes lui permettent le baiser, Huon, les yeux couverts d'un nuage, ne voit plus rien : son ivresse est complète.

50.

Rézia même, depuis le jour où elle a quitté ce nom, se croit dégagée des liens de la contrainte. N'étant plus Rézia, elle oublie facilement dignité royale, cour, patrie, tout enfin ce qui n'est pas Amanda. Naguères le souvenir du passé lui pesait encore : il s'est perdu dans l'échange qu'elle a fait.

31.

Elle renaît, toute entière, toute nouvelle, pour Huon. Ce qu'elle était, elle l'a sacrifié. L'amour lui coûte un trône; mais, dans les bras d'Huon, elle sent qu'elle n'a rien perdu. Sa personne s'est donnée, et, maintenant, elle est Amanda, Amanda qui ne peut vivre que pour l'amour, que par l'amour. Dans le monde, elle n'a plus d'autre affaire; elle n'a rien au-delà ni à recevoir, ni à donner.

52.

Schérasmin, en les voyant si bien épris, s'effraye de leurs regards. Il y remarque je ne sais quelle envie de cueillir le fruit défendu. Un témoin les gênait : c'était, pour lui, chose évidente ; car, dès qu'il avait le dos à moitié tourné, leurs lèvres se cherchaient, avides de baisers ; puis, quand ses yeux venaient à les rencontrer, tous deux ils rougissaient.

55.

Il se rappelle sa propre jeunesse, et dans le miroir où elle se réfléchit, il ne voit que trop bien ce qu'ils ne voient plus eux-mêmes. C'est la vertu encore inexpérin . . . e qui, semblable au papillon, s'approche sans m . . . nce de la flamme. Sa riante clarté, sa douce chaleur attirent l'imprudente. Trompée par son innocence même, elle voltige, elle tourne autour de la lumière en cercles de plus en plus étroits, et soudain, hélas ! elle y brûle ses ailes.

54.

Secrètement d'accord avec Fatmé, le fidèle serviteur ne laisse échapper aucun moyen qui puisse, jusqu'à Rome du moins, venir en aide à la sagesse du chevalier. Tantôt ceci, tantôt cela, il imagine vingt expédients à l'effet d'occuper, de distraire le couple amoureux, et quand enfin tout lui fait faute, il propose, comme pour abréger la soirée, de réciter un conte.

55.

Il dit un conte, bien qu'à la vérité son histoire soit mieux et plus qu'un conte ; elle lui vient d'un calender dont il fit rencontre à Bassorah, lorsqu'après la mort de son maître il errait en Orient, longtemps avant d'avoir cherché dans la caverne du Liban un abri contre les flots du monde. La circonstance où il se trouve la retrace à sa mémoire si vivement, qu'il juge à propos d'en toucher quelques mots.

56.

Il commence ainsi : — Sur les bords du Tessin vivait, il y a cent ans, un gentilhomme assez jeune en sagesse, quoiqu'il eût dès longtemps la barbe et les cheveux gris. Visité presque journellement par la sciatique et par la goutte, fruits amers et tardifs de plaisirs trop souvent répétés, il était d'ailleurs homme de cour aimable, instruit, et surtout fort expert en tactique galante.

57.

Après avoir, durant maintes années, pris un plaisir coupable à chasser, en franc célibataire, sur les terres libres de l'Amour, à se glisser, dès qu'il y trouvait accès, près de la femme d'autrui, il eut la fantaisie de courber, au terme de la vie, son front endurci sous le saint joug de l'hyménée.

58.

De sens rassis il se choisit, avec beaucoup de goût, une enfant telle qu'il la lui fallait pour la table et le lit, pour le sérieux et le plaisir, pour sa sécurité surtout : une bonne et pieuse fille, innocente, sage, novice, chaste comme la lune et pure de frivoles désirs, jeune par dessus tout, avec l'œil et les cheveux aussi noirs que le jais, le teint rosé, les bras et le sein ronds.

59.

Des trente-trois perfections dont une belle, dit-on, doit être pourvue, à peine eût-il permis qu'une seule manquât à sa compagne, moins encore l'œil dont un nuage humide baigne les regards de feu, la main petite et potelée, les lèvres qui se gonflent au-devant du baiser, le genou gracieusement arrondi, la moelleuse ondulation des hanches et la douce résistance qu'éprouve le toucher.

40.

Le bon vieux seigneur n'oublie, en achetant si belle marchandise, qu'une chose... les soixante et cinq ans qui de neige ont semé déjà sa tête. Un secret pressentiment le pousse, il est vrai, à mettre pour condition expresse au mariage que l'épousée sera pleine d'attraits, aimante et ce qui s'en suit, pour lui seulement, et que, pour tout autre, elle restera froide comme glace ; mais, cette clause, qui donc la souscrira ?

41.

Rosette le fit ; Rosette était jeune, éclose, ainsi que la violette, à l'ombre et dans les champs. D'humeur légère et gaie, elle ne voyait dans son mari, dans son maître futur, que l'homme qui la faisait grande dame, qui lui donnait de riches habits, avec mille jolies choses dont les enfants comme elle s'amusent durant le jour : d'autres pensées n'avaient jamais encore préoccupé son cœur.

42.

Les noces furent célébrées avec une grande pompe. Le noble époux, un peu roide, un peu lourd, il est vrai, se pavane au bras de Rosette d'un air fort respectable, et, suivant lui, son baptistaire en a menti de vingt années au moins. La foule accourt pour les voir au sortir de l'église. — Un beau couple ! — entend-on chuchoter de toutes parts. — Ils se ressemblent... comme janvier et mai.

43.

L'innocence de Rosette faisait, suivant l'usage en pareil cas, l'orgueil du vieux Gangolfe. Le second jour, il semblait tout gonflé d'une joie vaniteuse ; il marchait devant lui plus fier, plus droit qu'un cierge : c'était le dernier jet d'un arbre desséché. Les maux qui d'ordinaire escortent l'amour en cheveux gris, ne tardèrent pas à s'installer chez le nouveau marié. Plus Rosette montrait d'ardeur, plus le vieillard se consumait.

44.

Il redoublait cependant, d'une autre façon, les témoignages de sa tendresse. Chaque jour il comblait sa jeune femme de dentelles, de belles robes, de joyaux : bref, de tous les cadeaux dont il lisait le désir dans ses yeux. Les plaisirs de Rosette sont, coûte que coûte, des jouissances pour lui. En échange, que demande-t-il ? un baiser, rien de plus. Pour tout dire, en un mot, il joue le rôle de... vieux mari.

45.

Satisfaite, dans son ingénuité, du sort qui lui est fait, Rosette, en revanche, n'épargne rien pour contenter le bonhomme à sa manière. Elle s'assied sur lui dès qu'il en montre le désir ; elle se laisse bercer sur ses genoux, ne l'empêche jamais de badiner comme il l'entend, ménage avec des soins pleins d'amour son impuissante faiblesse, et quand le sommeil le gagne, ce qui souvent arrive, elle lui permet complaisamment d'appuyer sur son sein une tête allourdie.

46.

Ils vécurent ainsi plusieurs années dans la meilleure

intelligence, chastes et fidèles comme de tendres colombes, elle si dévouée, lui si confiant que chacun en était édifié. En la voyant folâtrer devant lui, le brave homme oubliait sa goutte et sa gravelle, et quant à la jeune femme, si parfois elle songeait à l'âge de son mari, elle redoutait, il est vrai, une dixième année climatérique, mais uniquement pour lui.

47.

Elle arriva pourtant cette fatale année. Avec elle, une triste infirmité, au grand chagrin de son épouse, vint, hélas! s'appesantir sur la tête grise de Gangolfe. Elle lui ravit, en le privant de la vue, son plaisir le plus cher. Désormais il ne pourra plus se ranimer au soleil qui pour lui brillait dans les yeux de Rosette; il ne verra plus l'ovale charmant dont tant de peintres ont volé les traits pour en doter anges et madones.

48.

Qui donc l'aiderait, le pauvre aveugle, à passer de longues journées, s'il n'avait pas Rosette? Que deviendrait-il si maintenant elle ne se faisait un tendre devoir de rester jour et nuit auprès de son époux, de lui prêter l'assistance de ses yeux ou de son bras, de lui faire la lecture et d'écrire pour lui, de sans cesse l'interroger, à l'effet de savoir ce qu'il veut, et de frotter, quand la goutte vient à le tourmenter, pieds et genoux d'une main légère et chaude?

49.

Toujours douce, attentive et compatissante, Rosette paye sans contrainte, sans murmure, ce dur impôt aux exigences du mariage. Souvent, à la vérité, la toux du vieillard lui soulève le cœur ; mais elle sait se contenir et n'en veille pas moins à ce qu'il n'ait jamais à se plaindre de rien. Malgré tout ce bon vouloir, le malheur voulut que, sur son fauteuil de douleur, Gangolfe se mit en tête la plus triste, la plus fâcheuse des imaginations.

50.

Le pire démon qui jamais ait quitté l'enfer pour harceler et torturer les hommes se glisse chez le pauvre homme et le tourmente de façon lamentable. Vieux, faible et aveugle, comment pourrait-il se dissimuler que Roselle, quelque semblable qu'elle puisse être à un ange, n'est après tout qu'une femme ? Les tentateurs ne doivent pas manquer : autour d'elle le monde est plein de regards bien ouverts, et les seuls yeux qui pourraient l'éclairer, hélas ! n'y voient plus.

51.

Si jeune, si belle, toute pétrie des charmes où s'allume l'amour, qui donc pourrait la voir et ne pas brûler de désir ? Où jamais vit-on fleurir des joues aussi fraîches ? où, des yeux plus brillants, des bras plus potelés et plus blancs ? Elle est vertueuse ; elle fuira le danger ; oui, sans doute ; mais, si dans sa fuite elle vient à glisser, sera-ce donc un prodige ? Le terrain sur lequel elle marche est un acier poli ; celle qui tombe, hélas ! y tombe une fois pour toutes.

52.

Ses qualités mêmes, sa manière d'être, pleine de douceur et d'amabilité, son caractère facile, son humeur inaltérable et gaie, tout ce qu'autrefois il aimait le mieux en elle, jusqu'à la ravissante pudeur dont ses caresses

étaient empreintes, les mille charmes enfin qui se repro-
duisent, embellis et sans voiles, au miroir intérieur de
l'âme, tous ces souvenirs de l'aveugle ne servent qu'à
faire pénétrer plus avant dans son cœur le soupçon qui
le mord.

53.

Aucun esclavage ne saurait être comparé à celui dans
lequel depuis lors la jeune femme ne cesse de languir.
Clouée sans cesse à ce corps malingre, elle ne peut s'en
détacher ni le jour ni la nuit. Le vieillard s'effarouche
du moindre chuchotement. Il porte les yeux au bout de
ses doigts, et, quand il est couché, une de ses mains os-
seuses se fixe sur elle, tantôt ici, tantôt là, de crainte
qu'elle ne se glisse loin de lui.

54.

Si douce que fût Rosette, elle se sentit blessée au cœur.
Cette conduite, que son époux appelle de l'amour, elle
n'en voit que trop bien la cause. Au lieu de plaintes inutiles, elle fait de sérieuses réflexions. Vivre ainsi près
d'un septuagénaire chargé de goutte et de gravelle, traîner péniblement sa vie dans un sentier fangeux, et se voir
par là dessus en butte à tant d'odieux traitements, ce destin lui semble trop cruel.

55.

Sous le jour où maintenant elle est amenée à les considérer, mille choses, que sa patience laissa longtemps
inaperçues, ne font plus qu'exciter son dégoût. Le barbon
la désole avec sa tendresse ; son badinage lui paraît lourd,
son baiser repoussant ; ose-t-il plus encore, c'est de quoi
mourir. Puis, ô cruauté ! elle est jeune et belle au profit

du vieillard, et ne peut pas faire usage des charmes qui
lui sont inutiles.

56.

Qu'a-t-elle en compensation ? Les plaisirs de la ville, la
société, la danse, le spectacle, tout cela pour elle est du
fruit défendu ! Personne jamais ne visite son antique château ; chacun l'évite comme s'il était hanté par des esprits.
Un grand jardin, qu'entourent partout de hautes murailles, est le seul espace où elle puisse se mouvoir.... en
cercle comme à la chaîne. Libre à elle d'y rêver assise au
pied d'un arbre ; mais, là encore, elle retrouve l'aveugle
qui l'obsède.

57.

Un jeune page, élevé dans le château de Gangolfe et
chargé du soin de ses écuries, lui paraît, pour la première fois, mériter attention. Depuis longtemps, à la vérité, il avait osé jeter sur la dame des regards tout brû-
lants de désirs ; il avait même cherché plus d'une fois à
lui faire de vive voix l'aveu de son amour ; mais, comme
Rosette ne se prêtait pas à démarche semblable, il était
bientôt rentré dans les limites du plus profond respect.

58.

Maintenant que le chagrin, l'ennui attristent ses jours,
et ses nuits plus encore, les distractions deviennent nécessaires à Rosette. On ne s'étonnera pas dès lors qu'elle
prenne la chose tout autrement. Il lui semble dur de renoncer, dans ses plus beaux jours, à toutes les consolations de la vie ; et Walther, dont le regard s'anime d'un
espoir nouveau, est infatigable à s'offrir pour son consolateur.

11.

59.

L'ardeur du page s'accroît à mesure qu'il gagne du terrain. Il supplie ; elle refuse. Mais, insensiblement, il s'établit entre eux une muette intelligence dont l'œil est le seul intermédiaire ; car, si Gangolfe est aveugle, il n'est pas sourd, et souvent une oreille sert plus que ne le feraient cent yeux. Sans cesse aux aguets, celle du vieillard se dresse au moindre frôlement des habits de Rosette.

60.

La contrainte où ils vivent abrège les formalités de la résistance. Walther et la dame en sont bientôt à n'avoir plus qu'à se demander comment ils pourront se rapprocher. Surveillée, traquée sans relâche par son dragon, que la toux ne laisse reposer ni la nuit ni le jour, quelle ruse imaginera la jeune femme pour donner à Walther un peu de temps, un peu d'espace ?

61.

La nécessité aiguise l'esprit. Pendant qu'elle se fatigue à former des projets, qu'elle les adopte et les rejette aussitôt, voyant mille difficultés inhérentes au meilleur, un poirier lui vient en pensée, l'ornement du jardin, un bel arbre aux branches bien étagées, qui, près du bassin de marbre autour duquel les myrtes s'arrondissent en haie, protège un banc de gazon contre l'ardeur brûlante du soleil.

62.

C'est dans ce délicieux endroit, où se jouent sans cesse de tièdes zéphyrs, que le vieillard a l'habitude, en été, quand tout se dessèche et se flétrit, de venir, pendant une heure ou deux, reposer sur le sein de Rosette, au bord de la fraîche fontaine. Seul, toutefois, il a la clef du jardin, et jamais nul n'y entre, à part sa femme et lui.

63.

Cette clef, que le jaloux porte sans cesse dans la poche de ses chausses, comment s'en emparer?.... Au moment où Gangolfe se couche, Rosette l'enlève légèrement, et, pendant qu'il marmotte ses prières, en prend l'empreinte en cire. Le lendemain, Walther reçoit en cachette ce moule précieux; un billet en même temps lui recommande le poirier : le reste est son affaire.

64.

Qu'arriva-t-il ensuite?.... On était à la fin d'août. La journée était belle; l'air chaud. Le soleil semblait inviter notre vieil aveugle à faire sa sieste, ainsi qu'il en usait parfois, sous les myrtes de la fontaine. — Viens, ma colombe, dit à son autre lui-même le vieux tourtereau; viens, Rose, ma mie, conduis-moi dans ce bosquet tranquille où, depuis qu'il nous unit, le dieu de l'hyménée nous a vus si souvent dans les bras l'un de l'autre.

65.

Rosette fait un signe, et Walther prend les devants. La porte du jardin, ouverte à petit bruit, est bien vite refermée. De là jusqu'à la fontaine le page ne fait qu'un bond. Il grimpe sur l'arbre, et choisit pour sa maîtresse, sur les branches les plus larges, un trône d'épais feuillage. Sur ces entrefaites, le barbon arrive, marchant lentement et d'un pas incertain au bras de sa Rosette.

66.

Comme, au milieu de tant d'infirmités, la bouche se trouvait à peu près le seul organe dont l'usage lui restât,

il avait assez l'habitude de parler à sa femme, en guise
de passe-temps, de son amour et du paradis qu'on trouve
dans le mariage. Il mêlait à cela, peut-être pour la séduire, force poésie à propos de ses charmes, et, commu-
nément, il terminait par un bout de sermon.

67.

En route, il l'avait pris sur ce ton, et, lorsqu'ils furent
arrivés à la fontaine, où, comme on sait, verdoyait le
poirier, Gangolfe, après avoir tapotté les joues de Rosette,
après avoir, malgré sa toux, débité mille douceurs, venait précisément d'entamer le sermon..., qui n'agréait
guère à la belle en présence de son arbre.

68.

Est-il, — se prit à dire le vieillard, pendant qu'assis
près d'elle, à l'ombre, la tête appuyée sur son sein, il ne
se lassait pas de promener les doigts sur un bras rond,
blanc et satiné, — est-il sur la terre une félicité comparable à l'innocence de nos plaisirs, au charme si doux,
devant lequel s'efface toute autre joie, d'être aimé et de
se dire qu'on en est digne! rien, enfin, de comparable à
ce que toi-même dois éprouver, si tu me chéris?

69.

O parle, ma Rosette! — et le bonhomme redouble ses
caresses, — mais parle franchement et sans hypocrisie;
car quelqu'un nous écoute qu'on ne saurait tromper. Dis,
le pauvre aveugle qui t'aime si tendrement, ton Gangolfe,
peut-il se flatter que tu l'aimes toujours? Est-il tout pour
toi? remplit-il ton cœur comme tu remplis le sien?

70.

A la vérité, si nous voulions en croire les traditions

antiques, ce serait, pour un homme, chose peu pardon-
nable que de se donner entièrement à une femme, que
de compter sur sa fidélité et se fier à ses dehors. Diogène,
le fou, et le sage Salomon nous ont dès longtemps enseigné, du haut d'un trône et du fond d'un tonneau, que le
cœur de la femme est un bien incertain, que rien n'égale
sa ruse si ce n'est son inconstance.

71.

Sans parler des histoires profanes, ne voyons-nous pas
la sainte Écriture flétrir, dès l'origine, la renommée des
femmes? La première d'entre elles attira sur le genre
humain la malédiction du Seigneur. Le pieux Loth fut
trompé par ses filles. Et, dès avant le déluge, les anges de
Dieu se brûlèrent les ailes au feu coupable allumé par les
femmes.

72.

Quant aux Dalila, aux Jésabel, aux Bethsabée, à tant
d'autres dont les noms m'échappent, inutile de te les citer
les unes après les autres, bien que l'Écriture ne les vante
guère pour leur fidélité. Mais, cette Judith, qui commence
par presser dans ses bras le bon, le vaillant, le vieux
feld-maréchal Holopherne, qui l'enivre d'amour, puis,
lui coupe le cou, ah! comment y penser sans en verser
des larmes?

73.

Et pourtant, la majorité des femmes serait encore plus
riche en vices, plus dénuée de vertus, que je n'en aurais
pas moins confiance en toi, l'élue de mon cœur, mon
seul bien, la consolation de ma vieillesse et la lumière de
mes yeux. Oui, tu resteras fidèle à ton devoir, et si même

la meilleure succombait, toi, ma Rose, tu ne faillirais
point. Ton Gangolfe, dont l'amour est si pur, si tendre,
si constant, non jamais il ne sera par toi si cruellement
trompé?

74.

La jeune femme se sent coupable; elle rougit, et, reti-
rant avec humeur le bras d'ivoire enlacé tout autour du
vieillard : — Pourquoi, réplique-t-elle avec vivacité,
pourquoi ces litanies? Les ai-je méritées? Faut-il croire
que ton cœur puisse un instant douter de ma fidélité?

75.

Malheureuse que je suis! Voilà quelle est la récompense de tant d'amour! A qui me suis-je donnée toute
entière? L'innocence de mon premier baiser, les premières émotions de ma jeunesse, qui donc les eut? Hélas !
je suis trop aimante et trop tendre : c'est là mon crime!
Soupçonner un cœur qui ne connut jamais d'autre
homme et n'en battit que plus fort pour lui ! Ce triomphe,
orgueilleux, ne te suffit-il pas? Veux-tu te réjouir aussi
de mon supplice, homme lâche et cruel?

76.

Elle s'arrête, comme si l'excès de la douleur étouffait
la voix dans sa poitrine. Le vieillard, suffoqué de san-
glots, lui jette les bras autour du cou et presse sur son
cœur repentant son épouse fidèle. — Oh ! ne pleure pas,
ma mie; pardonne les torts de l'amour, de l'amour
seul... Je ne voulais pas te chagriner. O pardonne et baise-
moi, Non, par Dieu, je n'ai pas le moindre doute sur la
fidélité de ma petite Rose !

77.

C'est ainsi que vous êtes! — dit la dame, en évitant
son baiser par un léger mouvement. — Vous autres
hommes, vous avez tant de douces flatteries pour nous
attirer dans le piége, et, quand nous sommes prises, une
jouissance paisible, au lieu de calmer votre sang, ne fait
qu'irriter votre bile. Malheur à la pauvre femme qui doit
vous contenter! La flamme elle-même que vous avez
allumée avec tant d'ardeur, sert de matière à vos soupçons, d'aliment à vos fureurs secrètes.

78.

Pris fort mal à propos d'un accès de sciatique, le bonhomme ne sait plus à quel saint se vouer; il se hâte de
donner à sa vertueuse femme mille assurances de sa tendresse, de lui répéter combien l'ombre même du soupçon
est et restera bannie de sa pensée. Là-dessus un baiser
scelle des deux parts le traité de paix.

79.

Soit plénitude, soit vide de l'âme, jugez-en, l'honnête
couple garde un profond silence. Rosette soupire. Le
barbon demande ce qu'elle a? — Ce n'est rien, — dit-
elle, soupirant de nouveau; puis elle reste muette. Il la
presse. — Ne sois pas inquiet, chéri, ce n'est qu'une envie.
Elle se passera, sans doute. — Une envie?..... Je comprends! Que de bonheur tu répands encore sur ma vieillesse! — Elle se tait, et soupire de plus belle.

80.

C'est le résultat de ton dernier bain froid, continue
gaillardement Gangolfe. Parle! si tu t'obstinais à te taire,
ce serait dangereux pour toi, pour celui que tu portes

aussi. — Oh! dit-elle, si tu voyais ce beau poirier, au
feuillage si frais, si pesamment chargé de fruits mûrs et
dorés! Les branches semblent prêtes à rompre. Je ne
disais rien de peur que tu ne te fâchasses, mais... je don-
nerais la prunelle de mes yeux pour une de ces poires.

81.

Oh! je connais bien cet arbre; le fruit qu'il donne est
le meilleur du pays, réplique le vieillard. Mais, dis, comment nous y prendre? Nous n'avons personne sous la
main. C'est jour de moisson, et tous nos gens sont dans
les champs. L'arbre est élevé; moi, je suis faible, je suis
aveugle. Si, du moins, ce maraud de Walther était ici?
— Il me vient une idée, mon ange, dit-elle, et nous pourrons à nous deux nous en tirer sans aucune aide.

82.

Sois assez bon pour appuyer, un instant seulement,
ton dos au tronc de l'arbre. Il me sera facile ensuite de
me hisser du bord de ce gazon sur tes épaules. De là, jusqu'à la première branche, à peine si la distance est d'une
faible enjambée. Je me suis, dès l'enfance, exercée à
grimper, à sauter, et... certainement cela réussira.

83.

De grand cœur, répond l'aveugle. Mais s'il arrivait
quelque accident? Une branche peut se casser? Comment
ferais-je, pauvre impotent que je suis, pour venir à ton
secours? Voyons, ne saurais-tu patienter un peu? —
N'ai-je pas dit que je ne pouvais attendre? Tu as quelque
honte à me rendre ce léger service, je le vois bien, et,
pour rien au monde, je ne voudrais t'importuner. Cepen-

dant, qui donc pourrait nous voir ici? Ne sommes-nous
pas absolument seuls?

84.

Que faire? Ne pas contenter cette envie, c'est mettre
en danger l'existence d'un futur héritier? Bref, moitié
douceur, moitié violence, Gangolfe dut se soumettre. Il
se place contre l'arbre; il aide même la jeune femme à
grimper : prenant pour appui la tête patiente du vieux
fou, Rosette s'élance légère vers le siége aérien où de
furtifs plaisirs l'attendent sous le feuillage.

85.

Obéron se trouvait par hasard assis, dans cet instant,
en face du pauvre aveugle, sur un lit de fleurs, où Titania,
la reine des fées, reposait avec lui. Les sylphes légers, qui
composaient leur suite, s'étaient répandus par tout le
jardin, et, cachés au sein des buissons, ils attendaient,
en sommeillant, le lever de la lune.

86.

Restés invisibles, ils avaient entendu tout ce qui venait
de se passer entre la femme et le mari. Le malheur voulut
qu'ils vissent aussi la scène du poirier. Le roi des génies
en eut une grande colère. — On le voit ici, dit-il à
Titania, l'axiome des sages n'est que trop vrai : il n'est
rien de méchant que, pour se satisfaire, une femme n'ait
le front de tenter.

87.

Oui, roi Salomon, ta bouche l'a dit: il est possible
encore de rencontrer un honnête homme; mais, à chercher une femme vertueuse, on ferait inutilement le tour
de la terre... Tu vois, Titania, cette épouse infidèle qui,

cachée là-bas dans le poirier, se joue de son mari aveugle?
Grâce à la nuit où le vieillard est plongé, elle se croit en
sûreté comme dans les plus profonds abimes de Pluton,

88.

Mais, par mon trône, par ce lis, par le pouvoir terrible
qui m'a transmis, avec ce sceptre, l'empire des génies,
non, sa ruse, non, l'aveuglement de son mari, ne lui ser-
viront à rien! Il ne sera pas dit qu'à la face d'Obéron elle
se soit réjouie de son indigne trahison! Je veux déchirer
le voile qui s'étend sur les yeux de Gangolfe; je veux que
son regard la saisisse en flagrant délit.

89.

Vraiment! Tu le veux, — reprend avec vivacité la
reine des fées, les joues brûlantes de rougeur. — Eh!
bien, que mon serment s'unisse au tien. Je le jure, aussi
vrai que je suis ton épouse et la reine des sylphes, cette
femme ne sera pas prise au dépourvu. Gangolfe n'a-t-il
donc aucun tort? Notre lot ne serait-il que patience, et
liberté le vôtre?

90.

Mais, sans avoir égard à sa colère, le génie réalise déjà
son serment.. Touchés par le lis, les yeux de Gangolfe se
dessillent : la cataracte est enlevée. Étonné, transporté,
le vieillard s'essaie à regarder, et que voit-il?... Il se
secoue comme si tout un essaim de guêpes s'était jeté sur
ses paupières... et voit encore... ô ciel! doit-il y croire?...
sa fidèle Rose, hélas! dans les bras d'un autre homme!

91.

Cela ne peut être! Il n'aura pas bien vu; la lumière à
laquelle il n'est plus habitué a dû l'éblouir. La meilleure

des femmes ne saurait s'oublier à ce point... Il regarde
une seconde fois... et le même spectacle lui transperce le
cœur. — Ah! s'écrie-t-il comme un possédé, perfide,
sirène, infernal démon! Quoi! tu ne crains pas de violer
devant mes yeux, avec tant d'infamie, les lois de l'honneur et de la fidélité?

92.

Frappée comme par la foudre, Rosette se détourne avec
crainte, et, dans le même instant, une invisible main
couvre d'un voile magique son galant tout biémi. —
Quelle bizarre aventure! pense-t-elle. Comment se fait-il
que le vieux sorcier recouvre la vue si subitement et si
mal à propos? — Toutefois la fée l'avait promis, et les
inventions ne manquent pas à la coupable pour se tirer
d'affaire.

93.

Qu'as-tu, cher époux? — crie-t-elle, du haut de l'arbre.
— Qui cause ta colère? — Tu oses le demander? effron-
tée! — Moi! Eh! quoi, tu t'abandonnes encore à tes soupçons? Me voilà bien récompensée d'avoir eu compassion
de ton mal! Voyant tous les soins inutiles, j'ai eu recours
à la magie; j'ai pris sur moi de lutter, pour te rendre la
vue, contre un esprit sous la forme d'un homme, et, dans
ce combat, hélas! où je ne m'engageais que par amour
pour toi, mon bras droit fut blessé!

94.

Et tu m'accuses, quand j'aurais droit à ta reconnaissance? Et tu ne rougis pas de me faire une telle injure?
— Ah! s'écrie Gangolfe à son tour, saint Job lui-même y
perdrait la patience! Quoi! ce que j'ai vu, selon toi, c'est

combattre? Puisse le ciel me ravir de nouveau la lumière si je trouve un mot honnête pour une action semblable! Et toi, femme perverse, que l'enfer t'engloutisse!

95.

Grand Dieu! dit-elle, c'est mon Gangolfe qui parle ainsi? Malheur à moi! La chose, hélas! n'est que trop certaine, mon sortilège n'a pas entièrement réussi. Un nuage est resté sur tes yeux. S'il n'en était ainsi, aurais-tu le courage d'affliger ton épouse avec ces dures paroles? La lumière qui t'est rendue n'est qu'une fausse lumière, une clarté incertaine et menteuse.

96.

Ah! s'écrie le pauvre vieillard, que ne puis-je me faire illusion! Heureux l'homme qui n'éprouve encore que le tourment des soupçons. Moi, j'ai vu, ô douleur! j'ai vu ce que j'ai vu. — Le Ciel veuille entendre mes plaintes! Fut-il jamais femme plus malheureuse! — reprend la perfide en répandant des flots de larmes. — Pourrai-je survivre à tant de peines? Mon mari, mon pauvre mari a perdu la raison.

97.

Et quel homme, malgré le témoignage de ses sens, ne perdrait pas la sienne, s'il est doué d'une âme tendre, en voyant les pleurs noyer d'aussi beaux yeux, les soupirs gonfler un sein pareil? Le vieux mari ne peut résister plus longtemps. — Tranquillise-toi, enfant, supplie-t-il. J'ai été trop prompt, trop vif. Pardonne et descends, que ton Gangolfe te presse dans ses bras. La chose est claire comme le jour, j'avais mal vu.

9.

Tu l'entends, dit à Titania le prince des génies. Ce qu'il a vu de ses yeux, une larme suffit pour l'effacer. C'est ton ouvrage. Triomphe! mais écoute le plus saint des serments. Je me croyais aimé, et cette pensée faisait mon bonheur : ce n'était qu'un rêve! Merci, à toi qui m'as désenchanté. N'espère pas qu'une faible larme puisse aussi m'abuser : dès à présent nous devons nous séparer.

99.

Jamais nous ne pourrons plus nous rencontrer, ni dans l'air, ni dans l'onde, ni sous l'ombrage fleuri où le baume s'épanche des rameaux, ni dans la grotte où le hâve griffon veille, au milieu d'éternelles ténèbres, sur des trésors magiques. L'air dans lequel tu respires me pèse. Fuis! Et malheur au sexe perfide dont tu fais partie; malheur au lâche valet d'amour qui consent à traîner vos chaînes! Tous, je vous abhorre également.

100.

Et si, comme cet oiseau qu'enivre le désir, un homme se laisse prendre aux filets d'une femme, s'il s'arrête à languir, à roucouler près d'elle, à sucer dans ses regards un poison voluptueux, s'il rêve que c'est l'amour qui brûle dans ce sein de vipère, et s'il prête, affolé, l'oreille à la riante sirène, s'il se fie à ses serments, s'il croit à ses pleurs insidieux,.... cet homme, ah! qu'il soit voué à toutes les misères, à toutes les tortures!

101.

Par le nom terrible de celui qui doit, même pour les esprits, rester à jamais innomé, non, rien ne pourra me faire abjurer mon serment; rien n'ébranlera ma ferme

12.

résolution, jusqu'à ce qu'un couple, élu par le destin, se confonde, par son chaste et fidèle amour, en un seul être, en un seul tout, jusqu'à ce que, ferme dans toutes les épreuves, dans la joie comme dans la douleur, leurs âmes restant unies lorsque les corps sont séparés, il rachète par son innocence le crime des inconstants.

102.

Et, quand ce noble couple aura tout sacrifié pour l'amour, quand, sous les coups du sort le plus sévère, au milieu des vagues soulevées pour l'engloutir, il sera resté fidèle à ses premiers serments, résolu de préférer la mort dans les flammes au parjure, dût-il être payé d'un trône, alors, Titania, lorsque ces choses, toutes ces choses se seront accomplies, alors, nous nous reverrons.

103.

Ainsi parla le génie; puis il disparut. Vainement, s'envolant après lui, Titania le rappelle dans ses bras d'un accent plein d'amour. Rien, eût-il lui-même regret à sa parole, ne peut l'en dégager; rien ne peut suspendre l'effet de son serment, tant que deux amants, tels qu'il les exigeât..... la chose semble impossible..... ne se sont pas rencontrés.

104.

Depuis ce temps, jusqu'à nos jours, Obéron ne s'est jamais remontré sous sa forme véritable. Ainsi qu'on le raconte, il choisit pour retraite, tantôt une montagne, tantôt une épaisse forêt, tantôt une vallée solitaire, où tout son plaisir est de contrarier les amants et de les tourmenter. S'il en agit autrement avec vous, avec vous seuls, cela me semble un prodige.

105.

Ici, l'écuyer mit fin à son récit. Alors, Huon, prenant
Amanda par la main : — Si, dit-il, le repos d'Obéron et
de Titania ne tient qu'à l'union de deux âmes fidèlement
éprises, le destin ne sera pas longtemps à parfaire son ouvrage. N'est-ce pas Obéron lui-même qui nous fit rencontrer? Tout ennemi qu'il soit de l'amour, il nous a pris sous
sa protection. Quant aux épreuves.... qu'elles viennent!

106.

Pour toute réponse, Amanda pose la main du jeune
homme sur son sein et le regarde avec des yeux où son
âme se reflète. Elle qui fit, qui sacrifia tout pour lui,
quelles paroles a-t-elle encore à dire? Il s'ensuivit une
scène d'extase, pendant laquelle le bon Schérasmin crut
être sur le point, en dépit de ses signes, de perdre tout le
fruit de sa charmante histoire.

107.

A la vérité, le chaste voile de l'innocence cachait encore
aux deux amants le danger croissant de leur situation.
Plus la source de leur tendresse était pure, plus elle s'é-
panchait librement au dehors. Jeune couple ne fut onques
plus novice en amour. Aussi leur sort ne tient-il qu'à un
cheveu. Un seul instant d'oubli, et tout bonheur est à jamais détruit pour eux.

CHANT SEPTIÈME.

1.

Cependant l'aimable couple, à qui, grâce à l'intervention d'Obéron, tous les éléments se montrent favorables, débarque dans Lépanthe, après sept jours d'une heureuse traversée. Là, comme l'apprit Huon, deux pinasses légères allaient mettre à la voile, l'une en destination pour le port de Marseille, l'autre attendant des voyageurs pour Naples.

2.

Le jeune chevalier s'applaudit d'un hasard qui le sert au gré de ses désirs. Importuné par la vigilance de l'écuyer, ennuyé quelque peu de ses airs de mentor, il prend aussitôt sa résolution. — Ami, dit-il, jour et an peuvent se passer avant qu'il me soit loisible de me rendre à Paris. Tu sais que j'ai promis d'aller à Rome tout d'abord, et, devant ce devoir, les autres cessent.

3.

Il m'importe, cependant, de montrer à l'empereur que j'ai tenu ma parole. Tu es mon vassal : accomplis pour moi ce que je ne puis exécuter moi-même. Monte sans retard sur celle des pinasses qui doit cingler vers Marseille ; rends-toi de là en toute hâte à la cour ; remets à l'empereur, pour l'apaiser, cette cassette, avec la barbe et les dents du sultan, et raconte-lui ce que tu as vu.

4.

Quand j'aurai reçu la bénédiction du Saint-Père, rien, dis-le à Charles, ne m'empêchera plus de conduire à ses pieds la fille du calife. Bonne traversée, mon vieil ami ! Le vent souffle avec force ; on lève déjà les ancres : que le bonheur t'accompagne, et, lorsque mes ordres seront exécutés, viens à Rome me chercher au Latran. Qui sait ? peut-être y arriverons-nous ensemble.

5.

Schérasmin secoue ses cheveux gris, en regardant Huon dans le blanc des yeux. Il ne laverait que trop volontiers la tête au jeune homme, en punition de sa mauvaise ruse : pourtant il se contient. Il n'en pense pas moins qu'on aurait pu sans inconvénient attendre, pour offrir la cassette, qu'Huon fût prêt à rendre en personne ses comptes à l'empereur.

6.

Mais, puisque son prince, son ami, tient à ce projet, peut-il faire autrement que de se disposer à partir ? Il baise la main d'Amanda ; l'œil humide, il embrasse le paladin...., le paladin que sa présence réjouissait naguères et commence à gêner maintenant ! Des larmes ruissèlent goutte à goutte sur sa barbe grise. — Seigneur, dit-il, cher maître, que Dieu vous conduise, et puissions-nous bientôt nous revoir heureux et satisfaits.

7.

Le cœur bat au chevalier, alors qu'entre son ami et lui, la vaste mer s'étend de plus en plus. — Qu'ai-je fait ? Où m'a conduit ma précipitation ? Quel homme jamais s'est

montré pour son maître plus dévoué que Schérasmin?
Quelle fidélité, quelle résolution dans le danger! Qui
m'aidera désormais de ses conseils? qui me défendra
contre moi-même?

8.

Occupé de ces tristes pensées, il se jure, il jure à Obéron, dont il croit sentir le souffle aérien se jouer autour
de son front, de soutenir avec honneur la lutte qui va
s'engager entre l'amour et le devoir. Depuis lors, il se
tient avec soin éloigné d'Amanda; il passe la nuit à contempler l'étoile polaire, le jour à promener au loin sur les
flots ses regards mélancoliques.

9.

En voyant s'opérer, dans l'homme auquel son cœur
s'est donné, un changement si complet, Rézia est d'autant
plus inquiète qu'elle ne peut en pénétrer la cause. Moins
affligée, du reste, dans son orgueil que dans sa tendresse,
par l'impuissance où elle est de le distraire, la jeune fille
n'oppose aux procédés de son amant que la douceur et la
patience. D'heure en heure, toutefois, le mal augmente,
leur ravissant à tous deux le repos du jour et de la nuit.

10.

Un soir...., à l'heure où, sur le ciel semé d'étoiles,
l'étincelant Arktur s'incline déjà vers le sein de Thétys...,
le tumulte ordinaire avait à bord fait place au silence.
L'Océan était à peine agité comme un champ de blé où
se berce le zéphyr; les gens du vaisseau, tous livrés au
plus profond sommeil, cuvaient le vin qui courait dans
leurs veines, et le vigilant pilote lui-même laissait tomber
sur le gouvernail sa tête appesantie.

11.

Fatmé s'était également assoupie aux pieds de sa maîtresse..... Le sommeil ne fuit que les paupières, triste Huon ! que ton sein, ô Rézia ! Pauvres âmes ! elles pâtissent en proie au poison de l'amour. Son feu bouillonne dans leur sang, et seule, hélas ! une mince cloison les sépare; ils croient presque se toucher, et pas un soupir de l'un n'est perdu pour l'autre.

12.

Huon, surtout, pour qui sa perpétuelle contrainte est un martyre; Huon, qui sent chaque larme d'Amanda retomber toute brûlante sur son cœur, gémit si fort, si plaintivement, qu'on le croirait prêt à rendre l'âme. Depuis une heure, Rézia lutte entre la pudeur et l'amour; elle cède enfin, pour retrouver du calme, au désir d'apprendre la cause de ses tourments et de lui porter quelques consolations.

13.

Semblable, avec sa blanche robe, au plus beau des anges, elle s'avance vers le réduit du chevalier. Ses regards sont empreints d'une tendre compassion, ses bras craintivement étendus; elle entre, et son amant croit voir les cieux s'ouvrir pour lui. Sur son visage si pâle, si flétri naguère, se répand une rougeur brûlante; le sang, qui se traînait à peine dans ses artères, coule à flots précipités, et son pouls bondit comme le poisson sur l'eau.

14.

Mais il se rappelle les avis d'Obéron et retombe soudain dans son accablement. A l'instant où, rendu plus hardi

par la bonté d'Amanda, il allait l'attirer sur son cœur,
il s'arrache brusquement aux embrassements, aux baisers
de la jeune femme. Il veut fuir, s'arrête, revient pour
voler dans ses bras, puis recule de nouveau : il roule des
yeux hagards comme s'il voulait d'un seul coup terminer
sa torture.

15.

Amanda cependant s'affaisse sur son lit. Son sein palpite sous le voile qu'il soulève ; la douleur se fraie un passage dans ses yeux languissants. Huon la voit : l'homme
en lui n'y peut tenir plus longtemps. Quoi qu'il puisse
arriver, il la prend dans ses bras ; sa lèvre brûlante aspire
avec une soif avide la rosée de l'amour, et son cœur,
libre de toute contrainte, se dilate avec force.

16.

Dans son extase, Rézia, de son côté, ne pense point à
résister. Le pressant sur son cœur ou pressée sur le sien,
ravie, elle s'abandonne, sans nulle appréhension, aux
baisers dont elle fut privée longtemps. Sur sa bouche
altérée, il savoure à longs traits un enivrant, un voluptueux oubli : le désir les emporte, et l'amour, hélas ! au
lieu de l'hymen, couronne leur union.

17.

Soudain le ciel noircit, les étoiles s'éteignent : heureux
amants ! ils ne le voient pas. Des autans la horde farouche
apporte sur ses ailes les rugissements lointains de la tempête : ils n'entendent pas. Voilé d'un sombre courroux,
Obéron gronde en passant devant eux : rien ne les éveille.

Déjà, pour la troisième fois, le tonnerre roule sa voix
terrible : mais hélas ! ils ne l'entendent pas !

18.

Cependant un ouragan, tel qu'on n'en vit jamais,
éclate avec un horrible fracas : le globe craque sur son
axe, les nuages vomissent de leur sein noir des torrents
de feu, la mer mugit, les vagues furieuses s'amoncèlent
en montagnes d'écume, le navire vacille à l'aventure :
vainement le bosseman crie et commande ; toutes les
oreilles sont assourdies par la tempête. Le navire retentit
de ces mots hurlés avec terreur : Nous sommes perdus !
Malheur à nous !

19.

La furie des vents indomptés, l'horizon brûlant comme
une bouche de l'enfer, le craquement continu du vaisseau qui tantôt s'abîme dans les flots, tantôt, poussé vers
les cieux, plane sur la cime des vagues, puis retombe
avec elles : tout ce bruit, terrible assez pour réveiller les
morts, ne peut qu'arracher enfin l'amoureux couple à son
ivresse.

20.

Amanda, presque inanimée, se dégage des bras de son
amant. — Dieu ! s'écrie-t-elle, qu'avons-nous fait ? —
Avec la conscience de sa faute, le coupable implore le
génie qui les protégea ; il implore sa pitié, son assistance
pour Amanda du moins, pour elle seule. Vaines prières !
Obéron n'est plus que le vengeur de l'innocence ; il est
inexorable dans ses arrêts. La coupe et le cor, ces gages
de sa faveur, ont disparu. Il entend et ne sauve pas.

21.

Cependant le capitaine réunit tout l'équipage et parle ainsi : — Vous voyez quel est le danger commun ; d'une seconde à l'autre, l'eau, le vent, le feu menacent notre bon navire d'une complète destruction : jamais je ne vis tempête pareille. Le ciel semble nous condamner tous au trépas pour la faute d'un seul peut-être, d'un maudit que cherche au milieu de nous la foudre du Vengeur.

22.

Interrogeons le ciel ; laissons-lui désigner par le sort la victime qu'il exige. En est-il un parmi vous qui redoute cette épreuve ? Mais, au moment de mourir, que reste-t-il à perdre ? — Il dit et tous approuvent sa proposition. Le prêtre apporte le calice ; on y jette les lots ; l'équipage s'agenouille autour de lui ; il murmure une prière, puis les invite à tirer tour à tour.

23.

Ferme et résolu, bien qu'en proie à un secret pressentiment, Huon s'approche, laissant tomber des regards le plus tendre sur Amanda, qui, le cœur serré, le sang figé, reste immobile comme une statue d'albâtre. Il tire... ô destin ! ô cruel Obéron !... il tire, d'une main tremblante et glacée, le billet qui le condamne à la mort. La foule le regarde en silence. Il lit, devient pâle, et se soumet sans résistance à la rigueur de son destin.

24.

— Ceci est ton ouvrage, — s'écrie-t-il en élevant la voix vers Obéron. — Bien que je ne te voie pas, je sens ta présence, esprit irrité. Malheur à moi ! Tu m'as averti : ton arrêt est juste. Si je supplie, ce n'est point

pour obtenir ma grâce ; c'est pour Amanda seule : elle
est pure, hélas ! de ma faute. Pardonne-lui ! que ta
colère retombe tout entière sur moi : je saurai me
résigner.

25.

Vous dont ma mort fait le salut, donnez une larme au
jeune homme qu'abandonnent les astres. Je ne meurs pas
innocent, il est vrai ; mais je vécus avec honneur. Un
seul instant pendant lequel, enivré du plus doux poison,
j'oubliai et la parole que j'avais témérairement donnée,
et la menace qui maintenant retentit trop tard à mon
oreille... la faiblesse... triste lot de l'humanité... voilà
tout mon crime !

26.

Je l'expie cruellement, mais sans me plaindre, car
jamais je n'aurai de repentir pour une faute aussi douce.
S'il est coupable d'aimer, puisse le ciel m'absoudre ! Mon
cœur mourant ne connaît plus d'autre devoir. Que puis-je
te léguer, si ce n'est mon amour, ô toi, dont l'amour
m'a tout sacrifié ! Non, une flamme aussi sainte ne
s'éteindra point, même dans les flots où va s'ouvrir ma
tombe. Immortelle, elle vivra dans l'ombre de ton amant !

27.

Ici son cœur se gonfle ; il porte une main pâlie devant
ses yeux, puis il se tait. Les hommes de l'équipage restent
muets autour de lui. Son infortune les émeut un moment, tout grossiers qu'ils soient. Mais ce sentiment n'est
qu'un éclair : il paraît et s'éteint. La mort d'Huon, c'est
leur sûreté, c'est leur vie à tous ; et, puisque le ciel l'a

choisi pour victime, qui donc oserait, disent-ils, résister au ciel?

28.

L'ouragan qui, depuis l'instant où le chevalier avait prononcé lui-même son arrêt, semblait s'être calmé, recommence avec une fureur nouvelle. Le mât se brise en éclats; le gouvernail est rompu. — Que le coupable périsse! — crie l'équipage en masse. Le capitaine s'approche du paladin. — Jeune homme, dit-il, meurs, puisqu'il en doit être ainsi; meurs librement, et sauve-nous du trépas.

29.

Le fils de Sévin, marchant d'un pas assuré, s'approche du bord. Tout d'un coup Amanda, qui semblait à l'instant encore un marbre inanimé, écarte avec rage la foule des matelots, et bondit jusqu'à lui. Pareille à la crinière du lion, sa chevelure flotte au milieu de l'orage; son œil est sec, sa poitrine haletante; de son bras auquel une amoureuse fureur prête des forces nouvelles, elle étreint Huon, puis l'entraîne avec elle dans les flots.

30.

La fidèle Fatmé, au désespoir, voudrait s'élancer après elle; on la retient violemment. Elle voit les tendres amants, étroitement unis, s'enlacer comme les branches de la vigne, lutter faiblement contre les vagues, et rouler emportés par elles. Puis, quand Fatmé ne les aperçoit plus, elle remplit le vaisseau de ses cris déchirants. Qui peut lui rendre ce qu'elle a perdu? Avec sa souveraine, toutes ses affections, toutes ses espérances ont disparu.

31.

Cependant, ô miracle ! les flots irrités ont à peine touché la tête du chevalier que la tempête s'apaise ; le tonnerre s'est tû, la troupe des vents a fui. Naguères si tourmentée, la mer, plus unie maintenant qu'un étang limpide, ondoie comme un carré de lis. Le vaisseau poursuit gaîment sa route : deux jours encore et ses rameurs le conduiront au port.

32.

Mais qu'allez-vous devenir, aimables amants, ballottés sans espoir sur la vaste étendue des mers ?... Leurs forces sont épuisées ; l'ouïe, la vue, la pensée, tout leur manque... mais le sentiment de leur amour subsiste... Réunis dans un tendre embrassement, leurs corps ne font plus qu'un ; ils ne se sentent plus eux-mêmes ; mais chacun respire encore dans son autre moitié... Ils nagent sein contre sein, les lèvres jointes...

33.

Et tu peux, Obéron, toi leur ami naguères, tu peux, sans les plaindre, assister à l'agonie, à la mort de tes deux protégés ? Tu les vois, tu pleures sur eux... et tu ne te laisses pas attendrir ?... Il se détourne et fuit... C'en est fait ?... Non, ne craignez point : ils ne sauraient périr ; ils atteindront en sûreté le prochain rivage, grâce à l'anneau, au mystérieux anneau que, dans Bagdad, Rézia reçut d'Huon.

34.

C'est le sceau magique du grand Salomon. Son possesseur peut défier tous les éléments ; il traverse les flammes sans se brûler. Est-il dans un cachot? serrures

13.

et verroux sautent dès qu'il les touche. Veut-il se rendre de Trente à Memphis? le vent lui prête des ailes. Avec son aide, il n'est rien que ne puisse tenter celui qui porte au doigt ce précieux talisman.

55.

Il peut déplacer la lune. Quand le soleil brille de tout son éclat, il peut, en pleine rue, se voiler d'un nuage impénétrable à l'œil même des génies. Veut-il quelqu'un? il n'a qu'à presser l'anneau, et l'être qu'il désire, homme, bête, ombre ou esprit, apparaît, contraint d'obéir à son geste.

56.

Au sein de l'onde et sur la terre, dans l'air, dans le feu, tous les esprits lui sont subordonnés. Son aspect effraie et dompte les monstres les plus sauvages : l'antechrist lui-même ne l'approche qu'en tremblant. Ici bas, ni là haut, aucun pouvoir, enfin, ne saurait enlever la bague toute puissante à qui la tient sans l'avoir dérobée. Sa vertu protége en tous lieux son légitime possesseur.

57.

Tel est, Amanda, l'anneau qui te sauve, qui sauve avec toi l'homme enchaîné sur ton sein par les liens de l'amour et la force de ton bras. Tous deux, ô prodige! vous vous retrouvez sur une rive inconnue. Jusque dans l'asile qu'il vous offre, le destin manifeste, il est vrai, sa rigueur : l'île entière semble un débris volcanique, nulle part l'œil ne trouve à s'y reposer sur l'herbe ou le feuillage.

58.

Mais les heureux amants le remarquent-ils dans les

premiers instants de leur ivresse? Être échappés aux flots
et portés à terre par un miracle inespéré! se retrouver, à
l'abri du danger, libres, seuls, dans les bras l'un de
l'autre! oh quelle immense félicité! Elle fait disparaître
à leurs yeux tout ce qui les environne... Leur position,
toutefois, les rappelle bientôt à la réalité.

39.

Trempés par les vagues, que pouvaient-ils faire, sinon
dépouiller aussitôt leurs habits? Le soleil était haut encore; la plage, solitaire. Mais, tandis que les vêtements,
d'où l'onde ruisselle, sont étendus sur le rocher, comment
fuir, Amanda, les ardents rayons qui mordent ta peau,
si fine et si blanche? Le sable brûle ton pied, les cailloux
le déchirent, et pas un arbre, hélas! pas un buisson, où
trouver un abri!

40.

Enfin l'œil inquiet d'Huon découvre une crevasse au
milieu des rochers. Il enlève Amanda, vole et la dépose
dans la grotte. Amassant à la hâte des joncs, de vieille
mousse,..... le besoin tire parti de tout..... il arrange une
espèce de couche et s'y jette auprès d'elle. Ils se regardent,
ils soupirent, ils puisent dans les yeux l'un de l'autre
une consolation pour les maux du présent, pour ceux
aussi dont l'avenir les menace.

41.

Amour, qui charmes les douleurs des mortels, qui en-
ivres de félicité les âmes bien unies, quelles joies égalent
jamais les tiennes?..... Voyez ces amants! quel subit,
quel affreux changement dans leur sort à tous deux!
Favoris naguères de la fortune, ils sont précipités du

trône; ils ont sauvé leur vie à peine, leur vie toute nue, et, pourtant, ils sont encore dignes d'envie!

42.

La demeure la plus magnifique, un palais tout resplendissant des pompes de la royauté, n'offrirait pas à Rézia autant d'attraits que cette grotte sauvage, et, quant au chevalier, sur le sein de sa bien-aimée il se croit immortel, il devient un dieu dans ses bras! La mousse à moitié pourrie sur laquelle ils reposent leur semble un lit somptueux; pour eux elle exhale une senteur plus délicieuse que la rose, le lis ou le jasmin.

43.

Oh! pourquoi une si douce illusion a-t-elle un terme? A l'insu des amants, deux heures se sont écoulées. La nature à la fin veut un autre aliment. Qui les servira? Sur cette rive déserte, inhospitalière, rien ne s'offre à la vue qui puisse calmer la faim, et, dans sa colère, hélas! Obéron leur a retiré sa protection..... La coupe même a disparu.

44.

Huon, d'un pied infatigable, gravit les rochers à l'entour. Il regarde au plus loin qu'il peut; partout un affreux chaos de pitons, de ravins, s'étend devant ses yeux mouillés de larmes. Pas de prairie en fleurs où l'attirent des plantes savoureuses; pas d'arbre qui lui sourie avec ses fruits dorés. C'est à peine si des bruyères, quelques ronces, des chardons, recouvrent çà et là ce sol ingrat et nu.

45.

Ah! s'écrie l'infortuné, en se mordant les lèvres dans

sa rage, faudra-t-il retourner les mains vides près d'elle
pour qui seule encore je tenais à la vie? Moi, son unique
appui; moi, dont chaque instant lui appartient, je ne
puis, hélas! l'aider à prolonger son existence d'un jour,
d'un jour seulement!

46.

Te verrai-je expirer à mes yeux, ô merveille de la nature, si charmante, si belle! Toi, périr! Toi, misérable
à cause de moi seulement! Toi, qui as tout quitté, tout
sacrifié pour moi. Avant que la colère du ciel t'eût jetée
dans mes bras, ton étoile te promettait le sort le plus pro-
spère; et, maintenant, rugit-il dans son désespoir, maintenant il ne te reste rien..... rien même pour étourdir ta
faim!

47.

Dans l'excès de sa douleur, il remplit l'air de gémissements, puis il tombe à terre et garde un effrayant silence.
Un rayon d'espoir pénètre à la fin dans son cœur. Il secoue sa tristesse, s'exhorte à prendre courage, et, plein
d'une ardeur nouvelle, continue sa recherche. Longtemps
elle fut inutile. L'or du soleil commençait à se fondre dans
l'Océan, lorsque, soudain, ô ravissement...... le plus
beau des fruits frappe les yeux d'Huon.

48.

Une partie en est cachée sous le feuillage; l'autre
rayonne aux dernières clartés du jour. Il traîne à terre,
ainsi qu'un melon, sur sa tige large et touffue. Ses riches
couleurs, son délicieux parfum attirent le chevalier.
Comme il se trouve récompensé de ses peines! Il court,
il l'arrache. Son œil brille de reconnaissance en s'élevant

vers le ciel, et l'ivresse de la joie donne des ailes à sa course.

49.

Éloignée de celui qui désormais est tout pour elle, Amanda, durant trois heures mortelles, s'était trouvée seule sur cette plage déserte, où tout éveille son effroi, où le moindre bruit lui semble une menace, où le silence même l'épouvante. Une partie de ce temps, si long pour elle, la jeune femme l'avait employée à transporter, dans ses bras mal exercés, des algues, de la mousse et des joncs pour en former un lit tel que la nécessité peut le faire à l'amour dans un si triste lieu.

50.

Cette fatigue nouvelle achève d'épuiser ses forces. Les genoux lui manquent. Elle tombe sur la grève, où elle reste étendue, la bouche haletante et desséchée. Rien pour calmer la faim qui la dévore, la soif qui la torture. Oh ! quelle horrible angoisse ! Où tarde son Huon ! Aurait-il éprouvé quelque accident, rencontré peut-être une bête féroce ?..... Cette pensée suffit à lui ôter un reste de vie.

51.

Son imagination lui peint de vives couleurs les chances les plus terribles qu'ait pu courir son amant. Vainement elle cherche à combattre sa crainte. Le clapotis des vagues frappe de terreur son oreille inquiète. Toute faible qu'elle soit, elle se traîne enfin, non sans peine, jusqu'à la cime d'un rocher. Elle promène son regard de tous les côtés ; puis, au dernier sourire du soleil, elle découvre Huon. — C'est lui !..... Il revient.

52.

Il la voit aussi, tendant ses bras vers lui, et de loin il lui montre le beau fruit doré. Non, il n'était pas plus séduisant ce fruit qui, dans le paradis, à l'enfance du monde, tenta la première femme. Huon l'élève en triomphe aux rayons du soleil couchant qui colore sa lisse écorce d'un rouge de feu. A peine Rézia ose-t-elle, joyeuse, en croire ses yeux.

53.

Le ciel est donc sensible à nos misères, s'écrie-t-elle! Une larme brille sous sa paupière; mais, avant même qu'elle se soit fait passage, Huon est dans les bras ouverts au-devant de lui. En entendant la voix mourante de la jeune femme, en la voyant, presque inanimée, s'affaisser sur son sein, il comprend qu'il doit se hâter, et, dépourvu de tout autre outil, c'est avec son épée qu'il coupe le beau fruit.

54.

Ici, ma plume tremble; elle échappe de mes doigts. Alors qu'ils souffrent tant, peux-tu, trop sévère génie, te rire encore de leur détresse, tromper encore leur espérance?..... Ce fruit si beau, hélas! il était tout à fait corrompu, il était plus amer que du fiel..... Pâles comme un mourant à son dernier soupir, les deux amants, en se voyant si tristement déçus, échangent un regard désespéré; leurs yeux restent ouverts et fixes : on dirait que la foudre les a frappés sous un ciel sans nuages.

55.

Un torrent de larmes s'échappe avec violence des yeux d'Huon, un torrent de ces larmes terribles que le désespoir exprime d'un sang à demi figé dans les veines. Son œil est en feu; une fureur convulsive fait grimacer sa bouche et grincer ses dents. Mais Amanda, calme toujours et douce, bien qu'elle ait l'âme brisée, — Laisse, — dit-elle, l'œil éteint, la joue flétrie, la lèvre sèche, — laisse-moi mourir !

56.

Oui, sur ton cœur, la mort même semble douce. Je rends grâce au Vengeur, tout sévère qu'il soit, puisque, dans son courroux, il me laisse au moins cette consolation. — Sa voix expire; elle tombe sur le sein du jeune homme. Tel un lis qu'a brisé l'orage incline en mourant sa tête. Fou d'amour et de douleur, Huon se lève; il serre dans ses bras son amante adorée et l'emporte à la grotte.

57.

Une goutte d'eau ! une goutte, ô Dieu juste ! — s'écrie-t-il d'un ton où l'impatience se mêle à la prière. — Seul je suis coupable : que ta colère ne frappe que moi ! Fais de ces lieux mon tombeau ! que j'y trouve un enfer ! Mais, elle, épargne-la !..... O ! guide vers une source mes pas incertains : un peu d'eau seulement pour ranimer sa vie !

58.

Il s'éloigne de nouveau; il jure de s'ensevelir dans ces rochers, d'y périr consumé par la soif et la faim, plutôt que de retourner les mains vides à la grotte. — Celui, dit-il en pleurant, qui n'écoute pas sans compassion les cris que poussent vers lui les petits du corbeau, ne saurait haïr la plus belle de ses œuvres. Non, Amanda; non, il ne peut te laisser mourir.

59.

A peine il a parlé, qu'il croit entendre, non loin de

lui, le ruissellement de l'eau. Il prête une oreille attentive, le murmure continue..... Transporté de joie, il rend
grâce au ciel, cherche dans les environs, et bientôt, à
la faible lueur du crépuscule, découvre la source même.
Une large coquille lui sert à recueillir l'onde salutaire ;
puis il court à la grotte et ranime Amanda presque
mourante.

60.

Afin de jouir plus à l'aise du bienfaisant cordial, il la
transporte près de la source. Ce n'est que de l'eau.....
mais, à leurs sens expirants, chaque gorgée semble un
esprit de vie qui s'infiltre dans la poitrine, plus péné-
trant que le vin, plus doux que le lait, plus onctueux que
de l'huile. Elle rassasie à la fois et désaltère ; elle noie
tous les maux dans l'oubli.

61.

Ranimés, fortifiés, pleins d'une confiance nouvelle, ils
adressent avec joie le tribut de leur reconnaissance à celui
qui, pour la seconde fois, les arrache à la mort. Ils s'embrassent, et, quand ils ont vidé une dernière écaille, le
doux consolateur des chagrins d'ici-bas détend peu à peu
leurs membres fatigués, et tous deux, étendus au bord du
ruisseau, sur de la mousse fraîche, reposent mollement
dans les bras du sommeil.

62.

Les rayons du matin se jouent à peine autour du front
d'Huon, qu'il se lève et court impatient à de nouvelles
recherches. Mainte fois, quand une crevasse s'ouvre
béante entre deux roches déchirées, il la franchit d'un
saut hardi : puis il fouille chaque recoin, soigneux tou-

14

jours de ne pas perdre la voie qui doit le ramener près
d'Amanda, et s'affligeant de reconnaître que l'île nulle
part n'est habitable, ni pour l'homme ni pour les animaux.

63.

A la fin, un sentier tortueux le conduit, dans la partie
située au sud-est de la grotte, vers une petite baie, où,
parmi les buissons qui tapissent le fond d'un ravin, il
découvre un dattier chargé de fruits mûrs et dorés. Aussi
léger qu'une âme qui fuirait vers le ciel, loin des four-
naises et des tortures de l'enfer, il grimpe à l'arbre comme
s'il montait au paradis.

64.

Il cueille assez de ces belles dattes pour en remplir sa
poche, saute à terre et, comme s'il s'agissait de gagner
un chevreuil à la course, vole pour surprendre l'aimable
compagne sans cesse présente à sa pensée : elle aura tant
de joie! Il arrive. Elle dort encore, gracieusement repliée
sur elle-même ; ses joues brillent de l'incarnat des roses,
et sa gorge n'est qu'à moitié prisonnière sous un léger
corsage.

65.

Perdu, ravi dans une douce contemplation, la plus
pure des jouissances que puisse donner l'amour, Huon,
qui s'est penché sur elle, semble le génie de la belle dormeuse. Il considère avec une avide tendresse sa figure
angélique, mille charmes qui lui paraissent toujours
nouveaux. La voilà celle qui par amour pour lui dédaigna
la fortune, une fortune à qui les hommes, quand ils peu-

vent l'atteindre, sacrifient sans réserve ce qu'ils ont de
plus cher, ce qu'ils ont de plus saint!

66.

L'amour te coûte un trône! En échange, que te donne-
t-il, hélas?... Toi qui fus élevée voluptueusement au sein
de la mollesse, au sein des pompes de l'Asie, tu n'as
maintenant pour gîte qu'un dur rocher, pour lit qu'un
peu de mousse, pour baldaquin que la voûte des cieux;
en butte à mille dangers, tu n'as aucun abri qui te dé-
fende contre l'injure de l'air, heureuse encore, dans ces
lieux où le chardon croît à peine, de tromper ta faim
avec des fruits sauvages.

67.

Et moi... condamné par un destin cruel à porter sur
tout ce qui m'approche la contagion de mon malheur.....
au lieu de te protéger, je t'ai réduite à cette extrémité!
Voilà comme je reconnais les sacrifices, comme je réponds
à ta confiance? Tu n'as que moi dans l'univers, et que
puis-je pour toi, infortuné que je suis? Que peut l'homme,
hélas! à qui ne reste que la vie?

68.

Sa poignante douleur s'exhale en cris involontaires. La
bien-aimée s'éveille à ce bruit, et le premier objet qu'elle
aperçoit, c'est Huon, qui, plongeant vers elle des regards
où, malgré la joie du moment, perce un chagrin profond,
sème dans son sein les fruits du palmier. Avec une coquille pleine d'eau, le besoin fait de ce chétif aliment un
repas digne des dieux.

69.

Digne des dieux! car Amanda tient sa tête appuyée sur

l'épaule d'Huon. N'est-ce pas lui, d'ailleurs, qui cueillit ces fruits? lui, qui, pour elle, s'arrachant au sommeil, franchit maint précipice, escalada plus d'un rocher? L'amour lui tient compte de tout; il n'oublie rien, sinon son propre dévouement... Empressée à dissiper les nuages qui voilent le front de son amant, Rézia ne laisse éclater, dans ses beaux yeux, que la joie la plus vive.

70.

L'excès d'amour, la généreuse délicatesse qui dictent sa conduite n'échappent pas au chevalier. L'œil humide, la joue en feu, il se jette dans ses bras. — Ah! s'écrie-t-il, comment pourrais-je ne pas me livrer au désespoir? Comment ne pas me haïr moi-même, ne pas maudire chaque étoile qui brilla dans la nuit où je reçus la vie, maudire le jour où, dans les bras de ma mère, je poussai les premiers vagissements?

71.

Faut-il; ô la meilleure des femmes, te voir, par ma faute, déshéritée de tout bonheur, du bonheur qui naguères te souriait à Bagdad, du bonheur que je te promettais au pays de mes pères? Faut-il te voir... toi!... plongée dans cet excès de misère? te voir encore tout souffrir sans te plaindre?... Oh! c'en est trop! Je ne puis le supporter!

72.

Amanda lui jette un regard où le ciel semble s'ouvrir pour lui, un regard plein des sentiments que le cœur de la jeune femme peut contenir à peine. — Huon, dit-elle, que je n'entende plus sortir de ta bouche des paroles que mon âme déteste! Ne t'accuse plus toi-même; n'accuse plus celui qui nous envoie nos peines comme une épreuve, non comme un châtiment. Il n'éprouve que ceux qu'il aime, et il aime paternellement.

73.

Tous les événements qui se sont succédé depuis le rêve, berceau de notre amour, n'en sont-ils pas la preuve? Nomme ainsi que tu le voudras celui qui le premier éveilla dans nos cœurs un tendre sentiment, Providence, Destin, Obéron, qu'importe? Un prodige nous donna l'un à l'autre. Notre union fut un prodige; un prodige notre vie! Qui nous a conduits sains et saufs hors des murs de Bagdad? Qui retint les flots prêts à nous engloutir?

74.

Et lorsque, mourants, nous échappâmes, contre toute espérance, aux vagues en courroux, dis, quelle autre puissance que celle qui nous protége nous a poussés, secourus, dans cette île? Elle fit couler la source où, dans cette nuit d'angoisses, je puisai l'eau qui me rendit la vie! L'aliment, enfin, qui seul aujourd'hui prolonge notre existence, sois-en certain, une main bienfaisante et cachée l'a préparé pour nous!

75.

Pourquoi, si notre perte était résolue, pourquoi tout cela serait-il arrivé? Mon cœur me le dit, je le crois, je le sens, le bras qui nous guide à travers ces ténèbres ne nous laissera pas en proie à l'infortune. Oui, dût l'espérance ne savoir plus où jeter son ancre, croyons-le fermement, un seul instant peut tout changer!

76.

Mais, alors que l'avenir le plus funeste nous serait réservé, si la main protectrice se retirait de nous, si les

11.

années s'écoulaient l'une après l'autre sans amener de
secours, si ta fidèle Amanda trouvait ici sa tombe, eh!
bien, alors même je serais loin, à jamais loin de me repentir! Libre encore de choisir aujourd'hui, je te suivrais
dans la misère.

77.

Il ne m'en a rien coûté de me séparer du peu que je
possédais. Mon cœur et ton amour me tiennent lieu de
tout. A quelque abaissement que la fortune puisse me
condamner, si tu me restes, je n'envierai point celles
dont le bonheur est dans l'or et la pourpre. Tu souffres :
Amanda n'a pas d'autre souffrance. Un regard triste, un
soupir échappé de ton sein, voilà qui rend mes propres
peines mille fois plus lourdes à porter.

78.

Ne me parle ni de ce que j'ai osé, ni de ce que j'ai
donné pour toi! J'obéissais à mon cœur, je le faisais pour
moi, à qui la mort semblerait moins amère que vivre
loin d'Huon... Quel que soit notre sort, n'ai-je pas ton
amour, n'as-tu pas le mien, pour nous aider à supporter
ses coups? Tout pénible, tout cruel qu'il puisse être, voici
ma main..... je suis prête à le subir avec joie.

79.

Désormais, à son lever, à son coucher, le soleil verra
chaque jour mes soins se marier aux siens. Mon bras n'est
pas faible; il t'assistera dans tes travaux et jamais ne se
lassera. L'amour, qui le fait agir, doublera sa force, le
prêtera gaiement pour le moindre service. Tant que je
pourrai suffire à ta consolation, à ton bonheur, je ne
changerai pas un lot si beau pour celui d'une reine.

80.

Elle dit, la meilleure des femmes, et de ses chastes lèvres elle scelle sa promesse sur une bouche adorée. Ce baiser change aux yeux d'Huon le site qui l'environne. La masse informe des rochers se transforme en un riant élysée; la terre n'a plus sa triste nudité; la grève semble semée de perles; la grotte est une salle de marbre; la falaise un lambris doré.

81.

Un courage nouveau remplit son cœur. Il le sent qui se gonfle; il le presse, dans sa félicité suprême, sur le cœur d'Amanda. Une femme comme elle vaut plus qu'un monde! Il évoque la terre et l'océan, et toi, soleil, qui vois tout, pour être les témoins de son serment. — Je le jure sur ce sein, autel sacré de l'innocence et de la fidélité, s'écrie-t-il, et puissiez-vous m'anéantir si je manque à ma parole!

82.

Ce cœur, où ton nom reste écrit en caractères de feu, s'il est infidèle à la vertu, si jamais il te méconnaît, s'il t'afflige par son abattement ou se déshonore par sa faiblesse, s'il se lasse, femme adorée, de tout souffrir, de tout oser pour toi, alors, ô soleil, arme-toi de foudres pour me frapper, et que la mer, la terre me refusent un asile.

83.

Quand il a parlé, son angélique, sa généreuse compagne le récompense par un nouveau baiser. Leur amour fait leur joie. Quelque dures épreuves que le maître du destin veuille imposer à leur vertu, ils se fortifient mu-

tuellement dans la résolution de se conserver, avec un
courage, une patience inébranlables, pour des jours plus
heureux, de se confier aveuglément dans la toute-puissance de celui qui si souvent les entoura de sa mystérieuse
protection.

84.

Dans la journée même, la baie où croissait leur palmier fut avec soin visitée par tous deux. Ils trouvèrent
encore cinq ou six de ces arbres, épars aux environs et
couverts de grappes dorées. Avec ce petit trésor, le couple
joyeux, en cela semblable aux enfants, se crut riche outre
mesure. Mainte soirée, depuis lors, s'écoula gaiement,
entremêlée de jeux folâtres et de promenades à la vallée
des dattes.

85.

Mais les fruits disparaissent. Pour les remplacer, il
faut une année, une année qui marche avec du plomb
aux pieds, et chaque jour, hélas ! le besoin se renouvelle.
Peu suffit à l'amour pour qu'il s'estime heureux : en
dehors de lui, il ne demande que ce qu'exige la nature
pour entretenir la trame de la vie. Mais, quand cela
même vient à lui manquer, la privation pour lui est doublement cruelle, et l'enchantement, tout puissant qu'il
soit, à la fin se dissipe.

86.

Parfois ils sont réduits à se nourrir, durant plusieurs
jours, de racines que la faim seule peut rendre suppor-
tables. Une poignée de mûres, quelque œuf dérobé sur
le roc abrupte où la mouette a son nid, un poisson à
moitié dévoré qu'il a fallu disputer à l'avide cormoran,

voilà souvent, quand Iluon, accablé de fatigue, revient
le soir à la grotte, tout ce que le hasard lui a fait rencontrer pour soutenir celle qui partage sa misère.

87.

Cette privation n'est pas encore la seule qui les tourmente. Le jour, la nuit, mille choses leur manquent,
mille de ces riens dont le possesseur n'apprécie pas le
prix, mais qui nous laissent, dans leur absence, en lutte
avec autant de besoins. Puis, légèrement vêtus, ainsi
qu'ils se trouvent l'être, comment se garantir du vent, de
la pluie, de l'orage, de toutes les injures du temps? Comment résister au froid des cinq longs mois d'hiver?

88.

Déjà la parure des arbres tombe en proie à l'arrière-
saison ; une bise aiguë siffle à travers le feuillage desséché ; d'épais brouillards cachent la lumière affaiblie du
soleil : un voile grisâtre s'étend, en les confondant, sur
le ciel et la mer ; les vagues, dont la côte peut à peine
arrêter la fureur, mugissent avec plus de fracas : souvent,
lorsqu'elles frappent irritées contre le roc, un torrent
d'écume rejaillit en poussière jusqu'à la crête des écueils.

89.

La nécessité force les amants à chercher un refuge dans
la montagne ; ils quittent leur paisible vallon ; mais partout où ils se dirigent, l'image affreuse de la famine les
poursuit, les environne, les arrête..... Une circonstance
encore, au milieu de cette détresse, tantôt les alarme,
tantôt les enchante, berçant leurs âmes dans une continuelle alternative de joies inquiètes et de tendres tour-

ments... Amanda porte sous son cœur, depuis trois lunes déjà, un gage de l'amour d'Huon.

90.

Souvent, arrêtée devant lui, elle pose en silence la main de son époux sur sa poitrine, et retient avec un sourire les larmes prêtes à couler de ses yeux. Un lien nouveau, un lien plus tendre se forme entre eux. Amanda sent un désir secret, un pressentiment inconnu dilater le sein qui la fait mère. Une sensation plus intime que ce qu'elle a jamais éprouvé, un vague avant-coureur des instincts maternels la pénètre, brûle, frissonne en elle, sanctifie son amour.

91.

Ce doux gage de son union lui semble une promesse en même temps de ne pas être abandonnée par celui qui chérit en père tout ce qu'il crée dans son vaste empire. Elle supporte avec plaisir les souffrances de son état, mais elle a soin de les cacher aux yeux d'Huon ; il ignore ses peines : des regards sereins ne lui montrent jamais que flatteuse espérance, et sans cesse elle s'occupe à ranimer en lui une confiance trop facile à s'éteindre.

92.

Le chevalier n'oublie pas, toutefois, le serment solennel prononcé naguère en face du ciel et d'Amanda ; mais le poids qui l'oppresse n'en devient que plus lourd. Les soins que son devoir lui impose sont doublés maintenant. La vue de sa compagne, un si touchant spectacle, en faut-il davantage pour torturer son cœur ? Si le secours tant désiré n'arrive pas, avant peu sa femme, son enfant, hélas ! sont avec lui perdus !

93.

Aucun jour ne se passe, durant maintes semaines, sans qu'il gravisse dix fois au moins la croupe des rochers pour regarder au loin la mer, sa dernière espérance ; mais il s'use en vain les yeux à épier un navire sur ces flots sans limites. Le soleil vient, le soleil s'en va : la mer est déserte, pas une voile n'apparaît.

94.

Une seule ressource lui reste. Il semble impossible, à la vérité, d'en jamais profiter ; mais est-il quelque chose d'impossible à qui lutte pour tout ce qu'il a dans le monde. La mort serait, dans chacun de ses cheveux, suspendue sur sa tête, que le courage d'Huon n'en saurait être diminué... Une partie de cette île où le bannit Obéron lui est tout à fait inconnue : des roches, des débris entassés pêle-mêle l'ont défendue contre ses recherches ; cette barrière avait paru insurmontable.

95.

Mais la nécessité commande : il ne voit plus maintenant dans ces montagnes que des collines faciles à franchir; fussent-elles aussi hautes que les Alpes, l'Amour n'a-t-il pas des ailes ? Il se peut que sa hardie tentative réussisse, que sa persévérance lui ouvre un passage à travers ces remparts de la nature, qu'elle le conduise enfin dans une campagne fertile, vers des êtres compatissants et secourables ?

96.

Afin d'épargner mille inquiétudes à sa compagne, Huon sait lui cacher à quels périls il s'expose pour le salut

commun ; elle-même supporte en silence sa part de souffrances. Au moment de la séparation, leurs cœurs sont
oppressés, la parole leur manque ; ils ne peuvent qu'échanger un simple adieu ; mais dans l'œil du jeune homme
brille une confiance qui vient, comme un rayon du soleil,
éclaircir la tristesse d'Amanda.

97.

Il est au pied de ces montagnes qui, rudement entas-
sées les unes au-dessus des autres, s'offrent à lui comme
la ruine d'un monde, comme un chaos de ces scories
éteintes que forme, en s'écroulant, un immense volcan.
Brisés en mille formes diverses, des rochers l'entre-
coupent, qui, tantôt s'abîment jusqu'au profond séjour
de l'éternelle nuit, tantôt frappent la nue, monstrueux
toujours et menaçants dans leur sauvage magnificence.

98.

Le désespoir seul peut s'y frayer un chemin. Souvent
Huon se hisse avec les mains sur la pointe d'un roc.
D'autres fois il suit comme un chamois l'arête de la montagne, entre deux gouffres où l'œil ne peut plonger sans
avoir le vertige. Tantôt une pierre énorme intercepte, en
se détachant, la lumière et le passage : force est au voyageur, tout fatigué qu'il soit, de retourner sur ses pas ;
tantôt le pied lui manque, il tombe, et dans sa chute un
buisson qu'il saisit de sa main à moitié déchirée le retient
seul sur le bord de l'abîme.

99.

Quand la force est prête à l'abandonner, l'image
d'Amanda rappelle en lui ses esprits défaillants : respi-

rant à peine, il s'arrête; il pense à elle, il se sent ranimé.
Tant d'héroïque dévouement aura sa récompense ; la
route s'aplanit peu à peu devant ses pas ; les obstacles
dont il lui reste à triompher ne sont rien auprès de ceux
qu'il a vaincus déjà.

CHANT HUITIÈME.

1.

Huon a gagné déjà le sommet le plus proche, et devant lui repose, dans une demi-obscurité, un vallon silencieux : on dirait quelque salle taillée dans le rocher; d'antiques sapins lui form ut une voûte de leurs cimes aériennes. Lorsque, épuisé par la fatigue, le voyageur porte ses pas, en chancelant, dans ce morne sanctuaire de la solitude, un frisson le saisit : il croit pénétrer dans l'empire des ombres.

2.

En faisant de légères sinuosités, un sentier, qui descend par une pente insensible, le conduit bientôt vers un pont fort étroit ; au-dessous, encaissé dans l'abîme, un torrent roule sur des rochers ses eaux, blanchies d'écume ainsi qu'à l'abord d'un moulin. Huon gravit avec résolution la montagne située sur l'autre bord ; puis insensiblement il se trouve cerné par des hauteurs, sans qu'il puisse nulle part découvrir une issue.

3.

Le sentier qu'il a suivi disparaît comme par enchantement. Longtemps en proie à de sombres angoisses, il erre dans les environs pour chercher un passage. Enfin, à travers les broussailles qui tapissent la pierre, il voit une ouverture ; elle forme, ainsi qu'il s'en est bientôt assuré, l'entrée d'un étroit conduit qui, tournant dans les rochers le long d'une rampe presque perpendiculaire, atteint une hauteur de cent marches et plus.

4.

À peine, hors d'haleine, a-t-il mis le pied sur le dernier degré, qu'un paradis se présente à ses yeux. Un homme est devant lui, aux traits nobles et graves ; sa barbe est longue, sa chevelure argentée ; une large ceinture, où pend un rosaire, contient les plis de sa robe ample et brune. Grâce à cet attirail, et dans un lieu pareil, on devait naturellement le prendre pour ce qu'il était.

5.

Mais, affaibli par la faim, transi de lassitude, Huon, qu'une barbe blanche surprend tout à coup au milieu de ces montagnes, où depuis si longtemps il soupire en vain après la vue d'un homme, où seuls de vieux sapins l'ont salué jusque là du haut de leurs rochers... Huon croit voir un esprit, et fléchit le genou.

6.

L'ermite, à peine moins étonné, recule d'un pas, mais revenant à lui : — Si, dit-il aussitôt, comme ton regard et ton aspect me portent à le croire, tu as encore quelque espérance d'obtenir rédemption de tes peines, parle, que dois-je faire pour toi, pauvre esprit tourmenté ? quelle pénitence pourrait t'ouvrir ce port où les bienheureux reposent, durant l'éternité, à l'abri des souffrances ?

7.

L'erreur où tombe le bon père n'est que trop explicable, tant le chevalier se montre à lui pâle, amaigri, rongé par le chagrin et le besoin ; ils se regardent pourtant avec plus d'attention, et lorsque le vieillard, instruit déjà par l'extérieur d'Huon, a de sa bouche appris ce qui l'amène, il l'embrasse comme un fils, en lui disant avec cordialité qu'il est le bienvenu dans l'ermitage.

8.

Il le guide aussitôt vers une source fraîche dont l'eau, pure comme l'air et limpide comme le cristal, jaillit du rocher auprès de sa demeure ; puis, tandis que le voyageur se désaltère et se repose, il court en hâte à son petit jardin, et cueille, en les rangeant dans une corbeille, les plus beaux fruits, des fruits qu'il cultive lui-même et qu'un heureux climat, pour prix de ses soins, lui donne en abondance.

9.

Il ne cesse de témoigner son étonnement de ce qu'un homme a pu, sans avoir deux ailes vissées au dos, franchir les montagnes où, depuis trente ans déjà, il se croit lui-même isolé comme au sein de la tombe. — C'est un signe certain qu'un bon ange vous protége. Maintenant, ajoute-t-il, notre premier devoir est de tendre à la jeune femme une main secourable.

10.

Dans la moitié du temps qu'il t'a fallu pour pénétrer jusqu'ici, un sentier sûr, mais difficile à découvrir sans moi, va te conduire auprès d'elle et vous ramener tous deux. Tout ce qui, dans ma cabane, dans mon petit paradis, peut être utile à vos besoins, je vous l'offre avec joie. Croyez-le bien, même sur la bruyère, le repos est doux à l'innocence, et, quand on vit de racines et d'herbages, le sang n'en coule que plus pur et plus calme.

11.

Huon remercie l'excellent vieillard qui, prenant son bâton, lui montre le chemin ; puis, afin de ne pas s'égarer au retour, il sème le long du sentier des branches de pin fraîchement coupées. Le soleil ne se plonge pas encore dans les eaux du couchant, qu'Amanda est parvenue déjà sur la montagne, objet de ses désirs, et de cette hauteur elle aspire à longs traits des flots d'air vif et pur.

12.

Elle se croit transportée dans un monde nouveau, dans le pays enchanté où résident les fées. Jamais le ciel ne lui parut si bleu, la terre si verte, le feuillage si frais, car, à l'abri des rochers qui ceignent ces beaux lieux, l'automne brave encore les fureurs de la bise, la figue mûrit et l'oranger donne des fleurs.

13.

Saisie de respect, Amanda qui, dans le vieillard blanchi par l'âge, voit le génie de ce séjour sacré, se prosterne à ses pieds ; elle dépose un religieux baiser sur la main sèche et ridée qu'il lui tend avec un geste d'affection. Un sentiment dont elle ne peut se rendre compte la pousse à le reconnaître comme un père. Dès le second regard, la crainte est bannie ; il semble qu'elle ait passé sa vie auprès de lui.

14.

La personne du vieillard portait l'empreinte de cette dignité naturelle, ineffaçable, qui perce même à travers le froc ; son regard ouvert promettait un ami à tout être

vivant ; il était habitué à regarder vers le ciel, bien que
le poids des ans courbât doucement sa tête : la paix
intérieure venait se refléter sur ses calmes sourcils, et,
comme un rocher auquel les nuages ne peuvent jamais
atteindre, son front semblait planer au-dessus des vanités
terrestres.

15.

Le flot des ans en avait dès longtemps effacé la rouille
du monde, la trace des passions. Une couronne tombe-
rait devant lui, il pourrait la saisir dans sa chute, qu'alors
même il ne voudrait tendre la main. Fermée à tout désir,
insensible à la crainte ainsi qu'à la douleur, son âme
sereine ne s'ouvre plus que pour la vérité, pour la nature,
s'accordant avec elles dans une douce harmonie.

16.

Alfonse était son nom avant qu'il eût su fuir les orages
du monde, et son pays natal le royaume de Léon. Élevé
pour le service des princes, et séduit par de vaines appa-
rences, il courut longtemps, avec des milliers d'autres,
après une chimère qui, flottant sans cesse à portée de sa
main, sans cesse lui échappait dès qu'il tentait de la saisir : brillant fantôme, avide toujours de nouveaux sacrifices, et semblable à cette pierre philosophale qui trompe
éternellement l'espérance des fous.

17.

Puis, lorsque, dans l'ivresse de ses illusions, il eut ainsi
donné aux rois les meilleurs de ses jours; lorsqu'il eut
prodigué pour eux, avec un zèle ardent et méconnu, sa
fortune et son sang, une chute inopinée vint, à l'aurore
même des plus hautes faveurs, le délivrer de ses chaînes :

heureux encore de pouvoir, dans le naufrage, sauver sa vie sur une planche.

18.

Après la disgrâce qui lui ravit tout le reste, Alfonse, contrairement à l'usage des cours, se crut indemnisé par les trésors qu'il conserva : une femme aimante, un ami, une cabane. — Laisse-les-moi, Dieu puissant! telle fut l'unique prière que son cœur satisfait se permit d'exprimer. Durant dix années, elle fut exaucée ; mais son destin était de survivre à ces biens également.

19.

Trois fils dans la fleur de leur âge, l'image de sa propre jeunesse, l'espoir de ses vieux jours, lui sont coup sur coup enlevés par la peste. La douleur met leur mère au cercueil. Il vit, et nul ne reste pour pleurer avec lui, pauvre abandonné! car, hélas! son dernier ami l'a quitté. Le monde qui l'entoure n'est plus qu'un tombeau..... le tombeau de ceux qu'il aima, de tous ceux qui l'aimèrent.

20.

Il est comme l'arbre solitaire que l'ouragan dépouilla de son feuillage. La source où il puisait ses joies se trouve à jamais tarie. Cette cabane, dans laquelle naguères il goûta le bonheur, comment ne lui serait-elle pas odieuse ! Qu'est le monde pour lui? Un vaste espace vide, domaine où la fortune peut librement tourner sa roue! Qu'y ferait-il désormais? Son arrêt est prononcé ; il n'a plus ici bas qu'à chercher.... une tombe.

21.

Il fuit sur cette île inhospitalière, abandonnée; il vint, les sens presque égarés par la douleur, se réfugier dans

ces montagnes, où il trouva plus qu'il ne cherchait : le
repos d'abord ; puis, avec le cours paisible des années, le
contentement. Un vieux serviteur, qui ne voulut pas le
quitter, le seul être fidèle que le malheur lui laissa, l'y
suivit. Une caverne dans les rochers fut leur première
demeure.

22.

Son âme s'éleva peu à peu bien au-dessus des régions
qu'obscurcit le chagrin. La sobriété, le calme, l'air salubre
et vif rafraîchirent son sang, dissipèrent les nuages de son
front, ravivèrent son courage. Il comprit alors que de la
source éternelle où s'abreuve la vie coulait un baume
aussi pour ses blessures. Souvent un rayon du soleil suffi-
sait pour l'arracher à sa mélancolie profonde.

23.

Puis enfin, lorsqu'à travers ses remparts de rochers et
de forêts, il découvrit cet élysée, qu'un génie bienfaisant
semblait avoir planté pour lui, il se sentit soudain dégagé
de ses peines ; il se sentit comme éveillé, après une nuit
de fièvre et de délire, pour saluer l'aurore du jour sans
fin. Ravi par l'aspect inespéré de ces lieux enchanteurs,
— C'est ici, dit-il à son ami, qu'il faut bâtir une cabane.

24.

La cabane fut bâtie ; pourvue, avec le temps, du nécessaire d'abord, puis des commodités de la vie, autant, du
moins, qu'il le fallait à la vieillesse du sage, à ses désirs,
toujours au-dessous de ses besoins. Chacun, d'ailleurs,
s'explique facilement qu'Alfonse, en projetant sa fuite,
s'était muni de fer, d'ustensiles, de tout ce qui devait être
utile à son établissement.

25.

Il passe maintenant, entre le travail et la jouissance, l'automne tardive de sa vie. Cultivant, avec des soins dont il s'est fait une volupté, son jardin, source de son superflu, oublié du monde, ne se ressouvenant de ses malheurs que comme des jeux de l'enfance, il voit ses vieux jours bénis par la santé, l'innocence, le repos et le calme intime de la conscience.

26.

Dix-huit ans après leur arrivée, son compagnon mourut. Il resta seul. Son âme tranquille n'en dirigea qu'avec plus de ferveur ses pensées vers cet autre monde auquel appartenait tout ce qu'il avait aimé, auquel lui-même appartenait déjà plus encore qu'à la terre. Souvent, dans la nuit silencieuse, alors que les corps paraissent extérieurement plongés dans leur premier néant, il sent un souffle divin lui caresser la joue.

27.

Puis son oreille, assoupie à moitié, entend comme des voix d'ange qui viennent doucement à lui des profondeurs du bois. Un frisson mystérieux se mêle au plaisir qu'il éprouve. Il lui semble que les faibles parois qui le séparent à peine des bien-aimés tombent autour de lui, que son être s'entr'ouvre, que la flamme sacrée s'échappe hors de son sein vers les régions d'en haut, et son esprit, aux pures clartés du monde invisible, perçoit de célestes visions.

28.

Elles se prolongent même après que, doucement fascinés, ses yeux se laissent gagner par le sommeil. Quand l'aurore, ensuite, lui montre de nouveau le spectacle de la nature, il reste sous le charme. Une céleste émanation de félicité rayonne sur les rochers, sur les bocages, les pénètre, les enveloppe tout entiers de sa splendeur magique, et, dans chaque être et chaque chose, le vieillard voit planer l'image du Créateur, comme on voit, dans les gouttes de rosée, ondoyer un reflet du soleil.

29.

C'est ainsi qu'insensiblement la terre et le ciel se confondent pour son esprit dans un seul et grand tout. Une vie plus intime s'épanouit en lui. Dans ce complet éloignement du tumulte qu'engendrent les passions, au milieu de cette nuit sainte qui l'environne, un sens, le plus pur de tous les sens, s'éveille.... Mais quelle main invisible se pose sur ma bouche trop prompte à divulguer ce qui ne peut être dit?.... Au bord de cet abîme, je m'arrête et me tais.

50.

Tel était le vieillard devant lequel Amanda s'était agenouillée dans son filial instinct. Privé si longtemps lui-même de voir ce que le cœur ne cesse de désirer, une figure humaine, il se repaît de cet inespéré, de ce touchant spectacle. Il presse la douce main de sa fille, embrasse une fois encore son nouveau fils, et dirige en silence, vers celui qui les envoie, un regard plein de gratitude.

51.

Il les conduit, sans plus tarder, à sa cabane, à sa fontaine, sous les tonnelles de son jardin, couvertes encore de fruits jaunissants et de raisins pourprés; il leur offre, il leur donne tout ce qu'il possède. — La nature, dit-il, exige moins qu'on ne le pense ; aucune richesse ne suffira jamais à celui qui ne sait se contenter de peu. Quant à vous, amis, vous ne manquerez ici, durant les jours d'épreuve, d'aucune chose qui soit digne d'envie.

32.

Il parle ainsi, car au premier coup d'œil il a reconnu ce qu'il ne veut pas demander, ce que le paladin n'a pas osé lui dire. Bien que la misère eût à moitié flétri chez l'un et l'autre la fleur de la jeunesse, leurs personnes, leurs manières trahissaient, sinon précisément une origine royale, du moins cette noblesse innée dont la fortune elle-même, dans sa toute-puissance, ne saurait altérer la généreuse empreinte.

33.

Depuis que pour eux cet asile s'est ouvert, le soleil d'automne a ramené jusqu'à trois fois le jour, et les amants ne peuvent encore se soustraire à l'idée que ce vieillard si bienveillant, si secourable, n'est pas un vrai vieillard ; c'est, pensent-ils, un génie protecteur, leur Obéron peut-être qui, mettant leur faute en oubli, après une expiation qu'il trouve assez sévère, se résout enfin à les rendre au bonheur.

34.

Peu à peu, néanmoins, l'illusion se dissipe et l'espoir qu'elle nourrissait, hélas ! expire avec elle, non pas sans douleur ; ils ne s'en attachent qu'avec plus de force à l'homme qui partage leur sort. Son cœur était si bon, sa sympathie si tendre et sa raison si pure, qu'après six jours, lui rien cacher leur fut chose impossible.

35.

Comme son hôte évite de l'interroger, le jeune homme, cédant à l'impulsion de la confiance et de la gratitude, lui révèle son nom, son état, tous les événements qui se sont succédé depuis le jour où, près de Montlhéry, il tua le fils de l'empereur, l'entreprise où Charles l'engagea pour se défaire de lui, et l'heureuse fin qu'elle eut, grâce au secours d'Obéron.

36.

Il dit comment l'amour qui l'unit à Rézia prit naissance dans un rêve, comment ils s'échappèrent de Babylone ; il parle de la défense qui lui fut faite par son divin ami ; puis il ajoute qu'il l'oublia dans un moment d'ivresse, qu'aussitôt la nature entière s'était soulevée contre eux, et que la protection du génie fit place à la vengeance.

37.

Heureux, dit le noble vieillard, heureux l'homme à qui sa destinée donne, comme à toi, cette favorable mais sévère expérience ; heureux celui dont elle ne laisse passer aucune faute, fût-elle légère, sans la punir : car, sois-en certain, elle lui réserve la plus pure félicité qui puisse être ici bas. Le courroux d'Obéron ne saurait durer éternellement contre des âmes telles que les vôtres. Crois-moi, mon fils, mérite sa protection, il te la rendra.

38.

Et comment la mériterai-je ? demande impétueusement Huon. Par quel sacrifice apaiser sa colère ? Je suis prêt, quelque pénible qu'il soit ; dis, que dois-je faire ? — T'abstenir volontairement, répond Alfonse. C'est par là seulement que ta faute peut être expiée. — Le jeune homme pâlit. — Je comprends, — dit l'ermite, dont une faible rougeur a coloré les joues ; — mais je sais à qui je m'adresse.

39.

La conscience de ses forces exalte le chevalier. — Voici ma main ! — Il n'ajoute pas une parole. Heureux qui peut se dire, après cent semaines et plus, qu'il n'a jamais rompu ses vœux. Cette victoire fut la plus belle qu'Huon pût jamais remporter. La crainte, il est vrai, de rougir devant Alfonse, et la contenance plus ferme d'Amanda, lui vinrent souvent en aide.

40.

Rien, assure le vieillard, ne sert mieux à maintenir en bonne harmonie le devoir et les sens, que de fatiguer ceux-ci par un travail constant ; rien, au contraire, n'est plus propre à les pousser hors de la voie que d'oiseuses rêveries. Huon l'entend : il prend la hache en main dès que le jour se lève, et jusqu'à la nuit sombre le bois tombe sous ses coups dans les taillis voisins.

41.

Bâtir pour Amanda une seconde cabane, calfeutrer les murs avec de la mousse et de l'argile, amasser, ranger, pour le feu qui doit toujours flamber, une abondante provision de bois résineux et de menus fagots ; ces soins, d'autres encore occupent sans cesse le prince : mais la nuit il n'en repose que plus profondément.

42.

Il ne réussit pas, dès l'origine, à manier au gré de ses désirs la hache en place de l'épée ; sa main qui manque d'habitude est lourde à la besogne : dans le même temps

un valet en taillerait deux fois autant que lui. Chaque
jour, toutefois, il devient plus habile, car l'exercice fait
à la fin le maître. Si parfois son courage semble près de
céder, la pensée qu'il travaille pour Rézia ranime son
ardeur, fortifie ses esprits abattus.

43.

Tandis qu'Huon se fatigue dans la forêt, le noble vieillard, qui porte d'un pas ferme le lourd fardeau de ses
quatre-vingts ans, est loin de rester inactif. Il s'éloigne
rarement de la cabane; mais un beau jour ne se passe
pas sans le voir occupé çà et là dans son jardin chéri.
Amanda préside, pour sa part, au modeste foyer.

44.

Il faut la voir.... mais si les anges ne voltigent pas
autour de leur image, qui dans cette solitude pourrait la
voir?... Le front toujours serein, elle se soumet, la fille
des rois, aux soins les plus humbles de leur petit ménage;
ce qu'elle n'a jamais su, ce qu'elle n'a jamais fait, comme
avec promptitude elle le comprend! Tout lui va, tout
lui sied.

45.

Maintes fois, sans craindre d'altérer l'émail si tendre
de sa peau, elle retrousse devant l'auge rustique son bras
svelte et blanc comme un cygne. Sa douce récompense,
le plaisir d'alléger, pour un père d'adoption, pour un
homme chéri, les rigueurs qu'amène la pauvreté, enno-
blit, rehausse à ses yeux la bassesse de sa tâche.

46.

Puis, quand le saint vieillard la bénit au retour du
travail, oh! sa joie alors est plus pure, plus profonde

que si dans Babylone elle était, comme autrefois, l'objet de mille hommages. Plus tard, à la lueur des étoiles, la nuit les réunit tous trois près du foyer. La flamme se réfléchit sur les traits aimables d'Amanda, qui reste à demi cachée dans l'ombre.

47.

Animés par la tendresse et le ravissement, les yeux du jeune homme se reposent sur elle ; son cœur se gonfle ; de douces larmes descendent le long de ses joues brunies. Le désir se tait : il ne voit plus dans cette femme adorée qu'un être céleste qui le console par son apparition. Il est heureux assez de pouvoir l'aimer, de pouvoir lire aussi sur chacun de ses traits, dans chacun de ses chastes regards, qu'il est aimé !

48.

Assis parfois aux côtés du vieillard, tandis qu'Amanda presse de sa main droite la gauche d'Huon, ils passent une partie de la nuit à l'écouter ; il raconte quelque épisode qui, parmi les aventures de sa longue existence, lui revient vivant à la mémoire. L'intérêt que prennent à son récit ces âmes jeunes, bouillantes et généreuses, le gagne, le réchauffe et l'entraîne insensiblement d'une première à une seconde, à une troisième histoire.

49.

Lorsque la campagne est plongée dans un morne silence, quelquefois, pour conjurer le démon de la tristesse qui plane sur ses ailes de hibou dans les brouillards neigeux, Huon laisse errer ses doigts sur une harpe trouvée par hasard dans un coin de la cabane, hors de service depuis longtemps, et privée d'une moitié de ses cordes. Mais le chant de Rézia se marie à ses accords, et ce vieux bois rauque et ronflant semble animé par le génie d'Orphée.

50.

Souvent, par un beau jour d'hiver, quand la rigueur du froid faisait au loin fumer la mer, quand la neige recouvrait les montagnes de sa couche éblouissante, et que le soleil immergeait leurs sommets dans le pourpre du soir, attirés par la magnificence de ce spectacle, ils sortaient pour se baigner en liberté aux torrents si purs d'un air vif et glacé. Comme ensuite ils se sentaient fortifiés, pénétrés d'une vie, d'une sérénité nouvelles, soulagés de leurs peines !

51.

L'hiver se passe ainsi. Éveillée de son long assoupissement, la terre enfin revêt de nouveau sa joyeuse verdure. Déjà la forêt, ce temple de la nature, n'est plus la triste ruine où manquaient aux piliers leurs voûtes élevées, leurs longs arceaux formés par le feuillage : elle a retrouvé sa splendeur et sa vie ; partout les rameaux s'entremêlent aux rameaux.

52.

Le sein des prairies se recouvre de fleurs ; le jardin s'épanouit en riant ; on entend l'oiseau gazouiller dans les airs ; les rochers ont repris leurs festons ; la source, en murmurant, épanche sur la mousse un ruisselant cristal, et dans le bois qui s'épaissit toujours, le chant du rossignol éclate, pendant les nuits, aux douces clartés de la lune.

53.

Rézia, dont le terme approche, cherche la solitude ;
elle choisit dans la forêt les sentiers silencieux et sombres,
le bocage où la feuillée forme le dais le plus touffu ; agitée
par ses pressentiments, là souvent elle s'appuie contre
quelque arbre en fleurs ; elle prend plaisir au mouvement
continuel, au bourdonnement, à la vie générale qui fer-
mente dans le sein de cet arbre... et toute à sa pensée
constante, elle presse déjà sur son sein un enfant...

54.

Un gracieux enfant que l'amour maternel dote avec
prodigalité des charmes les plus aimables ; elle se complaît à suivre par avance le développement de ses nais-
sants instincts, à recueillir avant tout son premier sourire, douce récompense des peines supportées si volontiers
pour lui ; elle voit déjà, elle aime chacun de ses traits où
l'image du père vient se confondre avec la sienne.

55.

Peu à peu ce rêve délicieux fait place à de timides
appréhensions, à une inquiétude qu'elle peut à peine
cacher devant Huon. — Oh, Fatmé ! pense-t-elle souvent
avec des larmes dans ses yeux, pourquoi, dans cette
extrémité, ne l'ai-je pas auprès de moi ! — Console-toi,
Rézia, dès longtemps le destin a préparé les voies pour
que tu trouves assistance.

56.

Titania, la reine des sylphes, s'était retirée dans ces
montagnes depuis le jour où son esprit de contradiction
éloigna d'elle le cœur de son époux. En perdant Obéron,
après le serment fatal qu'aucun génie n'oserait violer sous

16.

la voûte azurée des cieux, en perdant son amour, elle a vu fuir aussi tout espoir de bonheur.

57.

Elle déplore, mais trop tard, sa promptitude irréfléchie ; elle sent, la honte sur les joues, la grandeur de sa faute, l'énormité de ses torts envers elle-même comme envers lui. L'orgueil lutte en vain contre la tendresse, la tendresse l'emporte ; elle volerait, hélas ! aussi loin que le ciel peut s'étendre, pour se jeter, en expiation de son crime, aux pieds du génie justement irrité.

58.

Vœux superflus ! il a juré de ne jamais se retrouver avec elle, ni dans l'air, ni dans l'onde, ni sous l'ombrage fleuri où le baume s'épanche des rameaux, ni dans la grotte où le hâve griffon veille, au milieu d'éternelles ténèbres, sur des trésors magiques : Obéron lui-même se repentirait en vain ; ce serment l'enchaîne à jamais. Aucune voie n'est ouverte à la réconciliation, car, hélas ! quel espoir est-il permis de fonder sur la seule qui leur soit laissée ?

59.

Elle est fermée pour l'éternité ; il faut en effet, pour la frayer, un couple aimant tel qu'il n'en existe point, qu'il n'en exista et qu'il n'en existera jamais. Comment attendre des faibles enfants d'Adam une fidélité que ne puisse ébranler aucune tempête, diminuer aucune épreuve, égarer aucune beauté rivale ?.... Désespérée, Titania plonge un regard chargé de pleurs jusque dans l'avenir le plus éloigné : rien ne peut adoucir sa misère.

60.

Elle prend en aversion les jeux des sylphides, la danse au clair de la lune, Mai si beau dans sa parure de rose ; son front n'est plus couronné de myrtes. L'aspect de la joie irrite ses blessures ; elle voltige çà et là, au milieu des orages, dans le vide immense des airs : nulle part elle ne trouve le repos, et d'un triste regard elle cherche un séjour qui réponde à sa mélancolie.

61.

Elle découvre à la fin, sur le vaste océan, cette île formée par un amas de ruines dont le sombre et désolant aspect attire son vol inquiet. Là tout se trouve en harmonie avec ses sentiments ; elle tournoie à travers l'espace et se précipite dans une caverne ténébreuse pour y pleurer sans interruption son existence et s'y pétrifier, si la chose est possible, au sein même des rochers.

62.

Sept fois déjà, depuis que Titania a pris sa triste résolution, la terre s'est rajeunie sans qu'elle s'en aperçût. Étendue sur une pierre, comme sur l'autel du sacrifice, elle attend la mort. Le jour se lève et disparaît ; les rayons du soleil éclairent d'une clarté magique les montagnes autour d'elle : rien ne la touche ; lors même que les sources de toute félicité afflueraient vers elle, son âme ne saurait se rouvrir au bonheur.

63.

Une pensée, une ombre de consolation charme cependant son éternelle douleur : Obéron, se plaît-elle à rêver, souffre autant, plus qu'elle peut-être ? Sans doute il l'aime toujours, et s'il l'aime, comme il doit être malheureux, lui dont la seule volonté créa tant de maux à son épouse, à lui-même ! si malheureux que, pour sa part, volontiers elle pardonne !

64.

Mais le temps, ce grand consolateur, a pour les plaies de l'âme, si profondes qu'elles soient, des baumes souverains : l'heure vient aussi pour Titania où son esprit malade secoue les nuages dont il est obscurci, où son cœur endure avec moins d'impatience la peine qui l'oppresse, où son imagination retrouve enfin de riantes couleurs. Elle s'abandonne aux flatteries de l'espérance ; ce qui naguères lui semblait impossible est maintenant, chaque matin, l'objet unique de ses songes.

65.

Soudain ces écueils, ces noirs abîmes où, dans le premier instant, elle prit plaisir à se confiner, ne lui inspirent que de l'horreur ; elle veut qu'une partie du désert disparaisse à ses yeux, et devant elle s'étale un Élysée fleuri. A son léger appel, trois sylphides accourent, trois sœurs, gracieuses suivantes, destinées à la distraire de ses chagrins, et qui se dévouent à leur maîtresse moins par devoir que par tendre affection.

66.

Le paradis que la reine des fées s'était créé au sein de ces montagnes, était le même où, depuis trente ans, habitait le sage Alfonse. Les chants qui, portés sur la brise des nuits, résonnaient à son oreille comme une douce voix des anges, partaient de la grotte où trônait Titania ; c'était elle encore qui, sans cesse invisible, volti-

geait autour de lui quand il sentait un souffle divin effleurer son visage !

67.

Elle remarqua les deux amants dès l'instant où le flot
les jeta dans l'île, et chaque jour, soir et matin, elle
avait pris soin d'en avoir des nouvelles. Parfois, quand
ils se croyaient seuls, elle était auprès d'eux, curieuse de
les connaître mieux. Ce qu'elle entendit, ce dont elle fut
témoin lui donna lieu de soupçonner que peut-être ils
étaient le couple attendu si longtemps.

68.

Plus elle observe leur conduite, plus son espoir est
confirmé. Si le noble Huon et la douce Amanda ne sont
pas les âmes fidèles, éprouvées, qu'Obéron exige, elle
doit pour jamais y renoncer. A dater de ce moment, ils lui
deviennent aussi chers que la prunelle de ses yeux, et,
de concert avec les trois aimables fées, elle est résolue
de prêter à la jeune femme un secours invisible.

69.

L'heure arrive. Amanda, que pousse une vague inquiétude, erre seule aux alentours de la cabane, dans les
bocages frais d'où s'épand, comme offrande matinale,
un suave mélange de parfums ; elle marche toujours :
un sentier la conduit, par mille sinuosités, à l'entrée
d'une grotte ; le lierre en couronne le pourtour de ses
légers tissus, et le soleil brise un rayon naissant sur leur
sombre verdure.

70.

Plus d'une fois, auparavant, le vieillard a tenté d'y
entrer : vaine entreprise. Son premier ami, Huon lui-

même, n'ont pas été plus heureux, aussi souvent que,
pour s'assurer du prodige, ils voulurent l'essayer ; ils
n'ont jamais rien vu : seulement, à chaque effort nouveau, ils éprouvaient une singulière résistance, comme
si quelque porte invisible s'élevait devant eux.

71.

Ils se retiraient alors, saisis d'un mystérieux effroi, et
depuis longtemps aucun n'osait plus en risquer l'aventure. On ne sait pas si précédemment la jeune femme
avait cherché comme eux à s'ouvrir un passage : toujours
est-il qu'elle ne put résister à l'idée d'être enfin la première pour qui l'entreprise fût suivie du succès. D'une
main légère elle écarte les branchages du lierre... elle
entre.

72.

A peine a-t-elle franchi le seuil qu'elle ressent un frisson inconnu : tremblante, elle se laisse tomber sur une
couche formée de mousse et de roses ; la douleur la plus
aiguë ébranle coup sur coup ses os jusqu'à la moelle...
Le mal est passé : un épuisement délicieux succède à son
angoisse. Le jour qui l'éclaire est affaibli comme le clair
de la lune ; il se perd peu à peu dans l'ombre de plus en
plus épaisse ; elle éprouve une douce défaillance, puis elle
s'endort.

73.

Des formes gracieuses apparaissent confusément à son
esprit ; elles flottent dans l'espace, tantôt passant d'un
vol rapide, tantôt se repliant en une seule figure. Trois
anges semblent agenouillés devant sa couche pour accomplir quelque mystère furtif, et près d'elle se tient une

femme, voilée d'une magique auréole, qui, dès que la respiration menace de lui manquer, secoue sur sa bouche une touffe de roses.

74.

Son cœur bat à coups précipités. Saisie, pour la dernière fois, d'une courte douleur, elle voit, quand la crise a cessé, les vagues images se dissiper, et de nouveau perd elle-même connaissance ; mais, réveillée bientôt par les sons adoucis d'un chant qui vient, en murmurant, s'éteindre à son oreille, elle ouvre les yeux, dans son rêve toujours, et n'aperçoit, au lieu des trois sylphides, que la reine des fées : Titania lui sourit tendrement.

75.

Sur ses bras repose un enfant nouveau-né ; elle le tend vers Amanda, puis disparaît : telle se dissout, aux brises du matin, la nue légère que forme, en s'exhalant, le frais parfum des fleurs. Dans le même instant le sommeil fuit. Arrachée subitement au songe qui l'occupait, la jeune femme étend la main, le bras, croyant saisir encore un pli flottant du voile rose qu'elle a vu ; elle ne saisit que l'air, elle reste seule.

76.

Mais un instant encore, et quelle est sa surprise ! quel ravissement ! A peine ose-t-elle se fier à ses sens, à peine en croire ses yeux ; elle est délivrée de son fardeau, et dans ses bras un doux enfant s'agite, un garçon beau comme l'Amour, frais comme une rose le matin. Son cœur tressaille de joie au-devant du premier-né.

77.

Elle le sent, c'est son fils !... Toute baignée des larmes

du bonheur, elle le presse sur sa joue, sur sa bouche, sur son sein ; elle ne peut se rassasier du plaisir de le voir. L'enfant paraît, de son côté, reconnaître sa mère : du moins laissons à l'heureuse femme une erreur aussi douce ! En se tournant vers elle, son œil si pur ne lui parle-t-il pas? Sa lèvre ne semble-t-elle pas chercher la sienne pour y sucer chaque baiser?

78.

Elle a compris... le cœur d'une mère comprend si vite !... Bien qu'ignorante encore, Amanda répond à son désir. Avec une volupté dont les anges seraient eux-mêmes jaloux, si l'envie était faite pour les anges, elle approche de son sein le gracieux nourrisson, guide les instincts de la nature, et laisse en liberté son âme s'abandonner aux pures jouissances d'une tendresse ineffable....

79.

Depuis deux longues, deux mortelles heures, Huon, cependant, la cherche par tout le bois, et, ne la trouvant nulle part, porte ses pas inquiets du côté de la grotte ; il est à l'entrée de cet asile impénétrable : rien ne l'arrête ; il s'avance... oh, quel moment !... Il voit l'épouse qu'il chérit tenant un dieu d'amour dans ses bras, plongée, perdue dans sa félicité.

80.

Vous à qui la nature, en vous ouvrant les portes de la vie, donna le plus grand des trésors, le bien préférable à tous les biens ensemble, trésor que tout l'or d'Aureng-Zeb ne saurait acheter, et qu'on retrouve dans une vie meilleure ; ô vous qu'elle a doués d'un cœur sensible et pur, regardez... le rideau doit tomber.

CHANT NEUVIÈME.

1.

Il est temps de retourner à Fatmé. Depuis le moment où Rézia s'est élancée, avec Huon, dans la mer en courroux, nous l'avons laissée sur le vaisseau, seule, inconsolable, pleurant nuit et jour la destinée de sa maîtresse, sans doute la sienne aussi ; car un souffle, hélas ! un seul souffle a renversé tout l'édifice de son bonheur, et c'est en vain qu'elle crie maintenant, verse des larmes et s'arrache les cheveux.

2.

Que va-t-elle devenir, entourée de ces enfants de la mer, grossiers, farouches, qui se rient de sa douleur et qui, d'un œil effronté, qu'allument encore les feux du vin, dévorent déjà leur proie?..... Par bonheur, dès la seconde nuit, une tempête inattendue semble avoir compassion de la belle et soulève de nouveau les vagues mutinées.

3.

L'équipage s'abandonne au découragement et la pinasse, ballottée sur une mer incertaine, vogue au hasard, tantôt à l'ouest, tantôt au sud, jusqu'à ce que les vents, dont la fureur s'apaise, la jettent, après sept jours d'angoisses, aux

17

rives de Tunis, Pour mettre à profit, du moins, ce fâcheux contre-temps, le capitaine prend le parti de vendre comme esclave Fatmé, notre pauvre nourrice.

4.

Fatmé, disons-le, avait à peine vu Mai s'épanouir trente et quatre fois dans sa parure de fleurs. Elle était de ces beautés durables qui ne se fanent ni ne vieillissent facilement et qui possèdent, en compensation des roses de la première jeunesse, des charmes de poids, beaucoup de feu dans le regard et nombre de fossettes sur les joues.

5.

Le jardinier du roi vint d'aventure à passer sur la place où tout cela se trouvait en vente pour cent et quelques sultanines. La chose lui paraît mériter attention. Il s'approche, examine, se dit que c'est un trésor : sa tête grise n'est pour rien dans sa résolution. Cet ornement, pense-t-il, manque à son Gulistan[1]. L'or est compté, pesé, et la nourrice souffre avec résignation ce qu'elle ne peut changer.

6.

Pendant ce temps, le fidèle Schérasmin poursuit, avec un vent toujours favorable, la route que son maître a prescrite. Il débarque à Marseille, monte à cheval et, pour rejoindre l'empereur, vole vers Paris, comme si sa vie était en cause. Il avait gravi les hauteurs de Montmartre et déjà, plongée dans le sommeil, la ville s'élevait devant lui, aux lueurs de l'aurore, lorsqu'un doute surgit tout à coup dans sa tête.

1. Jardin de roses, de plaisance.

7.

Halte ! lui dit son génie familier. Avant de trotter plus loin, songe bien, mon garçon, à ce que tu entreprends. Ta sage cervelle aurait dû, il est vrai, peser tout cela dès Ascalon, quoique, là-bas, Huon, pressé comme il l'était, ne t'en ait guère laissé le temps. Mais aujourd'hui, pour causer franchement, voyons, ne fallait-il pas montrer plus de fermeté ?

8.

Entre nous soit dit, cette ambassade n'a pas le sens commun. Elle ne peut qu'aigrir Charles, qui, d'ailleurs, ne nous voulut jamais de bien... Qu'importerait au bout du compte, si ce n'est pour la riche cassette, car, en vérité, quel effet Son Excellence espère-t-elle produire avec cette poignée de poils de chèvre et ces dents arrachées Dieu sait à quelle mâchoire ?

9.

Passe encore si messire Huon, la fille du calife à ses côtés, avait fait en personne son entrée, avec une imposante escorte d'hommes d'armes, de trabants et le reste, s'il avait porté la parole et si, prenant les airs qui vont à un chevalier, à un duc et pair, il avait présenté son cadeau sur un coussin de velours rouge avec de beaux glands d'or..... Oh ! dans ce cas, la chose réussissait !

10.

La pompe de la cérémonie, le magnifique cortége, la fille du sultan dans toute sa beauté, l'orgueilleux époux qui lui donne la main ; bref, chaque circonstance arrivait en son temps, en son lieu, contribuait pour sa part à mener rondement l'affaire. L'empereur n'avait plus rien

à objecter ; il aurait vu, il aurait touché ; puis le chevalier, loyalement dégagé de sa parole, demandait, avec
pleine assurance, ce qu'en toute justice on ne pouvait
lui refuser.

11.

Mais, ami Schérasmin, tout se gâtera, si tu n'es pas plus
sage que celui qui t'envoie. Or çà, consultons, Que faire?...
Le mieux, tout bien considéré, serait de rebrousser chemin, en gardant la cassette, et de galoper directement à
Rome, ce refuge des gens pieux, où ton maître, comme
il faut l'espérer, est arrivé déjà.

12.

Ainsi parle à Schérasmin son bon génie et, comme
l'écuyer, après de longues méditations, ne trouve pas de
bonnes raisons pour un autre parti, il tourne le dos à la
bonne ville de Paris, donne de l'éperon à sa monture,
franchit les Alpes, arrive, et sa première démarche est
d'aller..... au Latran.

13.

Mais c'est en vain qu'il fatigue de questions le suisse
qui veille à la première porte, puis les gens de l'antichambre : pas une âme ne sait rien à lui dire sur le chevalier, son maître. Il court la ville entière, s'adressant de
maison en maison, visitant églises, hôpitaux et couvents,
répétant sa demande et dépeignant Huon de la tête jusqu'aux pieds..... Peines inutiles !

14.

Quatre longues semaines, puis deux autres, se passent
en espérances toujours déçues, bien que le brave écuyer,
sans s'accorder aucun repos, ni donner de trêve aux

autres, ne cesse de s'enquérir si le paladin est enfin arrivé.
A quoi lui sert d'attendre? Il se lasse et, prononçant le
grand juron des Basques, il fait serment d'endosser l'habit
de pèlerin, pour aller, tant que le ciel bleuira devant lui,
à la recherche du noble Huon.

15.

Que peut-il faire? sa bourse est vide et, quant à la
cassette, il se laisserait arracher le cœur plutôt que d'y
prendre la moindre perle. Ne sait-il pas qu'aux yeux de
son maître, elle a, comme présent d'Obéron, une valeur
inestimable? Pour subsister, un pèlerin n'a besoin ni
d'or ni de pièces d'argent; il achèterait, avec des litanies
et des coquilles, le monde tout entier.

16.

Voilà donc l'honnête Schérasmin qui s'en va, durant
deux ans et plus, mendier de par le monde, le visitant de
long en large, s'arrêtant dans chaque port, dans chaque
île, pour s'informer, toujours en vain, de son seigneur et
de sa dame..... jusqu'à ce que son étoile, un secret pressentiment aussi qui ranime son espoir, le conduisent dans
Tunis, à la porte même du jardinier.

17.

Fatigué, affaibli par un long jeûne, il s'assied là sur
un banc de pierre, pour se reposer à l'ombre, et bientôt
une esclave lui apporte du pain, puis un peu de vin. Elle
arrête avec étonnement ses regards sur l'étranger en robe
de pèlerin; celui-ci l'examine à son tour: ils se sont
reconnus et, poussant un cri de plaisir et de crainte, se
jettent au cou l'un de l'autre.

18.

Est-ce toi, Fatmé? — s'écrie avec transport le pèlerin joyeux, la tête encore penchée contre ses joues humides. — La chose est-elle possible? Schérasmin, hélas! avait renoncé depuis longtemps à l'espérance; et, maintenant, nous voici réunis! A Tunis! Quel vent vous a poussés parmi ce peuple de païens? Où sont-ils? Huon, Amanda? — Ah! dit Fatmé, qui fond en larmes! Ils sont..... Que je suis malheureuse!.... Ne le demande pas.

19.

Que dis-tu? reprend l'écuyer. A Dieu ne plaise! Que sont-ils devenus? Parle... — Schérasmin, ils sont... — Elle ne peut en dire davantage : la voix reste étouffée dans sa poitrine. — Ils sont... — Dieu! sanglotte Schérasmin, qui pleure comme un enfant, au cou de la triste Fatmé... A la fleur de leur âge. C'est un sort trop cruel..... Depuis longtemps, Fatmé, je pressentais une mauvaise fin. L'épreuve, hélas! était trop difficile!

20.

Dès qu'elle a repris ses sens, la pauvre femme raconte de point en point l'histoire, la triste histoire de ce qui s'est passé depuis le départ de l'écuyer, jusqu'à cette nuit terrible où, se faisant jour à travers l'équipage, la princesse, aux lueurs de la foudre, s'élança vers Huon, l'étreignit avec son bras tout forcené d'amour et l'enchaîna soudain dans la mer en furie.

21.

Là-dessus, ils restent plus d'une heure à se lamenter ensemble; assis l'un près de l'autre, unissant leurs larmes dans un commun regret, leurs louanges dans un souvenir

fidèle pour ce couple chéri qui fut du monde le plus bel
ornement. — Non, s'écrie la nourrice, à plusieurs reprises;
non, jamais de nouveau, maîtresse pareille, ne se trouvera pour moi. — Jamais, dit Schérasmin sur le même
ton, je ne combattrai près d'un prince aussi brave.

22.

Quand il s'est fait, trois fois au moins, répéter chaque
détail, l'écuyer sent naître dans son esprit un espoir
faible encore, mais qu'il accueille avec avidité. Peut-être
ont-ils été sauvés? Il commence à le penser, et, plus il
réfléchit, moins il peut se persuader qu'Obéron les ait à
jamais délaissés. Sa conduite envers eux indiquait, ainsi
qu'il semblait à Schérasmin, un plan bien arrêté, quelque
secret dessein.

23.

Ranimé par la douce espérance qui rayonne devant lui,
comme une lumière lointaine dans le sein des ténèbres,
il prend la résolution de ne plus quitter Fatmé, de rester
à Tunis, où, réunis tous deux par une même douleur, ils
attendront que la destinée achève de s'éclaircir. Grâce à
l'assistance de la nourrice, il change sa robe brune contre
un pourpoint d'esclave, son bourdon contre une bêche,
et travaille à la journée dans les jardins royaux.

24.

Ces parterres qu'ils cultivent, Schérasmin et Fatmé
les arrosent de larmes, comme s'ils étaient la tombe de
leurs maîtres si chers, et, pendant ce temps, Huon voit,
non sans chagrin, fleurir le printemps pour la troisième
fois depuis que le destin l'a relégué dans cet ermitage si
plein, pour lui, de charme et d'horreur à la fois. Son

âme héroïque ne peut s'habituer à la solitude ; elle soupire après le monde, son tumulte, ses bruits.

25.

Sa tristesse augmente en pensant qu'Huonnet, gracieux
alliage des charmes de sa mère et de la force paternelle,
l'enfant le plus aimable que déesse ait jamais bercé dans
ses bras, n'est pas fait, après tout, pour passer une vie
tout entière au milieu des forêts, la cognée sur l'épaule.
Et toi, Rézia, ton ange t'épie la nuit, quand, privée de
sommeil, tu pleures dans le silence.

26.

Dans la fleur de la jeunesse, vous sentez profondément,
tous deux, que la solitude n'est pas faite pour vous ; une
force intérieure vous pousse vers une vie plus noble,
plus active, plus vaste, et le désir vous tourmente de voir
s'ouvrir à l'héroïsme, à la bonté sans bornes, une sphère
également sans limites..... Vainement ils s'efforcent, en
détournant les yeux, de cacher à l'ermite les pleurs qui
s'en échappent ; des sourires ne sauraient l'abuser : il a
lu dans leurs cœurs.

27.

Bien que le monde ne soit plus rien pour lui, il sait
pourtant se mettre à leur place, considérer comme eux
les pertes qu'ils ont subies, les droits, les devoirs que leur
donne la naissance ; il s'identifie avec leurs pensées, avec
leurs sentiments, et ces larmes, dont leur affection voudrait lui dérober la trace, il les trouve justifiées. Il ne
blâme point d'involontaires aspirations ; il se borne, tant
que la destinée arrête leur essor, à nourrir dans l'âme de
ses amis une douce espérance.

28.

Un soir, après le travail de la journée, tous trois,
Amanda l'enfant dans ses bras, étaient assis sur un banc
de gazon, devant la cabane, pour contempler, dans une
calme jouissance, les splendeurs du ciel semé partout
d'étoiles scintillantes. Plongeant au loin dans cet océan
de merveilles, ils élevaient en silence, avec un mystérieux
pressentiment, des regards pleins de gratitude vers l'auteur de toutes choses.

29.

Le pieux vieillard leur parlait de cette vie qui n'est
qu'un rêve fugitif, et du passage à la vie véritable. Sa voix
avait pris un accent plus ému que de coutume. Il semblait, tandis qu'il parlait, qu'un souffle émané des célestes régions arrivait jusqu'à lui, et doucement le soule-
vait dans les airs. Amanda, toute à l'illusion, croit, de ses
yeux mouillés de larmes, suivre dans sa fuite l'ami qui
leur échappe.

30.

Ils sont là, disait-il, sur l'autre rive, qui me tendent
les bras; ils m'attendent. Ma carrière touche à sa fin, la
vôtre commence à peine. Bien des afflictions, des joies
aussi, qui souvent ne servent qu'à nous fortifier pour de
nouvelles et plus grandes souffrances, vous attendent avant
qu'insensiblement vous atteigniez le but. Tout passe, joies
et misères; tout se dissipe comme un songe, et rien ne
nous accompagne au-delà de ce monde terrestre.

31.

Rien, sinon le trésor amassé précieusement dans vos
cœurs, la vérité, l'amour, une conscience paisible, et le

souvenir que ni plaisir ni peine n'a pu vous détourner des chemins du devoir. — Il parle encore longtemps ; puis, quand arrive l'heure du repos, il les presse, comme ils crurent s'en apercevoir, avec une tendresse inaccoutumée sur son cœur paternel ; une larme brille dans ses yeux, et, d'un pas rapide, il s'éloigne aussitôt.

32.

Dans cette même nuit, Titania, effrayée par de sombres appréhensions, leva les yeux vers le ciel, et tandis qu'elle lisait dans les astres, toutes les roses s'effacèrent de ses joues. Elle appela ses compagnes afin d'observer avec elles ce qui se passait là-haut, et voir comment les étoiles s'entrecroisaient, pour Amanda, dans une combinaison grosse de malheurs.

33.

S'enveloppant d'ombres épaisses, elle vole vers la couche où, sous des amandiers, la fille du calife, son enfant auprès d'elle, repose agitée par des rêves inquiets. Pour la calmer, Titania touche avec sa branche de roses le sein de la dormeuse, puis enlève le jeune garçon sans troubler son repos.

34.

Elle rapporte sa touchante capture, et s'adressant aux grâces qui l'entourent, — Vous avez vu, dit-elle, quel astre fatal plane sur Amanda ; hâtez-vous, mettez en sûreté cet enfant dans les plus beaux de mes bosquets, et prenez soin de lui comme s'il était mon fils. — Elle détache de la guirlande enlacée sur sa tête trois boutons de rose, donne un de ces boutons à chacune des aimables sylphides, et — partez, ajoute-t-elle ; voici déjà l'aurore.

55.

Faites ainsi que je l'ai dit. Chaque jour, à chaque heure, regardez ces roses ; et, quand vous verrez toutes les trois se changer en lis, sachez à ce signe qu'Obéron et moi nous sommes réconciliés ; volez sans différer vers nous, en amenant cet enfant, car, avec ma peine, la peine d'Amanda doit également finir. — Les nymphes s'inclinèrent, et, rapidement emportées sur un léger nuage, s'enfuirent avec le fils d'Huon.

56.

Dès que le soleil paraît, Amanda, tremblante d'une vague inquiétude, court à la recherche de son époux dont la demeure est dans le creux d'un rocher, loin d'elle et loin d'Alfonse. Telle est sa hâte qu'avant de partir elle oublie, pour la première fois depuis qu'elle est mère, de regarder son fils qui partage sa couche, et qui, dans sa pensée, doit sommeiller encore.

57.

Elle trouve Huon errant dans le jardin, et, sans se parler, tous deux se dirigent, dans une secrète et commune préoccupation, vers la cabane de l'ermite. Comme le cœur leur bat en s'approchant à pas lents de son lit ! Il est étendu, les mains croisées sur sa poitrine, ne respirant plus, la face pâle et maigrie, mais chaque trait empreint encore de noblesse, pur et sans nulle trace de douleur.

58.

Il dort sans doute, — dit Rézia, qui pose une main sur la ma·n du vieillard si doucement qu'à peine la touche-

t-elle,... et, comme elle la trouve glacée et qu'aucune ar-
tère ne palpite plus, elle tombe, avec une muette douleur,
sur ce corps raide et blêmi. Un torrent de pleurs s'échappe
de ses yeux, inondant le visage d'Alfonso. — O mon père,
s'écrie-t-elle, tu nous as donc abandonnés!

39.

Elle se relève, se jette dans les bras de son époux, puis
tous deux se prosternent, dans un silence respectueux,
devant la froide dépouille de l'âme la plus pure, et s'abandonnent sans contrainte au douloureux plaisir de répandre
des larmes. Lorsqu'ils veulent enfin se retirer, ils déposent à plusieurs reprises le dernier tribut de l'amour
sur une main chérie ; mais ils restent là, comme absorbés
dans une émotion jusqu'alors inconnue, comme enchaînés
par un pouvoir magique auprès de l'image de leur ami.

40.

Il leur semble voir l'aurore d'une vie nouvelle planer
sur son visage, le reflet d'une pure et céleste lumière
s'agiter autour de son front et transformer déjà l'enveloppe terrestre en spirituelle essence ; il leur semble qu'un
sourire impérissable erre légèrement sur ses lèvres, entr'ouvertes encore pour une dernière parole, une dernière bénédiction.

41.

Ne sens-tu pas, — dit Huon s'adressant à Rézia, et
levant, dans l'extase, ses yeux vers le ciel ; — ne sens-tu
pas un rayon de l'autre monde pénétrer dans ton âme?
Jamais je n'ai si bien compris la sublimité de la nature
humaine, jamais aussi clairement que la vie d'ici-bas n'est
qu'un ténébreux passage pour arriver aux régions de la

lumière ! Jamais une impulsion pareille ne me porta vers
le bien !

42.

Jamais je n'eus autant de force, autant d'ardeur pour
affronter la lutte ou pour subir le sacrifice, pour me frayer
enfin une route à travers les épreuves ! Laisse, ô ma bien-
aimée, laisse l'adversité nous frapper de ses coups ; elle
nous rapproche du but ; que rien ne désarme notre courage, n'atténue notre foi ! — Il dit et s'éloigne..... Le destin, hélas ! allait le prendre au mot.

43.

En effet, comme ils sortent de la cellule en se donnant
la main, comme ils lèvent les yeux..... Dieu puissant !
quel affreux spectacle se présente devant eux ! Dans quels
lieux inconnus se trouvent-ils transportés ? Tout a disparu,
complétement disparu, leur élysée, la forêt, les prés en
fleurs, tout !.... Ils n'osent y croire ; ils restent pétrifiés.
On ne voit aucune trace de l'heureux ermitage ; la place
même n'y est plus.

44.

Dominés par des rochers suspendus sur leurs têtes, ils
sont au bord d'un abîme où l'œil ne plonge qu'avec effroi.
Pas un brin d'herbe dans les lieux naguère embellis par
un riant jardin ; les bocages si épais, si parfumés, n'existent plus ; le bois sombre où chantait le rossignol est à
jamais anéanti. Que reste-t-il ? Un hideux pêle-mêle de
pitons escarpés, noirs, désolés, informes !

45.

Quel augure sinistre leur apporte cet horrible spectacle ?
A quels malheurs nouveaux faut-il se préparer ? Ah ! s'é-

crient-t-ils en portant vers le saint ermite des regards
chargés de larmes; — c'est pour lui que ces montagnes
avaient reçu leur parure printanière; pour lui cet Éden
avait été planté. Nous n'en jouissions qu'à sa faveur; il
nous quitte : le destin, la nature nous poursuivent de
nouveau.

46.

Je suis résignée, dit Rézia en retenant un soupir prêt à
lui échapper. Infortunée! le jour qui t'amène tant de
malheurs, te garde encore le plus affreux. Elle court vers
l'endroit où, peu d'instants auparavant, elle a, comme
elle le croit du moins, laissé son fils plongé dans un sommeil paisible. C'est lui qui fait sa dernière, sa toute-
puissante consolation. Cet enfant dans ses bras, elle mar-
cherait au-devant du sort le plus cruel.

47.

Elle vole vers la couche où près d'elle il avait reposé;
puis, comme frappée de la foudre, elle recule en chancelant..... L'enfant n'est plus là, la couche est vide. — Il
s'est réveillé sans doute; il a trouvé la porte ouverte. Serait-il sorti pour chercher sa mère? Si quelque accident..... Pensée terrible! — Peut-être, se dit-elle partagée
entre sa crainte et son espoir; peut-être s'est-il égaré
seulement en jouant autour de la cabane, en courant dans
le jardin?

48.

Dans le jardin? Ce n'est plus, hélas! qu'un monceau
de ruines! Elle se précipite hors de la cabane, et, d'une
voix tremblante, l'appelle aussi haut qu'elle le peut. Elle
se met ensuite à le chercher de tous côtés, dans une mor-

telle angoisse, à visiter les cavernes, les crêtes, les replis
du rocher. Le père, attiré par ses cris, s'efforce d'in-
spirer à Rézia la confiance qui lui manque. — Il va certainement, dit-il, se retrouver tout d'un coup à quelque
détour de ce montueux dédale.

49.

Deux longues heures se passent : leurs peines sont in-
fructueuses. C'est vainement qu'ils parcourent au loin la
montagne en répétant mille fois son nom, vainement qu'ils
gravissent les hauteurs, fouillent les cavités, se glissent
au fond de chaque abîme avec le triste espoir de rencontrer au moins sa tombe. Nulle part les infortunés ne
découvrent la moindre trace de leur fils adoré, et les
échos ne se renvoient que leurs cris.

50.

Qu'un enfant de son âge se perde en ces lieux où ne
sont à craindre ni les bêtes féroces, ni les hommes souvent plus féroces que les bêtes, la chose paraît inexpli-
cable; mais si, d'un côté, cette réflexion tend à redoubler
leur anxiété, de l'autre elle ravive une lueur d'espérance.
— Cela, se disent-ils, ne saurait être autrement : il n'est
qu'égaré; sans doute, fatigué qu'il était de courir, il se
sera, dans son innocence, endormi quelque part.

51.

La croupe des rochers dans toute son étendue, chaque
broussaille, chaque trou qui peut le recéler, sont visités
une fois encore avec des regards aussi perçants que les
yeux du faucon. Tout invraisemblable qu'il soit de le
trouver vivant de ce côté, l'inquiétude pousse les deux
époux jusqu'au rivage, où, dans le chaos des herbes

aquatiques et du sable entassé, ils finissent insensiblement par se perdre l'un l'autre.

52.

Des sons inaccoutumés effraient soudain l'oreille d'A-
manda. Il lui semble avoir entendu un bruit confus de
voix. Ce bruit cesse, et, comme elle est assez près d'une
cascade qui se précipite du sommet de la montagne avec
un fracas étourdissant, elle croit s'être trompée.

53.

Elle ne pressent aucun nouveau danger : toutes ses
pensées ont son fils pour objet. A peine, toutefois, a-t-elle
tourné la colline, non loin de cette cascade, qu'elle se voit
tout à coup surprise, entourée, par une bande farouche
d'hommes au teint cuivré. Elle découvre en même temps,
derrière des récifs, une galère mouillée dans la baie.

54.

Elle avait jeté l'ancre peu auparavant. Descendus à
terre pour faire de l'eau, ces hommes y travaillaient, lorsqu'Amanda parut à leurs yeux. Leur premier mouvement
fut à la surprise. Ils devaient s'étonner, en effet, de
rencontrer sur cette plage déserte, effroi du nautonier,
une si gracieuse apparition, une femme semblable à une
déesse.

55.

L'aspect de la beauté adoucit les cœurs les plus grossiers ;
les tigres même rampent à ses pieds : mais ces malheureux
sont insensibles. Dans leur stupide esprit de rapine, ils
calculent de sang-froid, d'après le cours du bazar, comme
s'il s'agissait de toute autre denrée, le prix des femmes
les plus charmantes. Peu leur importe ensuite qu'elles soient

de marbre ou de chair. — Ah! l'heureuse prise, a dit le
capitaine. Avec elle nous gagnerons d'un seul coup dix
mille sultanines aussi bien que cinquante.

56.

Allons, enfants, qu'on la saisisse! Ce ravissant minois
vaudra plus à Tunis que vingt riches ballots. Le roi, vous
le savez, aime les oiseaux de ce genre et, dans son harem,
rien, parmi ses houris, n'est comparable à cette jolie sauvage. Toute belle qu'elle soit, Almansaris elle-même, la
reine, est à peine digne de la servir. Comme le sultan va
s'enflammer! Le hasard, sur ma foi, ne pouvait pas faire
mieux pour nous.

57.

Pendant que le capitaine harangue son équipage,
Amanda réfléchit une seconde au parti qu'elle doit prendre.
— Si pour nous, se dit-elle, ces gens sont des ennemis, la
fuite ne saurait me sauver: ils sont trop près déjà. Il faut
les gagner par ma confiance et les toucher par mes sup-
plications. Allons vers eux. Je leur parlerai comme à des
amis, comme à des sauveurs que le ciel nous envoie. Dans
les vues du destin, leur arrivée peut être est un bonheur
pour nous.

58.

Tout en y pensant, la belle et noble femme s'avance
vers les pirates avec le calme de l'innocence. Son pas est
assuré; son regard, ouvert. Mais les inhumains restent
sourds à sa douce prière. La langue qui parle à tous les
cœurs ne peut émouvoir ces âmes de bronze. Le capitaine
fait un signe: on entoure Amanda, on la saisit, et la troupe
de courir au vaisseau pour embarquer sa proie.

18.

59.

A ses cris déchirants, qui retentissent le long des rochers, Huon, rempli d'effroi, descend des hauteurs de la forêt pour lui porter secours. Déjà les arbres ne lui dérobent plus rien de son malheur. Il brandit, hors de lui, un bâton noueux, le premier dont il a pu s'armer, et, comme du sein des nuages un carreau de la foudre, il tombe sur les forbans.

60.

Il voit sa compagne se débattre, avec des bras sanglants, entre les serres des barbares. Cette vue lui donne la fureur du tigre. La branche de chêne s'échauffe dans sa main ; une grêle de coups pleut avec vigueur sur les têtes et sur les épaules. On ne dirait pas un simple mortel : des éclairs étincellent dans ses yeux et sept Maures déjà sont étendus devant lui.

61.

La consternation, la honte, la colère de se voir enlever une proie si belle par un seul homme aiguillonnent les autres. Ils se précipitent à la fois sur Huon. Il reste indompté, aussi longtemps qu'il peut mouvoir les bras pour se défendre. Mais son bâton échappe, dans la mêlée, à sa puissante main. Le nombre l'accable et, bien qu'il frappe et pousse et morde avec désespoir, on l'a bientôt renversé sur le sol.

62.

Amanda, qui croit voir son époux égorgé, jette un cri vers le ciel et tombe évanouie. On l'emporte jusqu'au navire, tandis qu'à terre, la troupe se rue sur le vaincu, avec des hurlements de rage et de vengeance. Une prompte

mort pour lui leur paraîtrait de la clémence. — Qu'il
vive, crie le capitaine, et que le supplice soit d'autant plus
cruel qu'il durera plus longtemps.

63.

Ils le traînent dans les profondeurs de la forêt, si loin
du rivage que ses cris les plus perçants ne sauraient à
cette distance atteindre aucune oreille. On l'attache contre
un arbre : ses bras et ses jambes, ses reins et son cou sont
entourés de liens. Muet, écrasé par le poids de ses maux,
l'infortuné lève les yeux au ciel et les pirates, dont l'allégresse éclate en mille clameurs bruyantes, cinglent, avec
leur capture, vers le port de Tunis.

CHANT DIXIÈME.

1.

Déjà le jour baisse et la nuit, qui ne ramène point, hélas ! les intimes, les doux épanchements de l'amour et de l'amitié, étend avec tristesse un sombre voile sur l'île désolée. Nul chant joyeux n'en troublera plus, au retour de l'aurore, l'éternel et profond silence. Seul, un malheureux, séparé de tout ce qu'il aime, y reste pour accomplir, dans la souffrance et la résignation, le devoir le plus terrible.

2.

Enveloppée d'un nuage, la reine des fées entend les gémissements qui s'élèvent à longs intervalles du fond de la forêt, voit Huon se consumer dans une morne angoisse et, pourtant, se détourne de lui; car, hélas ! c'est en vain que son cœur est agité d'une tendre compassion : un pouvoir supérieur, irrésistible, la repousse loin de l'infortuné.... Titania s'enfuit. Tandis qu'elle plane au-dessus de la grève, elle remarque un anneau d'or qui brille dans les sables.

3.

En se débattant contre ses ravisseurs, Amanda l'avait laissé par mégarde échapper de son doigt. La fée, qui s'en empare, n'a pas de peine à reconnaître le talisman auquel tous les esprits sont forcés d'obéir. — Bientôt, s'écrie-t-elle avec joie, bientôt la mesure du destin sera comble ! O mon bien-aimé, les astres ne tarderont pas à nous réconcilier. Jadis cet anneau nous unit : il doit une seconde fois me consacrer à toi comme à mon souverain.

4.

Cependant, sur le vaisseau, on s'empresse autour d'Amanda. Ce n'est qu'après beaucoup de soins qu'on peut la rappeler à la vie. Dès qu'elle entr'ouvre ses humides et lourdes paupières, le capitaine, tombant à ses pieds, la supplie de ne pas s'abandonner à la douleur. — Je ne suis, dit-il, que l'instrument de ta fortune, et bientôt tu seras notre reine.

5.

Ne crains rien : nous ne sommes ici que pour te servir et te défendre. Seul, Almanzor, qui l'égale en beauté, est digne de te posséder, ô la plus belle des belles ! Au premier regard, il sera dans tes chaînes et, crois-en ma parole, tu ne pourras sans plaisir le voir à tes pieds. — Quand il a parlé, pour écarter les soupçons d'Amanda, il lui présente un riche tissu dont elle peut se voiler tout entière.

6.

Puis, avec un regard, une voix qui font trembler tout le monde à bord : — Qu'il meure ! le premier qui tentera de porter sur ces voiles une main criminelle ! Considérez-la dès à présent comme un joyau qui fait partie des trésors du sultan. — Il dit et, fléchissant le genou, se retire, afin qu'elle puisse en liberté goûter quelque repos.

7.

Amanda n'entend pas les discours du forban. Elle reste assise, immobile, étourdie par son malheur, la tête dans ses mains, le coude sur ses genoux, les yeux fixes, éteints, vides de larmes. Sa douleur est trop grande pour être exprimée ; son cœur, malgré son énergie, trop faible pour la supporter ; ce dernier coup l'accable : elle succombe, mais elle succombe sans se plaindre.

8.

Elle cherche autour d'elle des consolations et n'en trouve aucune : partout le vide, la désolation ; partout la nuit comme dans son âme. Le monde, pour elle, s'est transformé en un repaire d'assassins. Elle porte les yeux au ciel, mais, là également, plus d'espérance, plus d'ange qui lui sourie. Au bord de l'abîme que le désespoir tient ouvert devant elle, la mort seule, la mort l'arrête encore.

9.

Cette dernière, cette fidèle amie des malheureux lui tend sa main décharnée. Elle descend avec elle dans l'empire silencieux des ombres, où cesse toute misère, où toute douleur se tait, où l'âme, libre enfin, n'a plus de chaînes qui la froissent, où s'évanouissent, comme des rêves d'enfant, les scènes de ce monde, le cœur seul nous restant. C'est là qu'elle doit retrouver tout ce qui lui fut cher.

10.

Telle que la brebis qui meurt sous le couteau, elle se résigne en silence ; elle soupire après sa dernière heure. Titania, cependant, s'approche dans le calme de la nuit, pour lui porter quelques consolations. Elle répand sur la belle éplorée une invisible pluie de vapeurs somnifères, qui raniment son cœur abattu et, par degrés, assoupissent tous ses sens. La reine des fées choisit ce moment pour se montrer en rêve dans sa rose auréole.

11.

Prends courage, dit-elle. Ton fils et ton époux respirent encore; ils ne sont pas perdus pour toi. Reconnais-moi. Quand tu me reverras pour la troisième fois, vous aurez, grâce à votre constance, accompli le serment d'Obéron; vous mettrez fin à notre peine et, de même que nous serons heureux, vous le deviendrez aussi. — A ces mots, la vision se dissout dans les airs; mais, à la place où se tenait la déesse, flotte encore une senteur de roses.

12.

Amanda s'éveille. Au parfum, au suave rayonnement qui ne se dissipent que peu à peu, elle a reconnu la divine protectrice qui naguères, dans la grotte, vint lui prêter une assistance inespérée. Touchée, confuse de cette nouvelle marque de faveur, elle accepte avec gratitude ce gage de l'existence de son fils et de son Huon. Forte, maintenant, de cet espoir, elle défie les rigueurs du destin.

13.

Si pourtant elle savait, ce qu'heureusement elle ignore, dans quelles tortures cette même nuit s'écoule pour son époux, pour le malheureux qu'une corde sept fois tordue autour de lui garrotte au tronc d'un chêne, son cœur, hélas! en serait brisé!... Mais lui, dont le regard ne connaît ni distance ni ténèbres, leur génie tutélaire, où tarde-t-il?... Non loin de la source du Nil, il se tient sur la cime d'un rocher qui plane, inaccessible aux nuages, dans les airs les plus purs.

14.

Le prince des esprits tourne de sombres regards vers l'île où languit Huon ; il entend les gémissements qui, traversant l'immense étendue, retentissent jusqu'à lui ; il lève ensuite les yeux pour contempler l'étoile du matin, et se voile en soupirant. Alors, du milieu des génies qui partout l'accompagnent, un d'entre eux, son confident, se détache et s'approche.

15.

Pâli, dépouillé de son éclat, le sylphe l'observe en silence : le respect lui ferme la bouche, mais ses yeux interrogent le roi ; il voudrait connaître la peine qui l'oppresse. — Regarde, dit Obéron. — A ces mots, sur la nue qui passe emportée par les vents, l'image d'Huon s'offre, comme dans une glace, au génie consterné.

16.

Triste Huon ! à quelle extrémité se voit-il réduit ! En proie aux blessures de son cœur, abandonné, enchaîné au milieu de la forêt déserte, il se meurt d'un long et cruel martyre. Dans les angoisses du désespoir, son âme ne peut réprimer un sentiment de colère. — L'ai-je mérité ? se dit-il ; qu'a fait Amanda ? Notre misère n'est-elle qu'un jeu pour les êtres d'en haut ?

17.

Comme tout est paisible autour de moi ! Comme tout reste insensible à mon atroce tourment ! Pour moi, pas un grain de sable ne se déplace au bord de la mer, pas une feuille ne tombe de la voûte des bois ! Il ne faudrait,

pour couper mes liens, qu'un caillou tranchant, hélas !
et, dans l'immensité; pas une main qui le mette en
mouvement !

18.

Et pourtant, si tu voulais détourner le malheur de ma
tête, ô toi qui, dans l'instant où je l'espérais le moins,
m'arrachas si souvent à la mort, un geste seulement, et
chaque rameau de la forêt serait un bras pour m'assister ! — Soudain un mystérieux frisson, prompt comme
l'éclair, ébranle tous ses membres : les cordes tombent ;
il chancèle, ainsi que dans l'ivresse ; mais il est soutenu
par une main invisible.

19.

C'est un sylphe qui rend au paladin cet opportun service, le génie même auquel Obéron vient de montrer
dans la nue l'histoire des deux amants. Il n'a pu résister
à ce triste spectacle : — Ah ! s'est écrié le fils de la lumière,
en se prosternant avec émotion aux genoux de son maître,
tout punissable qu'il ait été, peux-tu, toi qui l'aimas,
fermer ton grand cœur à sa peine?

20.

Les fils de la terre, réplique Obéron, ne voient point
dans l'avenir : nous-mêmes, tu le sais, ne sommes que
les esclaves du Destin. Au milieu de saintes ténèbres, bien
au-dessus de nous, il poursuit sa carrière ignorée, et
tous, volontairement ou non, nous subissons un mystérieux pouvoir qui nous entraîne, aveugles, à sa suite.
De cet abîme qui me sépare d'Huon, il ne m'est plus
permis que de faire une chose pour lui, une seule.

21.

Vole, délie l'infortuné, et porte-le dans l'instant même, tel qu'il est, à Tunis, sur le seuil du logis d'Ibrahim, le vieux jardinier du sérail; dépose-le sur le banc de pierre qui se trouve devant la porte; puis retire-toi sans te rendre visible, sans échanger aucune parole avec Huon, et sois prompt.

22.

Aussi rapide qu'une flèche, le sylphe part, descend auprès d'Huon, dénoue ses liens, le soulève sur ses robustes hanches et l'emporte à travers les airs, par dessus la terre et l'Océan, jusqu'à la porte d'Ibrahim. Là, quittant son fardeau, il le pose doucement sur la pierre, comme s'il le couchait au sein de l'édredon. Dans ce qui lui arrive, le bon chevalier croit voir l'effet d'un songe.

23.

Il jette aux alentours des regards étonnés, et cherche à se reconnaître. Tout le confirme dans sa pensée : il doit rêver. — Où suis-je ? — se demande-t-il en craignant de s'éveiller. Dans ces entrefaites un coq, non loin de là, commence à chanter, puis un second et bientôt un troisième. Le silence fuit, le ciel ouvre ses portes d'or, le dieu du jour paraît et tout vit, tout se meut autour de la cabane.

24.

La porte crie : un homme de haute taille, à la barbe grise, bien qu'il ait encore joues fraîches et vermeilles, sort, une bêche à la main ; ils se regardent l'un l'autre, et, qui pourrait le croire ! reconnaissent en même temps Huon son fidèle écuyer, sous la casaque d'un esclave, et le bon Schérasmin son noble maître, qu'il a cru mort, dans un appareil qui n'annonce rien moins que la prospérité.

25.

— Serait-ce possible? — s'écrient-ils tous les deux. — Mon noble maître! — Mon ami! — Comment nous trouvons-nous ici? — Dans le transport de sa joie, le vieux soldat embrasse les genoux et baigne de larmes la main d'Huon, qui, pour témoigner le plaisir qu'il a de le revoir, s'incline vers lui, le relève et le baise plusieurs fois sur les joues. — Dieu soit loué! s'écrie Schérasmin, je suis certain, à cette heure, que vous êtes vivant.

26.

Quel heureux vent a pu vous conduire au seuil de ce logis?... Mais l'endroit n'est pas convenable pour causer; venez, cher maître, dans ma cellule, avant que personne nous voie ensemble. Dans tous les cas, lui glisse-t-il à l'oreille, vous êtes mon neveu Hassan, un jeune marchand d'Alep, qui, curieux de voir le monde, a fait naufrage et n'a sauvé que sa vie.

27.

Oui, soupire le chevalier, la vie seule me reste, une vie, hélas! qui n'est pas un bienfait. — Tout s'arrangera, — réplique Schérasmin, tandis qu'il ouvre sa chambrette et s'y renferme avec Huon. — Prenez vos aises, — ajoute-t-il en apportant sur une assiette les trésors de son petit buffet, du pain, des olives, du vin; puis il s'assied auprès de lui et l'invite à se réjouir.

28.

Après tous les tours que nous a joués la fortune, notre

rencontre inopinée, ici, à Tunis, devant la maison
d'Ibrahim le jardinier, est une preuve, mon excellent
maître, qu'Obéron veut insensiblement nous réunir tous
de nouveau. Le meilleur manque encore ; mais, comme
garantie du retour d'Amanda, nous avons déjà sa nourrice.

29.

Que dis-tu ? — s'écrie Huon rempli de joie. — Elle est
l'esclave de ce même Ibrahim chez qui je sers, réplique
Schérasmin. Comme elle va, la bonne femme, être heureuse de vous revoir ! — Il commence ensuite à raconter
ce qu'il a fait et souffert durant le temps de leur séparation, les motifs qui l'ont décidé à s'éloigner de Paris
sans avoir accompli son message.

50.

Il dit tout, comment il est allé à Rome pour demander
Huon dans le Latran ; comment, en le cherchant, il a
perdu mainte semaine à gaspiller son peu d'argent ; comment, pauvre pèlerin, il a couru la moitié du monde,
avec une pacotille de coquillages, jusqu'à ce qu'enfin son
bon génie l'eût conduit à Tunis, où, par un hasard mira-
culeux, il rencontra Fatmé et résolut d'attendre avec elle
des temps meilleurs.

31.

La cassette, ajoute-t-il en terminant, est restée intacte ;
elle est telle, par bonheur, que le nain vous la donna
dans Ascalon, car, je le vois, le cor et la coupe ont disparu... Pardonnez-moi, mon cher maître, d'avoir mis
ainsi le doigt sur la plaie... J'ai tort de bavarder avec
cette liberté : c'est le plaisir de vous voir qui me fait

divaguer, mais vous connaissez mon cœur... n'en parlons plus.

32.

Le noble fils de Sévin presse la main de son vieil écuyer et lui dit : — Je connais ta fidélité ; tu sauras tout, ami, je ne veux rien te cacher ; mais il faut, avant tout, que tu me rendes un service. Cette cassette que tu m'as conservée est riche en joyaux ; ne penses-tu pas que le meilleur emploi auquel je puisse les consacrer serait de me procurer, le plus promptement possible, des armes, un cheval, tout l'équipage, enfin, d'un chevalier.

33.

Douze heures à peine se sont écoulées depuis qu'une troupe de pirates m'enleva mon Amanda, alors que j'étais seul et désarmé sur une plage déserte. Sans aucun doute ils vont la conduire au pays des Moresques, ici peut-être, à Maroc ou à Fez, dans quelque ville où ils auront espoir de la vendre chèrement ; mais aucun harem ne possédera jamais ce trésor de ma vie, dussé-je avoir le monde à parcourir.

34.

Le vieillard réfléchit en silence. — La contrée d'où vous venez n'est donc éloignée d'ici que de quelques lieues ? — Pas que je sache, répond le prince. Peut-être la distance est-elle de mille lieues ou plus ; je ne saurais dire qui, un génie sans doute, m'a transporté dans ces climats, avec une prodigieuse vitesse, du fond des bois où les bandits me garrottèrent.

35.

Nul autre qu'Obéron, s'écrie l'écuyer, n'a pu vous

rendre ce service. — Je le crois également, dit le chevalier, et j'y vois la promesse qu'il fera plus encore. Quelque amère que me soit notre séparation, quelque affreuse que puisse être l'image de ma femme adorée entre les serres de ces pirates, ce nouveau miracle, ô mon ami, remplit mon cœur, qui renaît à la vie, d'espoir et de confiance.

56.

N'eût-il encore éprouvé que la moitié de ce que moi-même j'éprouvai, il n'aurait ni cœur, ni âme ; il serait de pierre, indigne des faveurs du ciel, celui qui, dans ma position, montrerait encore de la faiblesse ou des soupçons : dût la voie ténébreuse qu'on ouvre devant moi, conduire à travers les flammes et les flots, je la poursuivrai avec constance, avec courage.

57.

Dès aujourd'hui procure-moi, cher Schérasmin, s'il est possible, un glaive et un coursier. J'en fus privé trop longtemps... l'amour alors m'en tenait lieu... Maintenant, si loin de Rézia, le sang me semble allourdi, stagnant dans mes veines comme l'eau dans un marais ; il en sera de même tant que je n'aurai pas arraché leur proie si belle à ces lâches païens : sa vie, mon bonheur, songe-s-y, dépendent peut-être d'un instant.

58.

L'écuyer proteste que, dans la journée même, s'il ne tient qu'à lui, le prince verra ses désirs satisfaits. Dès le soir, néanmoins, un incident inattendu suspend les démarches de Schérasmin. Les secousses qu'Huon a coup sur coup éprouvées ont épuisé ses forces. Dompté subitement, brûlé par la fièvre, il passe au milieu de rêves délirants une nuit sans repos.

59.

Les images qui sans cesse occupaient sa pensée prennent un corps à ses yeux. Il se croit aux prises avec une masse d'ennemis; il se bat en désespéré, puis la force lui manque, il tombe en serrant dans ses bras le froid cadavre de son fils. Tantôt encore il lutte contre les flots, retenant par sa robe Amanda qu'ils menacent d'engloutir; tantôt, attaché lui-même au tronc d'un arbre, il voit des corsaires emporter dans leurs bras son épouse sanglante.

40.

Affaibli par ses fureurs, par l'angoisse, il retombe sur sa couche, l'œil fixe et morne. La science de Schérasmin lui vient, dans cette extrémité, fort à propos en aide. L'usage voulait alors qu'un écuyer joignit l'art de guérir au métier des armes. Il en tenait de son père les premières notions, et depuis, pendant ses longs voyages, il avait appris maint secret nouveau des chevaliers ou des sages.

41.

Dès qu'au ciel blanchit l'étoile du matin, il confie son maître à la surveillance de la bonne nourrice, et descend aux jardins où tout repose encore dans un profond silence. Il cherche des herbes dont un ermite de l'Horeb lui fit connaître la vertu magique, en exprime les sucs, et compose de leur mélange un breuvage qui dissipe en peu d'instants la fièvre même la plus ardente.

42.

Un doux sommeil s'appesantit dès la seconde nuit sur

les paupières d'Huon. Entouré des soins les plus constants
et les plus tendres, calmé, fortifié par une boisson rafraî-
chissante, il est en état, quand vient le quatrième jour,
de suivre l'écuyer dans les jardins, sous un vêtement
d'emprunt, à l'heure où la lune éclaire la tiède nuit.

43.

Auprès de la cabane se trouve un bosquet de roses. A
peine y ont-ils fait quelques tours que la nourrice, qui
souvent rôde à l'entour du sérail, accourt avec une nouvelle plus efficace, pour rendre au malade la vie et la
santé, que toutes les potions. — Je n'en puis guère douter, leur assure-t-elle ; Rézia est près de nous.

44.

Où est-elle? Où? s'écrie Huon impatient et ravi ; vite,
parle! où l'as-tu vue? — Vue? reprend Fatmé, moi? Je
n'ai point dit cela ; mais je consens à mourir si ce n'est
pas Amanda qui, ce soir même, débarqua dans ces lieux.
Écoutez ce qu'à la minute la juive Salomé, qui sortait du
harem, m'a donné pour certain.

45.

Peu d'instants avant le coucher du soleil, m'a-t-elle
raconté, on aperçut en pleine mer une barque volant aussi
légère qu'un oiseau. Ses voiles semblaient enflées par un
vent favorable. Tout à coup, du ciel que ne couvre aucun
nuage, part en zigzag un rayon de feu. La bourrasque
éclate, et, dès le premier choc qu'elle imprime au vaisseau, il apparaît en flammes.

46.

Personne au milieu du danger ne songe à éteindre le
feu : ses ravages augmentent. Menacés d'un affreux tré-

pas, tous ceux qui peuvent s'arracher à ce gouffre enflammé sautent dans la chaloupe. Le vent la détache du
bâtiment; il la pousse à la côte. Mais, lorsqu'elle en est à
un quart de lieue, un nouveau tourbillon l'enlève, la renverse, et tout périt.

47.

Les matelots implorent à grands cris leur prophète Mahom; avec une force que double encore la crainte de la
mort, ils se débattent contre les vagues : vains efforts!
prières inutiles! Une femme seule, sur qui le ciel a jeté
les yeux, échappe au naufrage, et, portée par les flots
comme dans un char, gagne heureusement la rive prochaine sans même être mouillée.

48.

Le hasard a voulu que le sultan se promenât avec
Almansaris le long d'une terrasse dont la vue plonge au
loin sur la mer. Ils attendaient avec inquiétude l'issue de
l'événement. Un doux zéphyr semblait pousser la dame à
terre; mais, n'osant se fier entièrement au miracle, la
reine a fait un signe, et cent esclaves se sont jetés dans
les flots pour secourir la belle naufragée.

49.

Le sultan est descendu sur la plage où, dit-on, il a reçu
lui-même l'étrangère des mains d'un icoglan qui l'apporta
sur ses épaules jusqu'au pied de la terrasse. On n'a pas
entendu les paroles d'Almanzor; mais il semblait s'exprimer avec une politesse très-empressée, et lui offrir, par
ses regards du moins, à défaut de temps et de liberté,
l'hommage de son cœur.

50.

Quoi qu'il en soit, il est certain, continue Fatmé, qu'Almansaris a témoigné beaucoup de bienveillance, qu'elle a débité mille jolies choses plus ou moins sincères à la nouvelle venue, dont la rare beauté vient au premier regard de lui ravir l'amour du roi. La belle enfin est installée déjà dans le palais d'été.

51.

A mesure que la nourrice avance dans son récit, l'anxiété, la joie, l'amour, la douleur, se peignent tour à tour sur les traits du chevalier. Que l'inconnue soit Amanda, la chose, plus il y songe, lui paraît de moins en moins douteuse. Il est clair qu'Obéron, tout en persistant à rester invisible, a repris en main la direction de ses destinées. — Courage, amis, s'écrie-t-il ! Maintenant conseillez-moi, que pensez-vous ? Que faut-il faire ?

52.

Arracher par la force Amanda au sultan, serait, dit Schérasmin, une entreprise téméraire, de l'aveu même de Roland. La sagesse exige toutefois que nous nous préparions à tous les événements : il faut, je pense, nous pourvoir d'armes en secret, mais, pour le moment, recourir à la ruse. Voyons, puisque vous n'avez pas rougi là-bas de bêcher la terre, entrez comme jardinier au service d'Ibrahim.

53.

Mettons qu'il fasse d'abord le difficile, qu'il vous regarde entre deux yeux et secoue sa tête grise ; eh ! qu'importe ? Un beau diamant arrange plus d'une affaire. Je m'en charge, sire chevalier. D'ici à demain, ayez-en l'assurance, vous aurez en dépit des obstacles un tablier de jardinier; le ciel et le temps feront le reste.

51.

Ce projet, que le paladin trouve sagement conçu, est mis à exécution sans délai, bien qu'avec prudence. Le vieil Ibrahim est bientôt gagné; il adopte le chevalier pour son neveu, le fils de sa sœur, nouvellement arrivé de Damas et fort habile dans la culture des fleurs. Huon est en un mot admis comme jardinier, et s'acquitte avec beaucoup d'aisance de son nouvel emploi.

CHANT ONZIÈME.

1.

L'espérance, qui de nouveau déploie autour d'Huon ses ailes resplendissantes, promettant de ramener dans ses bras l'unique objet de son amour, l'espérance dorée lui rend bientôt l'éclat de sa première jeunesse. Déjà la pensée seule qu'elle est si près de lui, que le doux zéphyr qui le rafraîchit vient peut-être à l'instant de caresser le front d'Amanda, de se jouer sur ses lèvres ;

2.

La pensée que les fleurs cueillies, tressées de sa main pour le harem, en guirlandes, en bouquets gracieux, s'enlaceront peut-être aux cheveux d'Amanda ; qu'elles iront sur un sein charmant parfumer de leurs senteurs la vie de sa bien-aimée..... cette pensée le plonge dans l'extase. Le désir colore encore une fois ses joues ; la joie rayonne dans ses yeux.

3.

Dans ce climat brûlant le jour remplace la nuit ; on le consacre au sommeil, à la rêverie. Mais aussitôt que se lève la brise du soir, Huon, ranimé par l'amour, va demander sa belle à tous les ombrages. Il sait qu'au sérail les nuits s'écoulent en douces veillées ; aucun homme toutefois ne peut, après le coucher du soleil, se montrer sur les terrasses ni dans les jardins.

4.

Les dames descendent alors dans les allées fleuries où, doucement éclairées par la lune, tantôt elles se promènent par couples isolés, tantôt s'ébattent en bandes légères. Quand la princesse embellit de sa présence l'aimable chœur des nymphes, le chant, les accords de la harpe, la danse, abrègent le cours paresseux de la nuit. Vient ensuite le bain au fond de grottes paisibles dont Almanzor lui-même n'ose jamais approcher, tant sont puissantes dans ce pays les lois de la bienséance.

5.

Pour voir Amanda, que notre paladin croit être en ces lieux, aucun moyen ne semble praticable, à moins qu'il ne profite du crépuscule pour rester dans les jardins après l'heure prescrite. Trois fois déjà, caché dans un buisson auprès duquel doivent passer les personnes qui sortent du harem, il a, durant toute une nuit d'inquiétudes, veillé, guetté, épié, mais hélas! sans jamais apercevoir la belle.

6.

Supplié à genoux par Schérasmin, Ibrahim et Faimé, de ne pas exposer si témérairement sa vie et la leur, il allait, le quatrième jour, se retirer au dernier rayon que jetait le soleil, non sans l'accuser d'avoir roulé son char avec trop de vitesse, lorsqu'au détour d'une charmille Almansaris parut devant lui.

7.

En s'appuyant sur une de ses femmes, la sultane venait, alanguie par la chaleur du jour, respirer au bois le frais

parfum des orangers. Un léger vêtement, si fin qu'on le
dirait tissu par l'araignée, ombrage à peine sa taille, et
des rubans d'or le rattachent sur le sein prêt, dans son
impatience, à briser une si mince prison.

8.

La nature n'aurait su dessiner pour l'image de Vénus
un plus divin modèle. Son délicieux contour défie les
yeux les plus subtils, en se perdant, aux suaves limites
de l'embonpoint, dans une ondulation si pleine de mollesse, si pleine de charme, qu'un Joseph aux sens froids
et rassis ne la verrait pas sans frémir d'une avide con-
voitise.

9.

C'est, pour chaque partie, ce que l'imagination des Lysippe et des Alcamène a rêvé, a créé jamais de plus accompli : le genou d'Atalante et le bras de Léda, la lèvre
d'Érigone et la gorge d'Hélène ! Mais l'art ne peut atteindre
à ce charme suprême qui lui soumet, quand naît sa fantaisie, les cœurs les plus rebelles.

10.

Son haleine semble alors imprégner de volupté l'air
qui soupire autour de ses appas. Dans ses yeux Amour a
placé ses traits les plus aigus, et malheur à l'homme qui
tenterait de la combattre ! Pût-il même échapper au regard
dont l'ardente langueur le provoque tendrement, comment résisterait-il à cette bouche si riche en séductions ?
Comment, à son rire caressant ?

11.

Résisterait-il à la voix de syrène qui fait vibrer le sentiment dans ses cordes les plus secrètes ? à l'accent déli-

rant qui porte au fond de l'âme une trompeuse illusion?...
Dites, lorsque chacun des sens, avant même que la sagesse
puisse être sur ses gardes, conspire pour assurer un doux
triomphe à la beauté, pour accélérer le paroxysme de
l'ivresse, dites, quel homme ne toucherait pas à sa chute
fatale?

12.

Ne craignez rien! Le naufrage qui nous parait inévi-
table est encore éloigné, incertain peut-être..... Fuir, en
d'autres circonstances, eût été le plus sage; mais comment
fuir? La sultane est trop proche..... Bien qu'à la place
d'Huon un véritable jardinier eût sans hésitation levé déjà
le pied. Par bonheur, une corbeille qu'il porte au bras,
pleine de fleurs et de fruits, lui servira, si la dame le
questionne, à trouver sa réponse.

13.

Comme de raison la belle reine s'étonne de rencontrer
un homme sur son chemin. — Que fais-tu là? — demande-t-elle au paladin. Le regard dont elle accompagne
ces paroles eût été mortel pour tout autre neveu du vieil
Ibrahim. D'un air noble et respectueux Huon toutefois,
en baissant les paupières, met le genou en terre et présente sa corbeille.

14.

C'est pour faire cette offrande qu'il a, dit-il, dépassé
l'heure où les jardins se ferment à ses pareils. Si l'excès
du zèle a pu le mener trop loin, sa tête expiera sa faute.
Mais, tandis que le bel audacieux reste aux pieds de la
déesse, elle semble méditer un projet plus doux : son œil

s'arrête avec bonté sur lui, et ce n'est pas sans peine qu'elle se décide à s'éloigner.

15.

La rencontre ne lui paraît pas naturelle. Quoi! sous la saie d'un jardinier, le plus beau jeune homme qu'elle ait jamais vu,.... beau comme le sont les héros dans leur force et dans leur dignité,.... étranger, du reste, si l'on en juge par la couleur!.... Si les bienséances ne la retenaient, elle aimerait à causer avec lui. Enfin elle lui fait signe de partir, tout en le suivant à la dérobée d'un regard qui dit beaucoup, mais beaucoup de choses.

16.

Elle continue sa promenade lentement, en silence, tournant même son beau cou pour le revoir encore, et s'irritant de ce qu'il a si promptement obéi. Pourtant son dernier regard devait l'éclairer; est-il trop timide pour l'avoir compris? L'âme manquerait-elle à ce beau corps? Le feu qui brille dans ses yeux l'aurait-il trompée? Le danger a-t-il pu le refroidir? Ou chercherait-il en ces lieux quelque autre aventure?

17.

Une autre aventure!.... Ce soupçon lui dévoile aussitôt ce qu'elle rougissait de s'avouer. Inquiète, poursuivie par l'image d'Huon, elle erre toute la nuit dans les allées, dans les bosquets; elle prête l'oreille à chaque murmure de l'air, à chaque feuille qui frôle une autre feuille. — Silence! dit-elle à sa confidente; écoutons; il me semble avoir entendu remuer sous cette charmille?

18.

C'est peut-être le beau jardinier, dit la rusée suivante.

Si je ne me trompe, il est homme à risquer sa vie pour
épier ici, derrière quelque buisson, l'occasion d'apercevoir encore celle dont la vue l'a transporté dans le paradis. Qu'en pensez-vous? Nous pourrions approcher doucement et le prendre sur le fait, ce beau téméraire?

19.

— Tais-toi, folle, dit la reine du harem; je crois que
tu extravagues. — Elle n'en dirige pas moins ses pas
légers du côté de l'arbre d'où vient le bruit: ce n'était
qu'un lézard glissant à travers le feuillage..... Un soupir
à demi retenu, étouffé à demi par le bouquet dont la
sultane couvre sa bouche, confirme ce que Nadine a lu
dans ses regards.

20.

Elle revient contrariée. Dans sa mauvaise humeur elle
se fâche contre elle-même, se mord les lèvres, soupire,
ouvre la bouche, puis, au troisième mot, oublie ce qu'elle
voulait dire; elle s'irrite contre Nadine qui ne répond
pas au gré de ses désirs, et ne devine pas ce qu'elle de-
vrait deviner. En un mot la belle dame est..... amoureuse! Son bouquet même l'éprouve: sans qu'elle s'en
aperçoive, sa main le tord, le brise, l'éparpille feuille
à feuille.

21.

Trois jours se passent et le mal ne cesse point. Nourri
par la contrainte, par les obstacles, il empire chaque nuit,
chaque matin. Dès, en effet, que le soleil couchant re-
dore ses fenêtres, elle quitte le palais, et, les cheveux
flottants, se met, comme font les nymphes, à parcourir les

20.

pelouses, les bosquets, tous les endroits où peut se trouver
le neveu d'Ibrahim.

22.

C'est en vain que son œil est sans cesse aux aguets,
que son cœur palpite d'impatience : quelle qu'en soit la
raison, le beau jardinier ne se montre plus. Malheureuse
Almansaris ! ton orgueil succombe. — Pourquoi, se dit-
elle, augmenter mes peines et les cacher par entêtement
à Nadine qui doit les avoir dès longtemps remarquées?
Le mystère certainement ne guérit pas la morsure du
serpent.

23.

Tout en croyant chercher des consolations auprès d'une
amie, elle ne demande après tout qu'une complaisante
qui la flatte. Nadine était passée maîtresse dans cet art
des cours. Par ses conseils, par les soins qu'elle prend
pour attirer dans leurs filets l'homme que la sultane appelle de ses désirs, cette femme parvient à calmer le sang
bouillonnant de la voluptueuse Almansaris mieux qu'on
ne l'aurait pu faire avec le suc de toutes les pample-
mousses.

24.

Introduire cet homme à minuit, lorsque toutes les
portes sont fermées, dans la partie du harem où la sultane ordonne en souveraine, ne semble plus si difficile
depuis que le roi, son époux, se livre publiquement à sa passion pour la jeune Zoradine : tel est le nom sous lequel est
connue l'étrangère qu'un prodige amena sur ces bords.

25.

Mais la nourrice ne s'était pas trompée : c'était Amanda,

que la reine des fées avait conduite saine et sauve sur la rive, après l'avoir arrachée par la foudre au pouvoir des pirates. On sait quels incidents suivirent son arrivée à terre ; on sait comment Almanzor lui voua soudain son cœur volage, comment la favorite la reçut avec une jalousie cachée, avec une feinte tendresse.

26.

Le sultan était peut-être l'homme le plus beau qu'eût jamais éclairé le soleil ; il savait, d'ailleurs, profiter si bien de ses avantages qu'aucune femme jusqu'alors n'avait pu lui refuser son cœur. Pour la première fois sa renommée pâlit devant Zoradine. Dans le monde il n'est pour elle qu'un homme ; elle n'a des yeux, une pensée, de l'amour que pour celui-là seul.

27.

La dignité sans orgueil, la noble assurance, l'indifférence paisible et naturelle, la froideur sans affectation, avec lesquelles Amanda sait tenir à distance le maître qui commande, le réduire, malgré l'ardeur dont il est dévoré, à n'exprimer sa plainte que par de muets regards, voilà ce qu'Almansaris nomme le chef-d'œuvre de la coquetterie.

28.

Habituée à manier au gré de ses caprices le cœur d'Almanzor, à le dominer, à exercer dans le harem un empire despotique, pourrait-elle, sans en être émue, se voir [e]nlever le sceptre par cette jeune étrangère? Elle prête à sa haine un visage riant, elle affecte à l'égard de sa rivale une aimable confiance ; mais les murs du sérail

ont partout des yeux cachés pour épier Zoradine dans ses
moindres actions.

29.

Depuis le jour, cependant, où elle vit le jardinier, où
son cœur fut pénétré par son charme puissant du trait
le plus aigu, un amoureux désir fait taire sa jalousie.
Au lieu de la puissance, son ambition rêve un objet plus
doux, le baiser de l'inconnu ; elle met tout son orgueil à
le ramener sous sa loi. L'univers peut languir aux pieds
de Zoradine, pourvu qu'elle-même presse dans ses bras
l'homme dont elle est éprise.

30.

Elle pousse dès lors à l'exécution d'un projet qui loge-
rait l'étrangère, en l'éloignant d'elle, dans une autre partie
du harem qu'Almanzor fait préparer en hâte. Zoradine,
insinue la sultane, y sera servie d'une manière plus convenable à sa haute condition ; car, bien que sur ce point
elle n'ait rien dit encore, ne devine-t-on pas, dès le premier coup d'œil, qu'elle n'est pas habituée à voir personne
au-dessus d'elle ?

31.

Pendant qu'avec une artificieuse politesse, Almansaris
écarte ainsi de ses appartements un témoin qui lui serait
à charge, le sultan, de son côté, sans prendre aucun
souci ni d'elle, ni de la manière dont elle peut et veut
passer son temps, se donne tout entier à ses nouvelles
amours, lui laissant le champ libre pour couver des projets que cent mains dans le sérail sont prêtes à seconder.

32.

Pendant ce temps le beau jardinier se chagrine sans

mesure. Depuis sept jours et plus, il rôde autour des murs où gémit Amanda, car, son cœur le lui dit, elle ne peut que gémir, et les astres impitoyables n'ont pas encore permis qu'il aperçût son épouse adorée, même au travers d'une grille, qu'il découvrit seulement la trace de ses pieds, trace qu'entre mille autres il ne manquerait de reconnaître.

33.

Dans son découragement, il s'adresse à ses amis : — Ne pouvez-vous, si vous m'aimez, imaginer aucun moyen de gagner ne fût-ce qu'une seule bouche dans le harem, une bouche qui murmure mon nom à ses oreilles et lui dise qu'Huon est auprès d'elle ? — Écoutez ! s'écrie Fatmé : il me vient une idée. Faites-lui parvenir un sélam [1]. Allez cueillir les fleurs dont nous aurons besoin. C'est un langage que je connais à fond.

34.

Hassan, qui s'empresse d'obéir aux instructions de la nourrice, rapporte une branche de myrte, des lis, du jasmin, des roses, des jonquilles. Fatmé lui demande une boucle de ses cheveux ; elle prend un mince fil d'or, le tresse adroitement avec la boucle blonde, en fait un lien pour nouer le bouquet et place dans le milieu une feuille de laurier où le paladin griffonne un A, un H entrelacés.

35.

— Maintenant, dit-elle, quand je l'aurai trempé dans l'essence de cannelle, ce sera la plus jolie lettre qu'un enjôleur de votre espèce ait jamais écrite à sa bien-aimée.

1. Bouquet de fleurs dont l'arrangement est une sorte d'écriture, de langage muet.

Faut-il vous la traduire? — Mille fois merci, répond le chevalier, ne perds pas de temps : tu ne saurais trop tôt m'apporter une réponse. Que l'amour te protége et te fasse réussir! Va, nous t'attendrons sur ce banc de gazon.

36.

La bonne Fatmé partit; mais, comme elle n'avait aucun accès dans l'intérieur du sérail, le bouquet passa par les mains de plus d'une esclave, et fut à la fin attrapé par Nadine, grâce au hasard, qui se mêle de tout sans en être prié. Après qu'elle eut, à force de questions, appris le quand et le comment de la chose, notre suivante le porta, joyeuse, à sa royale maîtresse.

57.

Cette lettre, apportée par l'esclave d'Ibrahim, quel en est l'auteur? Son neveu, nul autre assurément. Comment douter ensuite, surtout d'après ce qui s'est passé, qu'elle ne s'adresse à la plus belle des belles? Et, d'ailleurs, que signifieraient ces chiffres enlacés, A H, sinon Almansaris et Hassan?

38.

Quand la sultane, du reste, aurait une rivale, bien qu'on ne puisse le croire, enlever de force sa conquête à l'ennemie n'en serait, pour son orgueil, qu'un triomphe plus grand. La jalousie, qu'éveille une semblable pensée, se joint à des penchants plus doux pour la déterminer, et la nuit suivante, sans tarder plus longtemps, est choisie pour l'heure de la victoire si tendrement, si vivement désirée.

39.

Cependant, ravie de son succès, et ne concevant aucun soupçon, la nourrice revient presque hors d'haleine : la joie, la hâte ont coloré ses joues; son regard brille de loin comme le soleil qui perce les nuages. — Sire chevalier, chuchotte-t-elle à son maître, que me donnerez-vous si, dans la journée même, les portes du ciel s'ouvrent pour vous?

40.

En un mot, vous verrez Amanda. Ce soir même, à minuit, la petite porte qui donne sur le bois de myrtes vous restera ouverte. Une esclave doit vous y attendre; suivez-la sans craindre aucune embûche : elle vous conduira fidèlement à l'endroit convenu. — La bonne femme, qui ne soupçonne pas de ruse, a confiance dans les voies qu'elle-même a préparées.

41.

O Fatmé! que ne te dois-je pas? s'écrie Huon. Je vais la revoir! cette nuit même! Dussé-je, percé de mille coups, trouver la mort en sortant de ses bras, l'heureuse nouvelle ne m'en causerait pas moins de joie! — J'ai bon espoir, mon cher maître, ajoute Schérasmin. Les étoiles nous sourient : vous la délivrerez et tout finira bien.

42.

Donnez-moi seulement trois jours, afin de louer une felouque en secret, et de l'ancrer non loin d'ici dans un mouillage sûr, prête à fendre les flots dès le premier signal. Grâce à la cassette, nous ne sommes pas encore au dépourvu. Le monde est à qui peut l'acheter : une clef d'or ouvre toutes les serrures.

43.

Tandis que notre héros calcule sur son pouls le cours trop lent des heures, et se mécompte sans cesse à ses battements de plus en plus précipités, la belle sultane, armée déjà pour la victoire, ne soupire pas avec moins d'impatience en attendant minuit. Le hasard complaisant se prête à son dessein et prend soin d'écarter les obstacles.

44.

Une grande fête, que le roi donne à Zoradine, doit réunir toutes les odalisques, et laisse à la princesse pleine liberté dans son palais. Qu'Almansaris ne juge pas à propos d'être aussi de la fête, personne dans le sérail n'y trouve rien à redire, et, bien au contraire, une migraine qui lui survient à point nommé paraît à chacun chose fort naturelle.

45.

L'heure sonne. A travers les buissons, le beau jardinier s'approche en grand silence de la porte indiquée. Combien le cœur lui bat ! Il sent la respiration lui manquer alors que, dans l'obscurité, une main douillette s'empare de la sienne et l'entraîne après elle. Sans parler il suit à pas légers. On le conduit par des berceaux étroits, faiblement éclairés, qui tantôt montent, tantôt descendent, s'entre-croisant parfois ; puis, devant une nouvelle porte, la main qui le guide tout d'un coup lui échappe.

46.

Où sommes-nous ? — dit-il à voix basse, en tâtonnant de ses deux mains. Soudain la porte s'ouvre. Affaiblie, comme au fond des bosquets printaniers le jour qui s'égare sous leurs voûtes de lierre, une clarté lointaine lui montre une suite d'appartements qui semblent être sans fin. Hassan marche, la lueur augmente ; à mesure qu'il avance, elle grandit par degrés, et rayonne bientôt du plus brillant éclat.

47.

Il reste ébloui d'une magnificence qui surpasse tout ce qu'il a jamais vu, tant l'or, le lapis, les riches produits de Siam et de Golconde sont prodigués partout avec le luxe le plus superbe. Ses yeux, toutefois, ne sont pas satisfaits ; pleins d'amour, ils la cherchent.... elle ! — Où est-elle ? — soupire-t-il, et, dès qu'il parle, un rideau subitement est tiré.

48.

La riche étoffe bruit en s'écartant des deux côtés, et quel spectacle se présente à son regard étonné ! un trône d'or, et sur ce trône une femme telle que, dans ses extases, le statuaire peut rêver la mère des Amours. Douze nymphes, jeunes et belles comme les Grâces, voltigent par groupes autour d'elle : on dirait l'aurore épandue sur les cieux pour rehausser la pompe du soleil qui se lève.

49.

A peine voilées de soie diaphane et rose, elles semblent, aux pieds de leur déesse, les nues légères qui, dans le songe d'un poëte, flottent à l'entour du char de Cythérée : elle-même, richement parée, couverte de joyaux, lui montre que ce lustre d'emprunt, tout fascinant qu'il soit, ne saurait obscurcir l'éclat naturel de sa seule beauté.

50.

Sire Huon, ou, pour la circonstance, Hassan le jardi-

nier, lorsqu'en levant les yeux il reconnaît Almansaris,
s'effraie et se déconcerte ; il recule. Que lui veut cette
éblouissante vision?... Il ne voit pas son Amanda, et
c'était elle qu'ici cherchait son cœur, que son regard
demandait !... La sultane... et son erreur n'est que très-
excusable... croit, par la splendeur dont elle est entourée, causer le trouble qu'elle remarque.

51.

Elle descend du trône, marche en souriant vers lui,
le prend par la main, et paraît prête à déposer en sa
faveur cette majesté qui donne le vertige, prête à ne
recourir qu'au pouvoir de ses charmes. Ses manières
deviennent toujours plus libres; son œil brûle d'une
ardeur dont la flamme électrique s'insinue peu à peu dans
le sein du jeune homme ; elle presse doucement sa main
et l'invite à ne songer qu'au plaisir.

52.

Il jette sur elle un regard irrésolu, comme s'il voulait
parler, et la sultane fait signe aux nymphes de s'éloigner ;
mais avec elles s'en va le courage d'Hassan : on dirait
que la crainte retient ses yeux baissés. Alors la scène
change ; un second rideau se lève. Almansaris conduit
son timide berger dans une autre salle dont les lambris
sont tapissés de myrtes et de roses. Là se trouve une
table chargée de rafraîchissements.

53.

A leur entrée, ils sont accueillis par des chants mêlés
au bruit des instruments : dans chaque voix, dans chaque
corde résonne le plaisir. Ainsi que la dame l'y engage, il
prend sa place vis-à-vis d'elle. Sur les joues brûlantes de

la sultane, dans ses humides regards se lit le désir, la tendre impatience, aveu timide, mais provoquant, du triomphe qui s'offre au jardinier, et cependant les yeux d'Huon laissent percer, comme à travers des nuages, un feu mélancolique et sombre.

54.

Devenus, il est vrai, plus hardis, ils se promènent librement sur les charmes de la princesse ; mais ils ne sont pas, ainsi qu'elle voudrait, animés par l'amour, alanguis par l'extase, baignés de volupté. Il est distrait, il compare, et chaque appas qui se dévoile pour le séduire ne fait que lui rappeler, avec une nouvelle vivacité, l'image d'Amanda, que céder honteusement l'avantage à ses chastes attraits.

55.

C'est en vain qu'Almansaris lui tend l'étincelant flacon, en vain que, d'un regard, elle décoche à son cœur tout le carquois de l'Amour. La jeune Hébé n'a pas de sourires plus doux lorsque, dans les festins de l'Olympe, elle présente à son joyeux Hercule une coupe pleine de nectar. Soins inutiles ! Il prend, d'un air glacé, le verre que viennent de toucher les lèvres de la syrène, et boit comme s'il sentait du poison sur sa langue.

56.

Sur un geste de la sultane, les nymphes qui tout à l'heure entouraient le trône d'or, commencent, en s'enlaçant, des danses faites pour donner un corps aux esprits aériens, une âme nouvelle aux morts. Huon voit leurs formes gracieuses se déployer en liberté, prenant mille attitudes, dessinant mille figures, tantôt en groupes et tantôt deux par deux.

57.

Tout cela, peut-être, ne trahit qu'avec trop d'évidence l'intention d'éveiller, d'attiser ses désirs ; mais, pense Almansaris, il importe peu qu'il le comprenne, s'il sent combien de richesses montre ici la beauté, combien offrent de séductions ce balancement léger des bras, ce frémissement des hanches, ces pieds qui tournoient si rapides, ce corps qui retombe en arrière, les yeux languissamment fermés, comme en mourant d'une délicieuse ivresse !

58.

Dans cette atmosphère de feu, les sens du noble Huon, involontairement surpris, s'amollissent peu à peu. Il s'effraie ; il clot ses paupières, et, par un puissant effort, il évoque Amanda pour que son image lui soit une protection ; il l'évoque telle qu'il la vit à l'heure solennelle où, la bouche brûlante encore de son baiser, il prononça, devant celui qui remplit et contient la nature, le serment de l'aimer avec fidélité.

59.

Il le renouvelle en s'agenouillant, dans sa pensée, devant cette sainte image, et soudain, comme si quelque ange l'avait couvert d'un bouclier, les traits de la volupté retombent sans force sur son sein. Rien de ce que trahit son regard n'échappe à la sultane : elle frappe dans ses mains, et d'un signe met fin à la danse lascive.

60.

Prête à l'étreindre dans ses bras, pour arracher de

force une sensation à ce marbre glacé, elle parvient, non sans peine, à se posséder, car un dernier moyen lui reste à tenter, une séduction dont l'effet manquera difficilement. On lui donne son luth : s'adossant avec grâce aux coussins du sopha, embellie jusqu'à l'enchantement par le feu qui la brûle, quelle victoire ne peut-elle espérer avec l'appui des Muses ?

61.

Comme en s'entremêlant ses doigts de rose volent avec légèreté sur les cordes émues ! Quel charme encore dans le jeu des bras qui se détachent si ronds, si blancs, des larges plis de sa robe entr'ouverte ! et comment, lorsqu'ensuite, d'un sein formé pour enivrer les sages, le sentiment qui la domine s'épanche en un chant inspiré, comment Iluon peut-il se défendre d'adorer à genoux la déesse ?

62.

L'air était doux et le sens expressif : c'était un lai dans lequel une bergère, après avoir longtemps caché la flamme qui ne lui laisse aucun repos, cède à sa force irrésistible, et, rougissant, fait à celui qui l'a vaincue l'aveu de son tourment et de sa défaite. Bien que la romance fût écrite, la femme seule qui se consumait dans un amour semblable pouvait la chanter comme la chantait Almansaris.

63.

Cette fois l'art est vaincu par la nature. Jamais la colombe de Vénus ne roucoula plus tendrement ! Tant d'expression dans le langage du sentiment, les faibles soupirs qui souvent interrompent le flux si pur des plus beaux sons, l'incarnat croissant des joues, le sein qui

21.

bat plus vite, tout, en un mot, n'est plus que l'impétueux essor des passions qui bouillonnent.

64.

Dans l'excès de son émotion, la sultane laisse échapper son luth ; elle ouvre les bras... mais Huon, qui frémit d'horreur, s'empare de l'instrument avant qu'il soit tombé ; puis, comme un inspiré, il entonne sa réponse d'une voix pleine et sonore, avouant qu'une autre possède son cœur, et que rien, ni sur la terre, ni dans le ciel, ne peut le rendre infidèle.

65.

Ferme était son accent et son regard inflexible. L'enchanteresse ne peut que subir sa supériorité. Elle pâlit ; des pleurs se pressent dans son œil irrité ; la lutte s'engage entre l'orgueil et la passion. Elle ramène à la hâte ses voiles autour d'elle. La lumière lui est odieuse ; la vaste salle, trop étroite. Jetant sur le rebelle un froid et dernier regard, elle fait signe qu'on l'emmène.

66.

Déjà les montagnes brillaient à leur sommet d'un pourpre matinal, lorsque notre héros, le front voilé par le chagrin, revint auprès de ses amis. Au premier abord, ils lurent avec effroi, sur son visage, une partie de l'aventure. — Malheureuse ! dit-il à Fatmé que la honte fait tomber à ses pieds. — Qu'avais-tu fait de ta raison ? Mais..... je te pardonne...... tu fus trompée toi-même.

67.

Puis, quand il a raconté les événements de la nuit, prenant l'écuyer par le bras, il jure que désormais toutes les puissances de l'Afrique ne pourront l'empêcher de pé-

nétrer dans le palais l'épée et le bouclier en main, comme
il convient à un chevalier, et d'enlever sa Rézia par la
force au sultan. — Tu vois, dit-il, à quoi la ruse m'a
servi?

68.

A genoux devant lui, Schérasmin le supplie, longtemps
en vain, de se soumettre avec patience, durant trois jours
encore, à la nécessité qui lui prescrit de se cacher ; il le
supplie de ne pas risquer sa vie, celle d'Amanda, par une
démarche où le plus brave lui-même ne pourrait voir
qu'un coup désespéré. Le délai qu'il demande lui suffira,
dit-il, pour lever les obstacles qui s'opposent à sa fuite.

69.

Fatmé l'implore aussi ; elle offre sa tête à la vengeance
si, dans cet intervalle, elle ne trouve pas le moyen de le
conduire jusqu'auprès d'Amanda ; elle jure qu'elle n'aura
pas la honte d'être prise une seconde fois pour dupe. —
A la fin, le chevalier lui-même comprend que les conseils
de sa colère ne sont pas les meilleurs ; il donne sa parole,
et retourne au jardin pour attendre, en continuant sa
tâche, le résultat de leurs communs efforts.

CHANT DOUZIÈME.

1.

Cependant la reine, que l'Amour dévore de ses feux, cherche en vain sur des coussins de damas quelques moments de repos..... Est-ce possible? ou plutôt cette aventure impertinente ne serait-elle pas un rêve de sa dernière nuit? Eh quoi! Almansaris, il est un homme qui te méprise? Il a pu te voir et brûler pour une autre, te dédaigner et te le dire?

2.

Cette pensée l'irrite jusqu'à la rage; elle se promet une vengeance sans bornes. Qu'il lui semble hideux! Auprès de l'ingrat, tel que le dépeint sa fantaisie, un monstre aurait encore des charmes..... Combien cela dure-t-il?... Deux minutes à peine, puis elle n'en sait plus rien. Tantôt il faut que devant elle le malheureux, couché dans la poussière, perde son sang goutte par goutte; tantôt elle croit, éperdue, le presser dans ses bras.

3.

Il apparaît de nouveau dans toute sa beauté, le premier des enfants de la terre, un héros, un dieu! Non, ce ne peut être le neveu d'Ibrahim: son maintien, son langage, toute sa personne décèle ce qu'il prétendrait vainement dissimuler. Où jamais le sceau dont la nature empreint les rois fut-il donc plus visible?

4.

Il n'est que lui, lui seul, qui soit digne d'elle, digne de devenir un dieu sur le beau sein d'Almansaris!..... Oh! pourquoi n'a-t-elle pas de foudres pour écraser l'ennemie qui sut le fasciner, qui retarde sa défaite?... Mais peux-tu méconnaître à ce point ton pouvoir? Laisse, Almansaris, laisse-lui l'orgueil si mince de se pavaner dans son pauvre héroïsme! de te résister..... à toi! Les jouissances du triomphe n'en seront que plus grandes.

5.

Avant de perdre courage, que ne l'attaques-tu avec chacun des charmes où la beauté puise une force réelle; ces armes étrangères dont l'art nous embarrasse, dépose-les si tu veux le toucher plus sûrement; qu'il sente, qu'il voie ce que les dieux envieraient! Et, si tu ne peux gagner son cœur, s'il te dédaigne encore..... que ta fierté s'éveille, ô reine, et savoure alors le doux plaisir de la vengeance!

6.

Tels sont les conseils que, par la bouche d'une suivante, chuchotte à la sultane le petit démon qui, son carquois rempli de flèches, trône en despote sur notre globe; qui enivre à sa coupe magique l'univers tout entier, et que, faute de le mieux connaître, beaucoup appellent à tort le dieu de l'Amour: car, sachez-le, jeunes femmes sans expérience, Asmodée est son nom véritable.

7.

En proie aux séductions du sang qui brûle dans ses

veines, Almansaris est moins que jamais en garde contre les piéges du dehors. Le souffle du trompeur attise, nourrit sa flamme, et, lorsqu'à peine elle a feint de résister, pour la forme seulement, Asmodée est déjà son vainqueur et son maître. La flatteuse esclave, digne organe du démon, ne tarde pas à proposer un plan fort habilement conçu.

8.

Et vous, Heures, pour amener l'instant qui doit être si doux, oh! dérobez ses ailes de feu à la foudre céleste! Quelle que soit votre hâte, vous paraissez trop lentes au désir qui la ronge!.... Mais la belle favorite n'est pas seule à calculer les secondes : Huon, que torture l'impatience, n'a pas moins de peine à supporter la vie durant les trois longs jours, les trois jours détestés que demanda Schérasmin, et soit qu'il veille, soit qu'il dorme, il rêve sans cesse à sa Rézia.

9.

Le moment après lequel soupirait la reine du harem, le second jour s'est enfin levé. Radieux, doré, tout imprégné de la senteur des roses, il s'avance comme le héraut qui vient lui annoncer le plus beau des triomphes. Déjà la brise légère murmure à travers les myrtes qui, de leurs touffes épaisses, ceignent la plus fraîche des grottes, et, dans les bois voisins, mille oiseaux gazouillent à l'envi leurs hymnes matinales.

10.

Mais, à l'entour même de la grotte, le repos s'est choisi, dans l'ombre éternelle qu'entretient le feuillage, un paisible sanctuaire. Jamais on n'y entend que la tourterelle

quand elle roucoule à sa compagne un amoureux désir.
C'est au milieu de ces bosquets charmants, siége mystérieux de la solitude, qu'Almansaris vient au lever de l'aurore se baigner fréquemment.

11.

Tandis que tout sommeille, la riante matinée appelle
Hassan dans les jardins. Il va remplir de fleurs les corbeilles que chaque jour il doit envoyer au harem, lorsqu'un esclave accourt à sa rencontre. Le noir lui donne,
en reprenant haleine, l'ordre d'orner immédiatement la
grotte; puis il ajoute, pour stimuler son zèle, qu'une dame
veut y prendre le bain.

12.

Huon, bien qu'avec déplaisir, se met en mesure d'exécuter ce qu'on lui commande. Il dispose par couches dia-
prées toutes les richesses de Flore, en garnit la plus large
de ses corbeilles, et se rend à l'endroit désigné. Aucun
soupçon ne lui vient à l'esprit. Dès son entrée dans la
grotte, il est saisi pourtant d'une terreur secrète; il sent
comme un bras invisible qui le retient par derrière.

13.

Dans un premier mouvement, il pose à terre son pa-
nier de fleurs; mais il revient promptement à lui, et sourit de sa frayeur. Les ténèbres qu'une douteuse clarté fait
bizarrement ressortir en brisant, le long du labyrinthe,
mille rayons qui scintillent, voilà, pense-t-il, la cause de
ce frisson d'enfant. Ainsi rassuré, il pénètre, en suivant
la lueur qui devient de plus en plus vive, jusqu'au fond
du réduit.

14.

Là règne avec magie une lumière telle que l'adroite volupté sait la choisir pour des plaisirs furtifs. Ce n'est ni le jour, ni le crépuscule : elle flotte harmonieusement entre les deux, empruntant tout son charme à ce qui lui manque pour être l'un ou l'autre ; elle semble un doux reflet de la lune, alors que, sous des bosquets de roses, l'argent de ses rayons se fond en un rouge pâle. Bien qu'aucun danger ne le menace encore, le héros a de la peine à ne pas se croire sous le coup d'un sortilége.

15.

Il ne peut s'expliquer du reste que, dans ce lieu qui regorge déjà de mille et mille fleurs, on ait besoin de lui. Mais comment décrire ce qu'il éprouve lorsque son œil, en errant çà et là, découvre une femme, une houri, couchée sur un lit de repos dans tout l'éclat de la beauté la plus pure.

16.

Un jour enchanté, que relève l'obscurité des alentours, s'épanche d'en haut sur elle, inondant, comme d'une suave auréole, un sein dont la neige éclatante fait honte aux plus beaux lis. Dans l'attitude gracieuse où le corps est placé, des charmes se déploient aux yeux du paladin tels que jamais devant lui on n'en a dévoilé, tels qu'en prenant la forme de cygne ou de taureau, le Jupiter des Grecs n'a pu rien voir d'aussi parfait.

17.

Ainsi qu'une ombre légère, la gaze jetée sur ces formes d'albâtre ondule autour d'elles sans les cacher, mariant ainsi les séductions de la nudité aux attraits de la pudeur..... Ah ! loin de moi la plume, alors que, dans leur trouble, Apelle et Titien repousseraient le pinceau !.... Huon reste immobile ; il tremble, il regarde... bien qu'il eût été plus sage de tenir les yeux fermés.

18.

Plongé dans une erreur délicieuse, il croit, mais un instant seulement, être en présence d'Amanda, tant ce qu'il voit est ravissant. Il se méfie, toutefois, d'un bonheur qui lui semble impossible ; il s'approche, il contemple, puis reconnaît Almansaris, se détourne et s'enfuit ; il fuit, mais il sent, dans sa course, deux bras élastiques, arrondis, aussi blancs que le lait, qui l'enlacent et l'arrêtent.

19.

Il livre le combat le plus périlleux, le plus difficile, que jamais homme, depuis le temps de Joseph, ait eu à soutenir, le noble combat de la vertu, de l'amour fidèle et du feu de la jeunesse, contre la beauté, la grâce et l'ardente volupté. Sa volonté reste pure, il est vrai, de toute coupable extase ; mais combien de temps pourra-t-il résister aux douces prières de la sultane, à ses baisers de flamme, aux embrassements pleins de fougue et de tendresse qui l'attirent sur son sein ?

20.

Obéron, ô génie secourable ! où se trouvent, dans ce danger, ton lis, ton cor d'ivoire ? Il l'appelle, il appelle Amanda, tous les anges, tous les saints à son aide..... et l'aide arrive à temps. Au moment où ses sens, où ses membres s'affaissent, quand la force lui manque pour continuer la lutte et que la belle, dans sa rage amoureuse, va le vaincre à la fin, Almanzor se présente.

21.

Tel qu'un cerf, alors qu'il est blessé, le prince, poursuivi par l'image de Zoraldine et furieux d'aimer une
femme qui le dédaigne, errait, depuis une heure, à travers les jardins. Le hasard l'avait conduit au bois des
myrtes, et là, croyant entendre la voix d'Almansaris,
voyant, d'ailleurs, la porte entrebâillée, il s'était avancé
pour savoir ce qui se passait dans la grotte.

22.

Le démon, qui tente, par sa prêtresse la plus dange-
reuse, la vertu du chevalier, reconnaît de loin, à son pas
de sultan, l'approche d'Almanzor ; il inspire fort à propos
la favorite : — Au secours ! au secours ! — s'écrie-t-elle
tout d'un coup, en changeant de rôle avec Huon ; elle
feint en même temps de se défendre contre un misérable
qui veut lui faire violence.

23.

Son regard effaré, ses voiles à moitié déchirés, ses cheveux épars, l'effroi du jardinier, qui semble atteint de la
foudre à cette accusation hardie, inattendue, le lieu où le
roi le rencontre, tout, en un mot, se trouve d'accord
pour dénoncer Huon comme le coupable. — Allah soit
loué, dit la perfide, puisqu'Almanzor est mon sauveur !

24.

Là dessus, quand elle s'est pudiquement enveloppée de
ses voiles, elle débite, du ton de l'innocence, une fausse
histoire : elle raconte qu'elle était venue pour se baigner,
que cet infâme, ce chrétien déguisé, a eu l'audace de la
surprendre, et qu'elle n'aurait pu le repousser plus longtemps si, par bonheur, le prince n'était interven...

25.

Pour que le paladin soit justifié du crime odieux dont on l'accuse, que faut-il, cependant? Jeter sur toute l'affaire un regard sans prévention. Ce regard, malheureusement, n'est pas le propre de son juge. Quant au héros, il n'achèterait pas sa vie avec la honte d'une femme; il tend son bras généreux aux fers qu'il n'a point mérités, se tait et se renferme dans sa conscience.

26.

Disposé par l'humeur du moment à se montrer plus que jamais sévère, le sultan reste insensible et morne; il commande aux esclaves, rassemblés par son ordre, d'entraîner le coupable. — Qu'on le plonge, dit-il, dans un sombre cachot; que demain, à l'heure où l'iman fait entendre sa voix du haut des minarets, on l'abandonne aux flammes dans la cour extérieure, et que sa cendre, dispersée par les vents, soit à jamais maudite.

27

Le noble Huon écoute son arrêt en silence.... Il abaisse un dernier, un foudroyant regard sur cette femme détestée; il se détourne ensuite; il s'éloigne, bien que chargé de chaînes, avec la fermeté que donne l'innocence...... Jamais un rayon de soleil n'égaie la fosse horrible qui lui sert de prison; la nuit dont il est entouré semble la nuit de la mort, et nul espoir ne pénètre plus dans sa triste pensée.

28.

Accablé par les rigueurs du sort, fatigué d'être un jouet de la fortune, il soupire après l'heure qui doit le délivrer. S'effraie-t-il par avance de l'horrible bûcher, l'amour lui vient en aide pour l'étourdir : la nature qui succombe y puise des forces toutes célestes. — Être fidèle jusqu'à la mort, s'écrie-t-il : je te l'ai juré, Amanda, et je tiens mon serment.

29.

, Puisse, femme adorée, ce qui se passera demain rester éternellement caché pour toi..... Pour toi aussi, vieux et fidèle ami..... Je me résignerais à ne pas être pleuré ; mais, si vous apprenez de quel crime on m'accuse, si la honte se joint à la douleur que vous causera ma mort, la honte d'entendre dire : le châtiment fut mérité.....

30.

Ce serait trop de souffrance, ô Dieu puissant ! Qu'une mort cruelle expie mes fautes ! Je n'accuse personne ; mais, Obéron, accorde une grâce, une seule, à celui que naguères tu aimas : préserve mon honneur, protége Rézia !... Tu sais ce que j'ai fait. Dis-lui que, pour rester fidèle à mon serment, j'ai su braver les flammes !

31.

Il dit, et, certain qu'Obéron l'entend, il se sent fortifié. Le dieu qui se couronne de pavots le touche alors de son sceptre, consolateur de toutes les peines, et, bien qu'une pierre lui tienne lieu d'oreiller, le berce mollement des rêves les plus doux. Peut-être est-ce le génie qui les envoie comme un gage, comme un avant-coureur de la fin de ses maux ?

32.

Notre hémisphère était encore plongé dans les ténèbres, lorsqu'un bruit sourd interrompt son sommeil. Il croit entendre une lourde clef tourner dans la serrure ; la porte de fer s'ouvre aussitôt; une pâle lueur éclaire les noires murailles de son cachot; quelqu'un marche près de lui : il se soulève et voit à son côté Almansaris, une lampe à la main, la couronne sur sa tête et revêtue d'une parure magnifique.

53.

Elle tend, avec un sourire enchanteur, sa main de lis au chevalier. — Pourras-tu, lui dit-elle, me pardonner un crime, effet de la nécessité, mais dont mon cœur n'est point coupable? Ma vie, ô mon bien-aimé, ne dépend-elle pas de la tienne? Malgré ta résistance, je viens te soustraire au danger, te prendre sur le bûcher dressé par un barbare, pour t'élever jusqu'au trône, car toi seul le mérites!

34.

L'amour t'ouvre une carrière dorée; élance-toi : qu'elle retentisse de ta gloire! Accepte la main qui se donne à toi : je fais un signe, et ton persécuteur succombe, et son peuple fourmille à tes pieds comme une humble poussière. Aie confiance dans l'amour et, ce qu'il a commencé, que ton courage l'achève.

35.

—Cesse, ô reine, de me presser. Tes offres ne font qu'aggraver mes peines, puisqu'il faut te refuser. Pourquoi me forcer à le dire? Je ne puis me sauver au prix d'un crime. — Serait-ce possible? s'écrie la favorite; l'égarement peut-il aller si loin? Malheureux! à la vue du bûcher dont les flammes te menacent, oses-tu dédaigner Almansaris avec un trône?

56.

Dis, ô reine, réplique-t-il, que mon sang peut te servir, et l'empressement avec lequel je le verserai te montrera si je suis un ingrat. Comme gage de ma reconnaissance, je puis t'offrir la vie, non l'honneur, non la fidélité. Ce que je suis, tu l'ignores ; n'oublie pas ce que tu es, et ne demande point des choses qui me sont impossibles.

57.

Excitée par l'obstacle qu'elle rencontre, Almansaris met en œuvre toute son adresse pour ébranler la vertu, pour fatiguer le courage d'Huon ; elle caresse, elle menace, elle supplie, elle tombe à genoux, éperdue d'amour et de douleur ; mais la volonté du héros reste inflexible, sa fidélité sans souillure.

58.

— Meurs donc, puisque tu le veux, — s'écrie-t-elle en suffoquant de rage. — J'irai moi-même repaître mes yeux avides du spectacle que promet ta torture : meurs comme un insensé, meurs victime de ton obstination ! — ajoute la sultane. Son regard étincelle, sa bouche frémit ; elle maudit l'heure où, pour la première fois, il a frappé sa vue ; elle se maudit elle-même, puis se précipite hors du cachot, et derrière elle retombe en grinçant la porte aux battants de fer.

59.

Dans ces entrefaites, la renommée, qui se plaît à répandre, même à orner les plus tristes histoires, avait porté jusqu'aux oreilles de Schérasmin et de Fatmé l'aventure de leur malheureux maître. Le bel Hassan, racontait-on, avait été surpris par le roi tandis qu'il était seul

au bain avec Almansaris, et dès le lendemain on devait
le livrer aux flammes dans la grande cour du palais.

40.

Pour eux l'innocence d'Huon n'était pas en question :
ils connaissaient le véritable état des choses ; et, d'ailleurs, quand même il eût failli, n'était-il pas toujours
digne de compassion ? La fidélité, lorsqu'elle est de bon
aloi, se manifeste en pareille occurrence. Au lieu de
perdre à gémir un temps précieux, ils résolurent de faire,
pour le tirer de ce mauvais pas, tout ce qui dépendrait
d'eux, et de périr avec lui s'ils ne pouvaient le sauver.

41.

Avant que le jour paraisse, Fatmé réussit, par sa vigilance et son audace, à tromper les gardiens du sérail, et
se glisse, sans qu'on puisse la reconnaître, jusqu'à l'ap-
partement où Rézia sommeille en rêvant au chevalier.
Durant quelques instants, la joie de se revoir, bonheur
inespéré ! leur ravit à toutes deux la parole. Le premier
mot que la nourrice articule à la fin, c'est le nom
d'Huon ; elle a des nouvelles de cet époux bien-aimé.

42.

— Qu'a dit la bouche d'or, ô ma chère Fatmé ? —
s'écrie Amanda en tombant à son cou. — Huon serait
aussi près de moi ! Où est-il ? — Hélas ! princesse, quel
événement ! répond-elle d'une voix coupée par les san-
glots : volez à son secours ! déchirez ses liens ! brisez sa
prison ! Par amour pour vous il va trouver la mort, une
mort terrible. — Là-dessus elle fait le récit de ce qui s'est
passé ; elle dit la fidélité du paladin et la vengeance de la
sultane.

43.

— Déjà le bûcher est prêt, dit-elle, rien ne peut le sauver si Zoradine ne le protége. — Poussant un cri d'angoisse, Amanda s'élance, comme une insensée, hors de son lit ; sans quitter le vêtement léger qu'elle avait eu la nuit, elle jette un voile autour de sa taille et vole à pas précipités vers les appartements du roi, passant au milieu des gardes et des esclaves qui lui font place et ne cessent de la regarder avec une muette admiration.

44.

Elle entre, sans faire attention que le jour est levé à peine, et se prosterne aux pieds du sultan, les joues pâles comme un lis, les cheveux flottant négligemment sur ses épaules : — Almanzor, ne me laisse pas t'implorer en vain ! Jure, si tu veux conserver ma vie, que tu feras droit à ma prière : il y va de mon repos !

45.

Parle, ô la plus belle des belles, répond le prince, surpris, mais satisfait. Ne me laisse pas flotter plus long-temps dans cette incertitude. Te plaire est mon désir le plus ardent ; demande avec hardiesse : mes trésors, mon trône, mes états ; rien, parmi les biens dont je dispose, n'est trop précieux pour toi ; Almanzor n'en excepte qu'un seul, toi-même. — Tu me le jures. — Ivre d'amour, le Maure donne sa parole. — Accorde-moi donc la vie du jardinier Hassan.

46.

— Quoi ! s'écrie-t-il, consterné ; quelle demande, Zoradine ? Eh ! que t'importe cet esclave ? — Beaucoup, Almanzor, oh, beaucoup ! Ma vie dépend de la sienne.

—Est-ce la fièvre, est-ce un rêve qui te fait parler ainsi ?
Pardonne, mais tu abuses du pouvoir sans limites que tu
tiens de la beauté... La vie d'un valet ! Il doit expier son
crime. — Il n'expie que sa fidélité.

47.

Je connais son cœur ; il tient à son devoir ; il est innocent : son honneur est sans tache... Mais, ô Almanzor,
fût-il coupable, ne punis pas sa faute sur Zoradine. —
Avec un regard où brille une fureur à peine contenue, le
roi s'écrie : — Cruelle ! pourquoi me torturer par tes
hésitations ? Quel est le mystère qui perce sous cette in-
compréhensible, cette odieuse énigme ? Cet Hassan, qu'est-
il pour toi ? parle !

48.

— Puisque la nécessité me force à le déclarer, sache-le,
je suis sa femme ! Un lien que rien ne saurait briser, un
lien formé dans le ciel même attache mon sort, mon
bonheur, tout mon être à cet époux adoré. Le bras du
destin nous accable aujourd'hui de ses coups les plus
rudes... Il peut bientôt s'appesantir sur toi ; songes-y...
Tu vois ma misère... honore-la, toi qui es heureux... Tu
le peux, sauve-moi.

49.

—Quoi ! tu serais l'épouse d'Hassan et tu l'aimerais ?
— Par dessus tout. — Malheur à toi ! il t'est infidèle. —
Infidèle, lui ! Son infortune n'a d'autre cause que sa fidé-
lité : j'en suis certaine. — Moi, je crois ce que j'ai vu.
— Alors il fut trompé le premier et toi-même après lui.
— Ah ! crains de trop compter sur le pouvoir qu'exercent

tes appas, crie le sultan, l'œil en courroux : à force d'être
tendu, l'arc se brise à la fin.

50.

Hassan mourra.. et je ne puis que te plaindre. — Il
mourra, tyran, lui dit Rézia ; il mourra, quand un mot
de ta bouche peut lui donner la vie, et tu oses me le
dire ? — Ainsi le veut la loi qui régit le sérail, répond
froidement le prince ; il l'a violée, il doit périr ; mais,
puisque tu l'exiges, je remets entre tes mains la vie de
l'esclave, sa vie ou sa mort.

51.

Enseigne-moi la clémence, belle Zoradine ; rends-moi
le repos que tu m'as ravi, et je dépose à tes pieds la couronne et l'empire ; donne-moi ta main et le coupable a
sa grâce. Qu'il parte, comblé de mes bienfaits, et retourne
auprès des siens ! Ne tarde point : cette bonté que tu im-
plores, donne la première, donne-m'en l'exemple... un
mot va décider de mon sort et du sien.

52.

— Barbare ! — répond-elle aussitôt, pleine d'une colère
céleste. — Va ! l'homme que chérit Zoradine n'achète pas
si chèrement sa vie !... Me connais-tu si peu, tyran ?...
A ce prix, la dernière des femmes qui me servaient
naguères eût dédaigné ta personne et ton trône !... Nos
jours, il est vrai, sont en ta puissance ; mais n'espère
pas en tirer avantage... je puis aussi mourir.

53.

Le sultan reste interdit ; tant de courage l'épouvante :
son âme lâche est plus touchée des bravades que des
pleurs de Rézia ; mais sa beauté rallume en même temps

dans son sein tous les feux du désir. Que ne dit-il pas
pour pénétrer jusqu'à son cœur ? Comme il supplie !
comme il se roule, comme il rampe à ses pieds !... Vains
efforts'! Ni les menaces ni les prières ne peuvent dompter
la résistance de la jeune femme.

51.

La mort lui semble préférable à ce que le sultan propose. Il jure avec une voix terrible, par le tombeau de
Mahomet, que rien ne la sauvera si dans l'instant elle
n'accepte ses offres. — Puisse Allah me maudire si je
change un mot à ma résolution ! — On peut l'entendre,
tant la fureur l'emporte, de la salle voisine. — Décide-
toi, reprend-il : sois à moi, sinon péris dans les flammes
avec le réprouvé !

55.

Elle jette sur lui un regard de mépris. — Décide-toi,
répète-t-il. — Oh ! s'écrie enfin la reine des femmes,
délivre-moi de ton aspect : la mort, toute hideuse qu'elle
soit, m'inspire moins d'horreur. — Le regard brillant
d'un éclat infernal, Almanzor appelle, et, suffoqué de
rage, il donne l'ordre cruel. Le chef des noirs s'incline
jusqu'à terre et fait serment de l'exécuter.

56.

Déjà l'affreux autel est dressé pour le sacrifice ; déjà
le peuple, qui vient, avide d'émotions, chercher à ces
tristes spectacles la volupté des larmes et les jouissances
de la terreur, le peuple roule à l'entour ses flots impa-
tientés ; déjà l'on attache au poteau les deux amants unis
pour le trépas comme ils le furent pour la souffrance, le
seul couple qu'Obéron ait trouvé pur.

57.

Couple sublime d'âmes fondues en une seule, fidèle à
son premier amour, et préférant la mort sur un bûcher
au parjure sur le trône !... Le cœur serré, les regards
humides, chacun, dans la foule, les considère avec
attendrissement, non sans craindre pourtant qu'un événement quelconque ne suspende, par hasard, la tragédie
avant la fin.

58.

La manière dont ils sont garrottés leur enlève, il est
vrai, même la consolation de se voir; mais, en dépit
des souffrances qu'ils endurent et du supplice qui les
attend, une joie triomphante les exalte tous deux : ils
savent que leur mutuel amour les a seul conduits là. Le
trépas qui couronne leur constance d'un éternel laurier
est le choix de leurs cœurs : ils pouvaient l'éviter !

59.

Cependant on voit douze noirs, des torches à la main,
s'avancer deux par deux; ils se rangent à l'entour du
bûcher, prêts à consommer le sacrifice sur un seul geste
de l'aga. Le signal est donné : ils mettent le feu. Soudain
la foudre éclate, la terre tremble, les flammes s'éteignent,
la corde qui liait les deux victimes tombe à demi con-
sumée, et le paladin voit le cor d'ivoire flotter sur son
épaule.

60.

Dans le même instant, on aperçoit de loin deux troupes
qui s'approchent : elles marchent séparément, mais ani-
mées d'une égale impatience; Almansaris est à la tête de
l'une, Almanzor commande l'autre, venant, elle, pour

délivrer Hassan et, le second, Zoradine.. — Halte ! —
crient-ils avec force..... Puis un chevalier, couvert d'une
armure noire, se fait jour, l'épée nue, à travers la foule
qui s'épouvante.

61.

Mais, à peine, tressaillant de joie, Huon reconnaît-il le
gage de sa réconciliation avec le roi des sylphes, qu'il le
porte à sa bouche et sonne l'air le plus séduisant qu'on
ait jamais sonné. Son noble cœur dédaigne la mort de cette
vile multitude. — Dansez, dit-il, dansez jusqu'à perte
d'haleine ; c'est la seule vengeance qu'Huon veuille tirer
de vous.

62.

Et, dès que le cor a retenti, le magique vertige s'empare d'abord du peuple qui se trouve près du bûcher,
engeance misérable, à moitié nue, déguenillée, jaune et
livide ; ils tournent subitement en rond comme un branle
de fous ; puis l'aga, suivi de tous ses nègres, se met de
la partie, et quiconque a des pieds, à la cour, au harem,
dans la ville, imite son exemple, depuis le sultan jusques
aux porteurs d'eau.

63.

Le schah prend, malgré lui, le bras d'Almansaris ; la
princesse s'en défend : mais à quoi servent l'humeur de
l'un, la résistance de l'autre? Le tourbillon arrive, les entraîne, et les voilà qui se roulent au milieu des valseurs.
En peu de minutes, Tunis tout entier est en mouvement ; il n'est personne qui puisse rester en place ; ni
goutte, ni gravelle, ni sciatique, ni même l'agonie ne peuvent mettre à l'abri de cette furie comique.

64.

Durant la bacchanale, les deux amants, sans rien voir autour d'eux, restent longtemps embrassés dans un muet ravissement. Leur âme peut à peine contenir tant de félicité. Le rêve pénible des épreuves s'est évanoui pour eux : il n'en subsiste plus que ce qui rehausse leur bonheur. La faute est expiée ; le destin ne leur est plus contraire : puisqu'il les a de nouveau réunis, rien désormais ne peut les séparer.

65.

Le chevalier noir, qui n'a pas quitté son destrier et qui n'est autre que le brave Schérasmin, prend une part profonde à cette scène de bonheur. C'est lui qui tout à l'heure fendait, comme la tempête, les flots du peuple, pour arracher son maître et sa compagne à ces lâches Mauresques, ou, s'il n'eût réussi, pour terminer une vie qu'il n'aurait pu sans eux supporter plus longtemps.

66.

Il saute à bas de son cheval, et se fraye un passage à travers les danseurs. Fatmé le suit. Ils aident les amants à descendre de leur trône ; ils les reçoivent en triomphe. Combien leur joie fut grande ! Mais elle s'accrut encore quand ils virent, dans les airs, les cygnes et le char si bien connus planer, s'abaisser toujours, puis s'arrêter devant eux.

67.

Ils s'empressent d'y monter..... Laissons les Maures danser tant qu'Obéron voudra !.... Schérasmin ne peut s'empêcher toutefois de trouver, qu'en fait d'amusement, mieux vaudrait pour eux ramer sur les galères..... Plus

rapide que la pensée, plus doux que le sommeil, le
phaëton, dans son vol aérien, les emporte sans secousses
par dessus les mers, les îles, les continents, tandis qu'autour d'eux se balancent, comme autant d'éventails, de
légères nues d'argent.

68.

Déjà, sur la cime des monts, le crépuscule se voile
d'une vapeur incertaine ; déjà les amants voient à leurs
pieds la lune qui se mire dans plus d'un lac, et le silence
envahit peu à peu le vaste empire des airs. En repliant
leurs ailes, les cygnes s'abattent lentement jusques à terre,
lorsque tout à coup, comme formé de la pourpre du
soir, un château rayonnant s'offre aux regards des voyageurs.

69.

Dans un parc enchanté, au milieu des rosiers qui crois-
sent hauts et touffus, s'élève le palais dont l'éclat merveilleux inonde de sa lumière tous les bois, tous les lieux
d'alentour. — N'est-ce pas ici...., — murmure Huon en
frissonnant..... Mais, avant qu'il ait achevé, une porte
d'or s'ouvre subitement, et vingt jeunes filles en sortent
deux par deux.

70.

Riantes comme le printemps, les joues colorées d'une
fleur éternelle, en parures éclatantes de blancheur, elles
viennent au-devant de ces enfants de la terre que chérit
Obéron ; elles viennent en dansant ; elles chantent les
louanges de la fidélité. — Viens, — disent-elles, et des
cymbales d'or se mêlent à leurs voix mélodieuses, se mêlent

à leurs pas cadencés, — viens, couple constant ; reçois la
belle couronne que tu sus conquérir.

71.

Les amants enivrés, ravis dans les félicités d'un autre
monde, glissent à travers le double rang des nymphes,
tandis que le génie lui-même, éblouissant comme l'astre
qui se lève dans sa parure de fiancé, apparaît devant eux.
Le roi des sylphes n'est plus l'enfant qu'ils virent naguère
sous un aimable déguisement : c'est un jeune homme
brillant d'une beauté, d'une fraîcheur éternelles ; il porte
au doigt l'anneau magique.

72.

Près de lui se tient, parée de roses, Titania, qui
rayonne, ainsi que la lune, d'un éclat plus timide et plus
doux. Chacun porte à sa main une guirlande de myrtes.
— Reçois, disent-ils d'un air, d'un ton pleins de tendre
affection ; reçois, couple fidèle, pour prix de ta victoire,
la couronne si bien méritée que t'offrent tes amis. Jamais,
tant que vous conserverez ce gage de notre faveur, la
félicité du cœur ne vous abandonnera.

73.

A peine les derniers mots sont-ils tombés des lèvres
d'Obéron qu'on voit s'abaisser un nuage, et, de ce nuage,
descendre au son des harpes trois sylphides, le sein orné
de lis. La troisième porte dans ses bras un enfant d'une
beauté merveilleuse qu'à genoux elle remet à la reine.
Titania se penche vers lui, l'embrasse et le remet à sa
mère.

74.

Puis, au milieu des hymnes d'allégresse que chantent

les nymphes, en répandant devant eux des roses sur
leur chemin, les fortunés époux entrent, par les portes
d'or, dans le gracieux palais d'Obéron. Ce qu'ils virent, ce
qu'ils entendirent dans ce séjour enchanté, leur bouche
ne le raconta jamais; seulement, lorsqu'ils se ressouve-
naient, ils regardaient le ciel, et des larmes de bonheur
trahissaient l'objet de leurs pensées.

75.

Ce rêve délicieux s'éteignit au sein du sommeil. Quand
le jour vint, ils se trouvèrent, comme renaissant à la vie,
couchés sur un banc de mousse, dans les bras l'un de
l'autre. Près de là, quatre chevaux magnifiques, richement enharnachés, piaffaient à l'ombre de quelques
arbres, et, sur la terre tout à l'entour, des armes, des
habits, des parures, étaient réunis dans un somptueux
mélange.

76.

Sire Huon, qui ne se contient pas de joie, réveille son
écuyer; Amanda cherche son fils endormi sur le sein de
Fatmé. Ils promènent leurs regards autour d'eux : quel
est leur étonnement! — Seigneur, dit Schérasmin ravi,
dans quel pays croyez-vous être?.... Venez, prenez ma
place, regardez au couchant, et dites, que voyez-vous?

77.

Le chevalier regarde et doute de ses yeux. Lui qui eut
tant d'aventures, qui fut témoin de tant de prodiges, tout
habitué qu'il y puisse être, à peine croit-il à ce qu'il voit.
C'est la Seine dont l'eau coule à ses pieds; c'est Paris qui
s'étend devant lui. Il se frotte les paupières, il se frappe
le front et recommence à examiner. — Est-il possible,

s'écrie-t-il à la fin, que j'aie atteint déjà le terme de mes voyages ?

78.

Il n'est pas revenu de sa surprise qu'un nouveau spectacle s'offre encore à sa vue. Tout semble en mouvement autour du château ; on entend la trompette, des chevaliers galopent en troupe vers l'enceinte des joûtes, et les barrières en sont ouvertes. — Mon bonheur, dit Huon, passe toujours mon espérance : si rien ne m'abuse, un tournoi se prépare ; va, et sache ce qu'il en est.

79.

Schérasmin obéit. Dans ces entrefaites, Fatmé s'occupe d'habiller Amanda, car tout ce qu'il faut pour la montrer dans cette cour inconnue avec l'éclat qui convient à son rang et à sa beauté, se trouve en profusion parmi les objets entassés à leurs pieds. Le paladin de son côté, prodiguant maints baisers à leur fils, le berce avec tendresse sur les genoux paternels.

80.

Il éprouve un plaisir secret à voir que ces parures, que cette pompe étrangère ne saurait ni rehausser, ni diminuer les charmes de la jeune femme. Qu'une rose ombrage son sein ou qu'un bouquet de pierreries épande à l'entour d'elle son lustre étincelant, toujours belle par elle-même et respirant l'amour, elle semble n'emprunter aucun attrait à ces dernières, n'en manquer d'aucun avec la simple fleur.

81.

L'écuyer est de retour : il annonce que les joûtes sont ouvertes depuis trois jours déjà. — Charles, dit-il, que

sa colère domine encore, a fait publier un tournoi dans
tout le royaume, et devinez quelle récompense le vainqueur doit recevoir aujourd'hui?.... Rien moins, seigneur..... que le fief d'Huon ; car, en vérité, si l'empereur s'attend à quelque chose, ce n'est pas à votre glorieux
retour de Babylone.

82.

Vite, mes armes ! — s'écrie le paladin transporté de
joie. — Il n'est pas de nouvelle qui pût m'agréer davantage. Ce que la naissance m'avait donné, je le gagnerai
par ma valeur. Si je ne sais pas le mériter, eh bien ! que
l'empereur l'accorde à qui s'en trouve digne ! — Il dit et
voit Rézia l'approuver en silence par un tendre sourire.
Les battements de son sein lui promettent la victoire.....
En peu d'instants, son héros est devant elle richement
armé de toutes pièces.

83.

Dames et guerriers sautent promptement en selle ; ils
chevauchent vers la ville. Partout les passants, émerveillés
de leur magnificence, s'arrêtent pour les regarder, et qui
n'a rien à faire court après eux. Messire Huon arrive
bientôt avec Amanda près des barrières du tournoi ; il
prend congé d'elle, la confie à la garde de Sciérasmin,
baisse ensuite sa visière et s'élance dans la lice.

84.

Dès qu'il se montre, un cri d'admiration retentit de
tous côtés, tant il surpasse en force, en grâces, en adresse,
les plus fameux de ceux qui jusqu'alors ont pris part à la
joûte. Vers l'autre extrémité de la carrière se tient, monté
sur un superbe destrier et quelque peu jaloux de cet

accueil, le chevalier qui, durant les trois jours, a sans
cesse remporté l'avantage. Charlemagne, entouré de ses
princes, est au balcon de son château.

85.

Suivant l'usage, Huon s'incline devant l'empereur, sa-
lue ensuite les dames et les juges du camp, il fait cara-
coler son vigoureux coursier tout autour de l'arène, puis
il annonce au vainqueur qu'il vient lui disputer le prix.
La règle voudrait qu'il fit d'abord connaître et son rang
et son nom; mais le serment qu'il est un Franc et la
richesse de son armure le dispensent de cette formalité.

86.

On lui présente un faisceau de lances : il les pèse, choisit
la plus lourde, la brandit avec facilité, et, plein de confiance, se met en place. Comme Amanda sent battre son
cœur ! Quelles ferventes prières elle adresse à Obéron, à
tous les anges, lorsque le son éclatant des trompettes
permet aux champions impatients de prendre enfin leur
course.

87.

Le chevalier qui précédemment a fait mordre la poussière à tous ses rivaux, bout de colère en se voyant obligé
d'exposer sa fortune et sa gloire dans un nouveau combat. Il était fils de Daulin de Mayence, et d'habitude ne
regardait guère à courir une lance plutôt qu'un lièvre.
Tel que la foudre qui s'échappe des nuages, il fond avec
fureur sur son adversaire.

88.

Sans être ébranlé, Huon l'atteint à la poitrine, et le
renverse contre les barrières avec tant de rudesse que le

Mayençais en a les reins brisés. L'envie lui passe de
recommencer : quatre écuyers l'emportent évanoui de la
lice. De joyeux cris de triomphe s'élèvent jusqu'aux nues ;
le paladin est resté seul et victorieux.

89.

Il attend un instant pour voir si quelque autre voudra
se mesurer avec lui ; et, comme personne ne vient, il galope vers Amanda, qui paraît une déesse, sur sa belle
haquenée. Il la conduit au château. Quand ils sont arrivés, il l'aide courtoisement à descendre de cheval, et,
s'avançant au milieu des vivats, il lui prête sa main pour
franchir les hauts degrés de marbre.

90.

Amanda est enveloppée, comme d'un nuage argenté,
par un voile qu'aucun regard ne peut percer. Une multitude innombrable, impatiente de savoir l'issue de l'aventure, se presse sur ses pas. On ouvre une vaste salle : le
vieux Charles y siége sur un trône, revêtu des insignes
de son rang impérial, et tout environné de son conseil de
princes.

91.

Huon ôte son casque : avec ses longs cheveux, il semble
le dieu du jour. Il entre, et chacun frémit en le recon-
naissant. L'empereur croit voir le fantôme du chevalier ;
mais, tenant Amanda par la main, le noble fils de Sévin
s'approche respectueusement du trône, et dit : — Seigneur, me voici de retour après avoir accompli mon serment.

92.

Avec le secours de Dieu, j'ai satisfait aux conditions

que tu m'avais imposées. Regarde : voici dans cette cassette la barbe et les dents du calife, pour lesquelles, sur ton ordre, seigneur, j'ai risqué mon corps et ma vie..... Vois enfin cette belle, l'héritière de son trône et ma femme bien-aimée. — Le voile qui cachait le visage d'Amanda tombe à ces mots, et soudain une clarté nouvelle emplit la salle entière.

93.

La foule reste étonnée : on dirait un ange leur apparaissant dans son céleste éclat, qu'il tempère néanmoins afin de ne pas les foudroyer. Telle est Rézia, gracieuse en même temps qu'imposante, avec sa fraîche guirlande de myrtes et son vêtement tissu d'argent. Invisible à tous, la reine des fées est auprès de son amie à qui tous les cœurs appartiennent bientôt.

94.

L'empereur descend du trône ; il est heureux, prononce-t-il, de la voir à sa cour. Les princes s'empressent autour d'Huon ; ils embrassent en frères le noble jeune homme qui mena si glorieusement à fin une pareille entreprise. Le ressentiment expire dans le cœur du vieux Charles ; il secoue affectueusement la main du héros, et lui dit : — Puisse jamais ne manquer à l'empire un prince qui t'égale en vertus !

FIN.

NOTES.

NOTES.

CHANT PREMIER.

PAGE 5. — Stance 1. — *Une fois encore.....*

Allusion aux poëmes antérieurs de Wieland, *Idris* et *Amadis*, dont il a également puisé les suj ts dans les vieux romans de cheva. ..e.

PAGE 7. — Stance 9. — .... *d'aller à Babylone.*

Cédant à des scrupules qui font honneur à ses études, un traducteur a soin de dire Bagdad, au lieu de Babylone, et, cette ingénieuse correction, il la renouvelle chaque fois que le poëte se permet de confondre deux villes très-distinctes, comme on sait, non-seulement par les époques diverses où elles ont brillé l'une et l'autre, mais aussi par leur emplacement même. Afin d'éviter un anachronisme aussi grossier, l'honnête homme, dans son zèle tout scholastique, a choisi, pour s'y tenir définitivement, le plus moderne des deux noms, voulant sans doute indiquer par là que Bagdad, et non pas Babylone, a été le théâtre véritable des prouesses d'Huon. Wieland n'avait pas manqué de prévoir le reproche et d'y répliquer d'avance par une érudition de meilleur aloi que celle de son critique. Comme il le fait observer dans une

21

de ses notes, la Babylone dont il est question ici, comme dans les autres contes de chevalerie, n'est après tout ni l'antique résidence de Sémiramis, ni la capitale des califes Abassides, mais bien une ville d'Égypte, imaginaire ou réelle, dont le nom superbe n'est, cependant, qu'une usurpation commise à son profit par les moines à qui l'on doit ces vieilles légendes. Puisant à cette source, dont l'exactitude historique n'est pas à coup sûr le principal mérite, l'auteur d'*Obéron* s'est bien gardé d'en répudier la naïve ignorance. Il profite, au contraire, de l'exemple de ses auteurs et du privilége de la fiction, pour renchérir encore sur leurs erreurs et, non content de faire une seule et même ville, de Bagdad et de Babylone, il accumule encore sur le maître de cette cité des titres assez difficiles à concilier au point de vue chronologique. C'est tantôt le roi, tantôt le calife, le sultan ou le schah; il appelle même quelque part sa fille, la belle Rézia, la *Persane*. Est-il nécessaire d'ajouter qu'en dépit de l'autorité fournie par un devancier, on a cru devoir, dans cette nouvelle traduction, reproduire fidèlement un badinage qui ne compromet en rien l'instruction du lecteur.

PAGE 11. — Stance 22. — *Comme frappé de la baguette d'Alquif.*

Alquif, magicien qui joue un certain rôle dans l'*Amadis de Gaule.* On trouvera dans la suite d'autres noms plus ou moins familiers à ceux qui ont lu l'Arioste, Tressan, Creuzé de Lesser ou les chroniques originales,.... par exemple, Genèvre, femme du roi Artus, Charlot, second fils de Charlemagne, le duc Sévin de Guyenne, le duc Naymes de Bavière, Amory ou Amaury, Thierry des Ardennes, Daulin de Mayence, etc. Il eût été trop long, pour ne pas dire superflu, de consacrer ici une notice à chacun de ces personnages dont l'importance, en ce qui concerne les aventures d'Huon, est, d'ailleurs, suffisamment spécifiée par les expressions mêmes du poëte.

CHANT DEUXIÈME.

Page 31. — Stance 13. — *Notre-Dame d'Acqs.*

Acqs (*Aquæ Augustæ*) est une ancienne mais très-petite ville des Landes, qui jusqu'à la révolution fut le siége d'un évêché et dont le nom indique assez la présence, dans son voisinage ou plutôt dans ses murs, d'une source thermale, aujourd'hui presque délaissée. Cette ville a-t-elle, en effet, possédé une de ces images de la Vierge qui furent jadis un objet de pèlerinages et d'invocations, telles que Notre-Dame-de-Lorette, Notre-Dame-de-Grâce, Notre-Dame de la Garde, etc.? Nous l'ignorons. Le poëte lui-même a des doutes à cet égard et déclare, dans une note, s'en rapporter au témoignage de Schérasmin, qui, nous le savons, était, du reste, un enfant de la Gascogne.

Page 32. — Stance 18. — *On dirait que le grand Pan est mort.*

Le dieu Pan figure assez étrangement dans le dialogue familier d'un écuyer du viii᷐ siècle. Wieland n'en disconvient pas. Sans justifier d'une manière bien satisfaisante cette faute contre ce que l'on appelle aujourd'hui la couleur locale, il explique, du reste, l'allusion toute érudite qu'il a voulu faire dans ce passage. — Plutarque raconte quelque part que Thamos, pilote égyptien, passant un soir, sous le règne de l'empereur Tibère, non loin de certaines îles de la mer Égée, fut surpris tout à coup par un calme complet et qu'une voix, s'élevant alors de la côte voisine, lui commanda par trois fois de crier avec force, quand il arriverait sur les rives de l'Épire, ce peu de mots : le grand Pan est mort! Thamos exécuta cet ordre mystérieux. A peine eut-il cessé de parler qu'on entendit, dans l'air, comme les gémissements d'un grand nombre de personnes dont la bizarre nouvelle eût éveillé l'affliction. — Telle est l'anecdote que rappelle Wieland, après Fontenelle et d'autres, et peut-être en trouvera-t-on l'application un peu hasardée, pour ne pas dire plus.

CHANT TROISIÈME.

PAGE 52. — Stance 28. — *Connaissez-vous l'œuvre divine*
de Glycon? Avez-vous vu.... le demi-dieu fils de la longue
nuit?

On sait que Jupiter, lorsqu'il se rendit auprès de la femme
d'Amphitryon, pendant l'absence de ce roi, commanda au soleil
de ne point paraître trois jours durant. Le fils qu'il eut d'Alcmène
fut Hercule, qu'on appelle pour cette raison le fils de la longue
nuit.

Quant à Glycon, l'antiquité ne nous a transmis aucune notion
sur cet artiste; on ne le connaît que par l'inscription gravée sur
la base de l'Hercule Farnèse et qui l'indique comme l'auteur de
cette statue, que certains antiquaires croient, du reste, n'être
qu'une copie de Lysippe.

Winkelmann a fait la description de l'Hercule Farnèse, ainsi
que . . . des principaux chefs-d'œuvre de la statuaire antique.
Il est curieux de la rapprocher des stances que Wieland consacre
au même sujet :

« Dans cette statue, dit Winkelmann, Hercule est représenté
se reposant au milieu de ses travaux. Le statuaire nous offre ce
héros les veines gonflées, les muscles tendus et élevés avec une
élasticité extraordinaire. Nous le voyons se reposer, échauffé,
en quelque sorte, et cherchant à respirer après sa course pénible
au jardin des Hespérides, dont il tient les pommes dans sa main.
Glycon, ne s'est pas montré moins poëte qu'Apollonius (l'auteur
du fameux torse de l'Hercule du Belvédère), en empruntant des
formes surhumaines dans l'expression des muscles qui sont rendus comme des collines pressées, et l'artiste s'est proposé pour
but d'exprimer l'élasticité rapide des fibres en resserrant les
muscles et en leur donnant une tension circulaire. C'est sous ce
point de vue qu'on doit considérer l'Hercule Farnèse, afin que
le génie poétique du maître ne soit pas pris pour de l'enflure et
la force idéale pour une hardiesse outrée... »

PAGE 60. — Stance 56. — .... *l'angélique organe de Mara.*

Gertrude-Élisabeth, célèbre, avant son mariage avec le violon-
celliste Mara, sous le nom de mademoiselle Schmachling, est,
sinon la première, du moins une des plus étonnantes cantatrices
qu'on ait connues au xviiie siècle. Elle fut, dans le cours de
quarante années, applaudie successivement à Dresde, à Berlin, à
Vienne, à Venise, à Paris, à Londres et à Pétersbourg. Née à
Cassel en 1750, ou, disent les uns, à Eischbach en 1743, elle avait
en sa qualité d'artiste allemande quelque droit à l'immortalité
que lui décerna un poëte national. Frédéric II, d'ailleurs si peu
prodigue de louanges envers ceux de ses compatriotes qui culti-
vaient les arts ou la littérature, rendit aussi un hommage éclatant
à son talent. Affectant beaucoup de répugnance pour les chan-
teurs de son pays, il n'avait cédé qu'avec peine aux sollicita-
tions des amis de Melle Schmachling qui voulaient la faire entendre à la cour; on dit même que, le soir où elle parut enfin au
concert de Potzdam, le roi se tint d'abord dans une salle voisine
de celle où se trouvaient les musiciens. Mais les premières notes
de la Westphalienne triomphèrent de ses préventions; il s'ap-
procha et, quand le morceau fut terminé, complimenta tout haut
l'heureuse virtuose. Il en résulta pour elle un engagement comme
première chanteuse. Elle débuta dans *Piramo e Tisbe,* intermède
de Hasse, élève de Porpora, dont elle-même prit ensuite des
leçons. — Il est assez curieux de comparer les revenus d'un artiste à cette époque avec ceux que se sont faits de nos jours les
Malibran, les Rubini, etc. Les premiers appointements de
Melle Schmachling à Berlin furent de 3,000 thalers (11,000 fr.) par
an: c'était en 1771; à Londres, en 1784, on lui donna 1,000 guinées
(26,000 fr.) pour 13 concerts. — Elle est morte vers 1822 en
Russie, où elle avait épousé en secondes noces un chanteur nommé
Florio.

CHANT QUATRIÈME.

PAGE 79. — Stance 54. — *... puis il a pris du bézoard.*

Le bézoard est une concrétion pierreuse qui se forme dans le corps de certains animaux (entre autres chez une espèce de chèvres propre aux régions du Caucase), dont la couleur est bleuâtre ou verdâtre, l'odeur forte et agréable, et à laquelle on attribuait, en Orient surtout, de grandes vertus médicales.

CHANT CINQUIÈME.

PAGE 93. — Stance 33 — *.... les successeurs de Kombabus.*

Les détails qui viennent ensuite indiquent suffisamment qu'il s'agit des eunuques.... Kombabus, du reste, est un courtisan syrien, qui, d'après le témoignage de Lucien, donna jadis à son maître une singulière preuve de dévouement. Wieland en a fait le sujet d'un conte en sept à huit cents vers où se trouve posée cette question : Qu'est-ce que la vertu?... Les définitions théoriques ne lui manquent pas, bien que chaque philosophe en donne une différente; mais il faut en venir à l'application et, à à ce propos, il raconte, avec la grâce et l'adresse qui forment le caractère principal de son génie, l'histoire de Kombabus: — Astarté, femme d'un roi de Syrie, a fait vœu d'élever à Junon un temple magnifique dans un pays lointain. Son vieux mari, qui ne manque pas d'expérience, répugne à se séparer d'elle pour un temps nécessairement fort long; à part l'ennui de l'absence, il en redoute les funestes effets sur le cœur de la reine. Mais Astarté recourt à toutes les ruses féminines d'usage en pareil cas, et force est au roi, sur le conseil des augures et des médecins, de permettre le voyage. A qui, dès lors, confiera-t-il sa jeune femme? Aucun de ses courtisans ne lui paraît digne de cette mission difficile ; aucun n'est assez fidèle, aucun assez vertueux. Son choix s'arrête enfin sur Kombabus, son favori, le plus beau,

mais aussi le plus sage des jeunes gens de la cour, Kombabus se
désole ; il comprend les dangers auxquels on l'expose en même
temps que la princesse ; il voudrait refuser, mais il ne le peut
sans manquer à son devoir. Dans cette alternative, l'infortuné se
résigne au sacrifice le plus pénible que puisse faire un homme ;
puis, avant de partir, il confie au prince une cassette qu'il le prie
de conserver dans son trésor comme renfermant ce que le pauvre
Kombabus a de plus précieux au monde. Le voyage a lieu. Il
dure trois années, et la jeune reine ne peut rester si longtemps
dans une intimité de chaque instant avec un homme beau, spirituel, dévoué, timide surtout, sans être entraînée vers lui par un
tendre penchant. Elle s'étonne de la retenue de Kombabus, elle
lui facilite les moyens de déclarer un amour qu'il ressent, lui
aussi, avec une force sans égale ; elle connaît enfin son secret,
les généreux sentiments qui l'ont déterminé à prendre un parti
extrême, et ne l'en aime, ne l'en admire que davantage. Astarté
et son amant..... platonique ne se quittent plus. Le jour, la nuit,
ils sont toujours ensemble. Le bonheur de Kombabus excite la
jalousie des autres courtisans. Au retour, un de ses envieux le
dénonce au roi. Il est jeté en prison ; il va subir la peine réservée
à son prétendu crime, lorsqu'il rappelle au prince la cassette
dont il est dépositaire. Cette cassette, hélas ! contient la preuve
de son innocence et, quand elle est ouverte, on comprend que
le mari d'Astarté lui rende sa confiance et son amitié..... Quel
philosophe voudrait acheter au même prix la vertu ?

PAGE 106. — Stance 85. — *En vain la nuit étend....*

Madame de Staël donne, dans son *Allemagne*, une traduction
de cette stance, traduction un peu libre peut-être. On aimera
sans doute à la retrouver ici :

« En vain la terre disparaît à leurs yeux ; en vain la nuit couvre
l'atmosphère de ses ailes obscures ; une lumière céleste rayonne
dans les regards pleins de tendresse : leur âme se réfléchit l'une
dans l'autre ; la nuit n'est pas la nuit pour eux ; l'Élysée les
entoure ; le soleil éclaire le fond de leur cœur ; et l'amour, à

chaque instant, leur fait voir des objets toujours délicieux et toujours nouveaux. »

CHANT SIXIÈME.

PAGE 119. — Stance 39. — *Des trente-trois perfections dont une belle, dit-on, doit être pourvue...*

Allusion à un passage de *l'Art de connaître les hommes*, par de La Chambre. Cette énumération des beautés féminines fait partie d'un chapitre intitulé : *En quoy consiste la perfection naturelle de la femme*, et dont quelques extraits ne seront peut-être pas sans intérêt :

« Il faut maintenant, dit de La Chambre, après avoir traité de la perfection de l'homme, examiner celle de la femme. Mais que cette entreprise est difficile ! qu'elle est périlleuse ! puisqu'elle ne se peut exécuter qu'on ne choque la plus grande et la plus formidable puissance qui soit dans le monde. Car enfin il faut déthrosner cette beauté qui commande aux roys et aux monarques, qui se fait obéir par les philosophes et qui a causé les plus grands changements qui se soient jamais faits sur la terre. Il faut de ce haut point de gloire et de perfection où elle s'est placée, l'abaisser dans l'ordre des choses vicieuses, et monstrer que tous ses attraits et cette grâce charmante dont elle est parée n'est autre chose qu'un masque trompeur qui cache un nombre infini de défauts. Ouy, sans doute, s'il y a quelque certitude dans le raisonnement humain, si les principes que la nature a versés dans nostre âme pour la connoissance de la vérité ont quelque chose de solide, il faut de nécessité qu'il n'y ait pas une de toutes les parties qui sont nécessaires pour former la beauté de la femme, qui ne soit la marque d'une inclination à quelque vice...... Certainement nous pouvons dire que nous nous trouvons au mesme état qu'un juge qui est contraint de faire le procès à son ami par l'obligation qu'il a à la justice. Qui est-ce qui n'aymeroit pas la beauté? mais qui est-ce aussi qui

pourroit résister à la vérité, qui est plus forte qu'elle?......
Après tout, il le faut confesser, nous faisons le mal plus grand
qu'il n'est; nous ne parlons que des inclinations, c'est-à-dire des
premières semences des affections de l'âme que l'on peut étouffer
avant qu'elles ayent pris racine; et pour parler plus exactement,
l'inclination n'est qu'un poids secret qui fait pencher l'âme à
certaines actions et qu'il est facile de redresser par l'exemple,
par l'institution et par des habitudes contraires. En quoy il
faut rendre cet honneur aux femmes que ces moyens-là font
plus d'effet sur elles que sur les hommes, et qu'ordinairement
nous voyons la pratique des vertus estre plus exacte en ce sexe
qu'en l'autre. Avec cette précaution nous pouvons dire sur le
principe que nous avons estably que la femme est froide et
humide pour la fin que la nature s'est proposée, et que parce
qu'elle est froide il faut qu'elle soit foible, et ensuite timide,
pusillanime, soupçonneuse, deffiante, rusée, dissimulée, flateuse,
menteuse, aysée à offenser, vindicative, cruelle en ses ven-
geances, injuste, avare, ingrate, superstitieuse. Et parce qu'elle
est humide, il faut aussi qu'elle soit mobile, légère, infidelle,
impatiente, facile à persuader, pitoyable, babillarde.....

« Voyons maintenant quelle est la conformation des parties
qui suit le tempérament de la femme et où consiste la beauté
qui luy est propre et naturelle : Premièrement la taille est plus
basse et plus gresle que celle de l'homme; la teste plus petite et
plus ronde, et tout le visage est de la mesme figure; elle a beaucoup de cheveux qui sont longs, déliés et mollets au toucher;
le front en est égal, uny, plus long et plus arrondy vers les
temples; les sourcils sont déliés, mollets, éloignés l'un de l'autre,
et qui se courbent doucement à l'entour des yeux; les yeux sont
grands, noirs, doux et modestes; le nez médiocre, qui descend
tout d'un trait sur les lèvres et qui s'arrondit doucement à
l'extrémité; les narines petites et peu ouvertes; les joues rondes;
la bouche petite; les lèvres rouges, un peu grossières, qui ne se
pressent point et qui sont immobiles, si ce n'est lorsqu'on parle
ou qu'on rit; les dents sont petites, blanches et bien arrangées;
le menton doit estre rond, poly et où le moindre poil ne paroisse

pas; les oreilles petites, molles et bien compassées; le col rond, longuet, gresle, uny et égal par tout; la gorge charnue; le sein ferme, rond et médiocre en grandeur; les espaules petites et serrées; le dos estroit et foible; les cuisses rondes et charnues; les genoux ronds, où il ne paroisse aucun vestige de la jointure; les pieds petits, arrondis et charnus; les bras courts et iustement arrondis; les mains longues, petites et charnues; les doigts longs, déliés et ronds; toute la peau molle, douillette, et d'une blancheur exquise, si ce n'est aux lieux où l'incarnat se mesle avec elle, comme aux joues, au menton et aux oreilles; enfin la faiblesse paroist dans sa voix, et dans tous ses mouvements, la pudeur et la retenue dans sa mine, dans son geste et dans son maintien..... »

Ces perfections ne sont pas précisément au nombre de trente-trois, ainsi que le poëte le suppose; il n'est pas très-fidèle, du reste, aux descriptions de son auteur et substitue, dans celles qu'il donne, le coup d'œil de l'homme du monde à celui du physiologiste.

De La Chambre, qui a été le précurseur de Lavater, examine ensuite les rapports qui existent entre les diverses parties de la femme et ses inclinations perverses. Il serait trop long de tout citer; mais deux ou trois des aperçus du fameux médecin donneront une idée des autres :

« Le visage rond est un signe de malice et de colère;.... les yeux noirs marquent la timidité; ceux qui sont grands, l'inconstance; le menton est un signe d'ennuie;.... le col long et gresle dénote un naturel timide et babillard; la gorge unie et charnue marque la crédulité et la faiblesse de jugement; les épaules petites et serrées sont signe d'avarice...... »

FIN DES NOTES.

LIBRAIRIE DE PAUL MASGANA,

12 GALERIE DE L'ODÉON.

ARIOSTE.—ROLAND FURIEUX, trad. de Panckoucke et Framery; nouvellement revue et corrigée; précédée d'une Notice, par ANTOINE DE LATOUR; 2 vol. gr. in-18. 7 fr.

POÉSIES DE F. PÉTRARQUE, traduction nouvelle et complète, par le comte F. DE GRAMONT; 1 vol. 3 fr. 50

POÉSIES DE A. BARBIER

IAMBES ET POÈMES, 4e éd.; 1 joli vol. in-18.   3 fr. 50
CHANTS CIVILS ET RELIGIEUX; 1 joli v. gr. in-18. 3 fr. 50
NOUVELLES SATIRES; 1 vol. in-8°.   7 fr. 50

POÉSIES DE A. BRIZEUX

MARIE, Idylle bretonne, troisième édition revue et augmentée; 1 joli vol. grand in-18.   3 fr. 50

LES TERNAIRES, livre lyrique, 2e édition augmentée; 1 très-joli vol. grand in-18.   3 fr. 50

TELEN ANN ARVOR (harpe d'Armorique), Poésies en langue celtique.   1 fr.

LES BRETONS, poëme. (Pour paraître.)

MYOSOTIS, par HÉGÉSIPPE MOREAU. Nouvelle édition, augmentée du Diogène et de pièces posthumes inédites et d'une Notice par M. Sainte-Marie Marcotte; 1 joli vol. grand in-18.   3 fr. 50

ONYX, par CHARLES CORAN; 1 vol. in-18.   3 fr. 50

LES SENTIERS PERDUS, poésies, par ARSÈNE HOUSSAYE, 2e édit. revue et augmentée; 1 joli v. gr. in-18. 3 fr. 50

SOUVENIRS DE VOYAGES ET TRADITIONS POPULAIRES, par X. MARMIER; 1 très-joli vol. grand in-18. 3 fr. 30

LOUISE, poëme, par M. N. MARTIN; in-32.   1 fr.

NÉMÉSIS, satire hebdomadaire, par BARTHELEMY, sixième édition; 2 vol. in-32.   3 fr.

PAMPHLETS POLITIQUES ET LITTÉRAIRES de P. L. COURIER, suivis d'un Choix de ses Lettres, précédés d'un Essai sur la Vie et les Écrits de l'auteur, par ARMAND CARREL; 2 vol. in-32   2 fr. 50

CODE DE LA NATURE, par MORELLY. Ouvrage attribué à Diderot. Réimpression complète, augmentée des fragments importants de la Basiliade, avec l'Analyse raisonnée du système social de Morelly, par Villegardelle.

LA CITÉ DU SOLEIL, par CAMPANELLA. in-32.   1 fr.

Pour paraître :

RIMES HÉROIQUES, par AUGUSTE BARBIER.

ESQUISSE D'UN TABLEAU HISTORIQUE DES PROGRÈS DE L'ESPRIT HUMAIN, par CONDORCET.

HISTOIRE COMIQUE DES ÉTATS ET EMPIRES DE LA LUNE ET DU SOLEIL, par DE CYRANO BERGERAC.